月山下的帆影

张雪飞 著

中国出版集团 现代出版社

图书在版编目（CIP）数据

月山下的帆影 / 张雪飞著. -- 北京 ： 现代出版社，
2018.1（2023.7重印）

ISBN 978-7-5143-6772-0

Ⅰ．①月… Ⅱ．①张… Ⅲ．①散文集－中国－当代
Ⅳ．①I267

中国版本图书馆CIP数据核字(2018)第004895号

月山下的帆影

作　　者	张雪飞
责任编辑	杨学庆
出版发行	现代出版社
地　　址	北京市安定门外安华里504号
邮政编码	100011
电　　话	010-64267325　010-64245264（兼传真）
网　　址	www.1980xd.com
电子邮箱	xiandai@vip.sina.com
印　　刷	成都新千年印制有限公司
开　　本	880mm×1230mm　1/32
印　　张	9
字　　数	202千
版　　次	2018年1月第1版　2023年7月第3次印刷
书　　号	ISBN 978-7-5143-6772-0
定　　价	39.80元

前路艰难，唯有努力（自序）

　　严格说来，这是我出版的第一部散文作品集。跟我念初中时开始文学创作，19岁在东北地区一家颇有影响的小说刊物发表处女作，24岁加入省作协的经历相比，这部在我年过不惑之后才出版的书，显得有些姗姗来迟。

　　由于从小读了不少课外书，培养了对文学的浓厚兴趣，读初中时我便开始了文学创作。先写过一段时间的诗，后来便转入小说创作，偶尔也写一点散文。我那时对文学创作是狂热的，只觉得灵感频频光顾，时时有创作的冲动。记得一天晚上家里电灯坏了，外面下着瓢泼大雨，我搬了一个小凳子，就着走廊上微弱的灯光一直写到凌晨两三点钟。

　　写了作品，就想发表。念高中时，我曾把创作的十多篇短篇小说用作文本抄好了，寄到外省的一家出版社，梦想着出书。一个从未发表过作品的中学生竟异想天开地想出作品集，其结果可想而知！捧着那沓跋涉了千山万水大信封已变得破破烂烂的退稿，我非常失望、沮丧。这也使我深深地感到，文学是一条充满荆棘的小道。

　　我是一个性格比较倔强的人，认准的事不会轻易放弃。记不清经历了多少次失败，念高二时，我终于在吉林省的一家小说刊物发表了处女作，这篇作品后来还在当时举办的一次全国中学生作文大赛中获了奖。以此为发端，我后来又在《儿童文学》《短篇小说》《小溪流》等一些国家、省市级报刊上发表了不少文学作品。大学时代发表在《中国校园文学》的作品《小鸭子果》，曾获得《人民文学》原常务副主编、著名编辑家崔道怡先生的赞誉。为进一步提高我的写作水平，故事会杂志社曾把我邀请到上海参加笔会，食宿费全免，与全国的同行切磋交流。在著名儿童文学作家乔传藻老师的推荐下，念大三时我被云南省作家协会吸收为会员。

但我的文学之路是坎坷的。从中学到大学，特别是考入云南大学中文系后，我一边苦读中外名著、一边利用一切能够利用的时间埋头创作，写出了百余万字的稿件。那时电脑还没普及，写作全靠笔，没有充足的稿纸，我就把信封、试卷等充分利用起来，在它们的背面以及空白处写。我走的是一条传统的路子，作品写出后先投寄给报刊社发表，用广种薄收来形容我的创作情况颇为贴切，那时我总是写得多、发得少，几乎每周都会收到退稿。

大学毕业参加工作后，因工作繁忙等原因，有一段时间文学作品我写得较少，甚至几乎不写。直到一天晚上，我在书房里看书，无意之中看到书柜中摆放着的厚厚一大摞稿纸，便随手翻阅起来。它们全是我从中学到大学时代创作的作品。看着它们，昔日埋头创作的情景一一浮现在眼前。尽管写它们时是很辛苦的，但我的精神是充实而快乐的，而在停笔的这些日子里，每当夜深人静的时候，我心头总弥漫着一种淡淡的失落、忧伤和迷茫。

我这才意识到，我对文学的爱是刻骨铭心的。尤其是后来在读书过程中，获知了孙犁先生曾对人有过"年轻时多留下一点文字性的东西"的教诲和季羡林先生直到生命终点尚有几篇文章没有完成的人生之憾后，创作的冲动不可遏抑地袭来，我决定重拾那业已荒疏的笔，把自己的所思所想立即付诸笔端。

就这样，近年来我利用业余时间创作了一些小说、散文，这次专门把近年来写作发表的散文，以及中学和大学时代创作的一些还算满意的散文也拾掇出来，聚拢一处，编成了目前这本作品集。

著名作家铁凝曾说过：进步何其难，我唯有老老实实努力。作为一位著作等身的名作家尚且如此，寂寂无名的我，在"路漫漫其修远兮"的文学之路上，唯有发挥"吾将上下而求索"的精神，老老实实努力，以期取得一点微薄的收获。

2017年9月13日于昆明

目 录

002　一条惊天动地的鲤鱼

012　青　蛙

015　大黑小白

020　一只叫"花花公子"的羊

031　充满渴望的酉鸣

034　鸭姐妹的深情

036　奇异的生命之旅

039　"偷嘴"的小松鼠

第一辑
万物有灵

042　小鸭子果

051　照片前的晚餐

060　人生的别样风景

064　月下小景

068　回乡见闻

071　记忆中两个温暖的片段

076　无尽的哀思

080　永远的银杏叶

084　不"打"不相识的老秦

088　点亮心灯

092　"王亲家"的特殊家宴

第二辑
人间温情

096　奶奶·苦瓜

098　永远的风景

101　无言的美丽

103　公私要分明

106　少当家

114　母亲和她的破车瘦马

117　一只小凳子

120　荞麦情

123　爸爸原来不是"老和尚"

128　妈妈的"心结"解开了

130　铁皮屋前的忏悔

136　成长的力量

141　孩子历险记

145　跟着弟弟去批菜

第三辑
亲情无价

150 高脚籽

156 读书忆旧

161 断想三则

168 父亲的医药费

172 困顿岁月里的一缕柔情

190 难忘23年前看高考分数

195 高考梦

200 逝去的伙伴

209 重温文青梦

212 永远的口哨

214 遭"偷"记

219 风雨过后见彩虹

第四辑
往事如烟

第五辑
静观山水

232　云南的雨

237　月山下的帆影

243　河畔观景

246　秋进赤恒底

第六辑
文事苦乐

252　在"行走"中写出好文章

255　漫说编辑

258　记者逸事

264　书卷乃养心第一妙物

267　也说写文章

269　与一本刊物的缘分

272　为文需趁早

第一辑

万物有灵

一条惊天动地的鲤鱼

一

有一年春节前去农贸市场买年糕，只见那年糕创意挺新颖，硕大的年糕装在一个圆形的盘子里，年糕中央嵌着用豆沙写的一个大大的"福"字，再用保鲜膜把年糕连同盘子一同封起来，既精致又卫生。我毫不犹豫地买下了这个年糕，回家去打开才发现，这个年糕最可爱的竟是那个盘子上的图案。

红色的盘底，只见一个胖嘟嘟的孩童骑在一条肥大的鲤鱼身上，鱼跃人欢，说不出的喜庆吉祥。也就是从那时开始，我留心起鲤鱼来，每次逛农贸市场，总要在鱼摊前驻足一会儿，观赏在水中游来游去的鲤鱼。

让我没想到的是，一天一条鲤鱼竟径直跃到了我脚前！

那天在一个鱼摊前，只见摊主从盆里捞起一条大鱼，"叭"地摔在地上，用手按住鱼身，拿一根酒杯粗的圆棒对准鱼头"吭！吭！吭！"就是几下，鱼被砸得晕了过去。摊主把鱼扔在砧板上，拿起一把锋利的菜刀便朝鱼头剁去。

剧烈的疼痛使大鱼恢复了知觉，我分明看见，已从身子上分离开来的鱼头还在微微颤抖，鱼嘴艰难地一张一翕，*丝丝缕*

缕的血迹从鱼头下渗出，在砧板上开出一朵凄艳的小花。

这场景实在过于血腥，我正要拔腿离开鱼摊，只听"哗啦"一声响，眼前一道白光一闪，一条大鲤鱼从盆里跃到我脚前。那鱼睁着圆圆的眼睛，大嘴巴一张一翕，肚皮一鼓一鼓的，尾巴不停地拍打着地面。

"你的鱼跳出来了！"我提醒了摊主一声，绕过鲤鱼，正要往前走，只见那鲤鱼又是一跃，这次把小半个身子压在了我的鞋面上，圆眼睛盯着我，大嘴巴开开合合，似乎在向我求救。

这鲤鱼，是不是看到了刚才同伴的悲惨下场，希望我救它一命？一股恻隐之情涌上心头，我对摊主说："这条鱼我要了。"

摊主把鱼称好后，正要举起圆棒猛敲鱼头，我急忙制止了他，然后叫他给袋子里掺上一些水，我提着鲤鱼离开了鱼摊。

怎么处理这条鱼呢？这让我有些为难。吃它的肉，我于心不忍。再说，它千辛万苦地跳到我面前，肯定不是为了让我一饱口福。可除了杀它吃肉，我又能咋处理它呢？

蓦地，我想起在一部电视剧里看到的情节：一位富商把一条跳到自己面前的鲤鱼带回家养了起来。

对，把它养起来！我做出决定的同时，心里又有些犹豫，因为我不知道鲤鱼在家里能否养活。再说，那部电视剧也没交代那位富商后来是否养活了那条鲤鱼。好在我以前有过养观赏鱼的经历，还不至于对养它一窍不通。

二

这条被我带回家的鲤鱼，足有一公斤多重。它浑身呈淡黑色，肚皮的边缘地带隐隐透出淡红色，嘴角两边分别长着两根胡须，一长一短，一双乌溜溜的大眼睛，使它看起来既健壮又妩媚。

我把它放进了以前养观赏鱼的鱼缸里，又琢磨着要给它起个名字。据说，鲤鱼是颇有灵性的，民间素有"鲤鱼跃过龙门即成龙"的说法。受此启发，我给这条鲤鱼起名曰：龙儿。

这鲤鱼起初的表现，似乎还真有点传说中的龙的蛮横和霸道。它在鱼缸里显得狂躁不安，不停地蹿上蹿下，鱼缸里时时水波涌动。有一次它竟然顶开鱼缸盖子，跳到地上来。可见其力道之大！

幸亏我当时在家，急忙把它拾回鱼缸。为了防止它在我上班时再跳出鱼缸，我特意在鱼缸上压了重物。

此后几天，龙儿倒是安静多了，一动不动地待在鱼缸里，但让我担心的事又发生了：它拒绝进食。

我每次把饲料投在水面上，龙儿似乎有点反应，有时摆摆头，有时摇摇尾，但也仅此而已，从不见它张嘴去吞食那些饲料。凭我以前养鱼的经验，这鱼要是两三天不吃食，也许性命尚无大碍，但要是时间再长，等待它的也许只有死路一条。

一天、两天、三天……足足一个星期过去了，龙儿仍然不吃食。它似乎变得憔悴起来，圆滚滚的肚子不见了，身子变瘦削了。我知道，再这样持续下去，它将被活活饿死。我在心里实际上已经判了它的死刑，哪天下班回家，看见鱼缸里漂着它的尸体，我是丝毫不会吃惊的。

大概到了第十天的时候，我下班回家，关切地去看龙儿的动静，只见它一动不动地待在缸底。我不抱任何希望地撒了一把饲料在水里，奇迹出现了，只见龙儿的尾巴动了动，抬头看了一眼饲料，身子上浮到水面，缓缓地张开嘴吞了一颗饲料下去！

接着，又试探性地吞了一颗下去。然后，身子沉到了水底。

龙儿终于吃食了！那一刻，我激动得心都快跳出胸膛了。我知道，龙儿有活下去的希望了！

为了不打扰龙儿进食，我蹑手蹑脚地走到客厅的椅子上坐下来，远远地盯着鱼缸里的动静。只见龙儿沉浮多次，慢慢地把漂在水面上的饲料吃光了。

我心里的一块石头终于落了地。

三

跟龙儿相处的日子，是快乐而甜蜜的。

龙儿自从开始进食后，再没让我担心过它的饮食问题。我每天清晨喂它一次食，每次刚把饲料投进鱼缸，它就迫不及待地浮到水面上来，大口大口地吞食，发出很大的吸溜嘴巴的声音，吃得那叫一个酣畅淋漓。

每天傍晚我下班回家，刚打开门，龙儿不管正在鱼缸里干什么，都会立即把头转向我，目光直视着我，身子迅速地游到水面上来，仿佛跟我打招呼似的。

这时，我往往会搬一把椅子来，坐在鱼缸前，要么跟龙儿聊会天，要么静静地欣赏它优美的游姿。

　　跟它聊天时，它会用镶着白框的乌溜溜的大眼睛看着我，嘴巴一张一合，犹如听懂了一般。每当我盯着它的时间长了，它就会害羞似的把身子潜到水底，嘴巴在缸底舔几下，但决不会没有礼貌地游开。有时，它会向我展示一下它的绝技——"跃龙门"。它要么高扬起头，"嘭"的一声，把半个身子跃出水面；要么团起身子，皮球般跃离水面，然后又在几秒钟后落到水里，鱼缸里的水被搅得波飞浪涌水花四溅。

　　龙儿成了我最深切的牵挂。有一次我要到北方出差半个月，而我走后家里就没人给龙儿喂食了。在那半个月的时间里，我身在北方，却牵肠挂肚地惦念着龙儿，牵挂着它的安危。它饿了吗？过得怎么样？会不会有性命之忧？……

　　漫长的半个月终于熬过去了，我心急如焚地赶回家。刚进门，便把行李一扔，几步抢到鱼缸前，只见龙儿静静地伏在水底，身子一动不动，仿佛饿得虚脱了一般。见到我，它微微地朝我点了点头，算是跟我打过招呼。

　　龙儿还活着！我激动得手足无措，急忙抓了一大把饲料投进水里。也许是饿得没了力气的缘故，龙儿缓缓地游到水面上来，张嘴吞下了几颗饲料。

　　俗话说，"人是铁，饭是钢"。我看这话用在鱼身上也恰如其分，吃进点饲料后，龙儿迅速恢复了体力，身子灵活自如地在鱼缸里蹿上蹿下，张着大嘴把我撒进去的饲料吃了个精光，然后又意犹未尽地在缸里游来游去，大眼睛直瞟着我，似乎在暗示我再给它投食。

　　我原本是想投好多好多的饲料给它的，但我又联想到对一个饿极了的人，是不能给他吃太多东西的，否则他的肠胃受不了，而鱼也应该同理，便故意"克扣"下一些饲料。

看着龙儿一次次把脑袋伸出水面急切觅食的样子，我在心疼之余，咬咬牙把饲料藏了起来，以防自己实在忍不住又往鱼缸里投食。

四

养鱼，很重要的一项工作是换水。

龙儿吃得多，拉得也多，尽管它栖身的是个一人多高的大鱼缸，但也是几乎一个月就要换一次水，否则鱼缸里的水就会浑浊得连龙儿的影子都难以看到。

说实话，换鱼缸水真是一件苦差事。我起初换水的办法很"笨"，先用水桶一桶桶地把缸里的水舀出来，再把水从水管里接了一桶桶地灌进鱼缸里。那么大的鱼缸，大概换出来和灌进去的水每次都有数十桶。每换一次水，我都累得腰酸背痛，连说话的力气都快没了。

后来，经别人传授经验，我改进了换水的办法，先用皮管把鱼缸里的水抽出去，再通过皮管直接把水从水龙头上接到鱼缸里，节省了不少力气。

刚开始换水时，为把水换得干净彻底，我每次都把龙儿从鱼缸里捞出来。此时，也是我跟它"零距离"接触的时刻，我用双手紧紧抱住它滑腻腻的身子，只见它圆睁双眼，大嘴巴迅疾地开合，嘴边的两根小胡须直竖起来，模样甭提有多逗。有时，我会把脸凑到它湿漉漉滑腻腻的身子上蹭几下，只觉凉沁沁的好舒坦。这时，我觉得自己仿佛成了家里那个圆盘上的骑着鲤鱼的顽童，心里很开心。

一次，我一不留神把大拇指伸进了龙儿的大嘴里，它的嘴巴合起来时我吓了一跳，以为会被"咬"得很痛，哪知那种手指被它的嘴巴包裹起来的感觉美妙极了，痒酥酥的，我忍不住哈哈大笑起来。

当然，鱼是不能长时间离开水的，我每次做这种"恶作剧"的时间都很短。

龙儿毕竟是条大鲤鱼，每次换水把它捞出来时它免不了要挣扎，经常会弄破一星半点的鱼鳞，露出红红的皮肉，我很心疼。后来，换水时我便把它留在鱼缸里，当脏水快抽完了就赶紧放新鲜的水进去。

眨眼工夫，龙儿在我家已经生活快六年了，它出落得更漂亮了，身子更加修长，原先全身淡黑的肤色逐渐褪去，替之以黄中带红的颜色，嘴边两根小胡须更长更粗了，使它呈现出一种既野性又妩媚的美。

它也成了我须臾不可离开的伙伴，有时我和它静静地对视时，一个念头会不可遏抑地冒出来：生命无常，龙儿到底能活多久呢？它能陪伴我多少年？……

一想到龙儿总有一天会离开我，我的心便不由得紧缩起来。直到一天我在网上看到一条消息，说一个人在大河里捕获了一条数十公斤重的大鲤鱼，从那鲤鱼身上的标记来看，这鱼是他几十年前放生的。

这么说，鲤鱼寿命长的能活几十年？受了这条消息的鼓舞，我一下子兴奋起来，觉得自己有时是杞人忧天，龙儿陪伴我的日子还长着哩。

五

我做梦也没想到，龙儿跟我分别的那一天竟这么快地到来了，而且是以那样一种令我痛彻心扉的方式。

就在我从网上获悉鲤鱼长寿者可以活几十年后的一天晚上，我见鱼缸里的水有些浑浊，便着手给龙儿换水。

像往常一样，我先用皮管把鱼缸里的水抽出去。奇怪的是，当水快抽干时，龙儿并未像往常那样焦躁地在鱼缸里跳来跳去，激起很多的水花，弄出很大的声响，而是像个淑女一般静静地伏在缸底。

"换水的次数多了，龙儿已有了'大将风度'，沉稳多了。"我心想。

这时，我突地好想把龙儿抱起来抚摸一下，好想再把大拇指伸进它嘴里，体验一下那酥痒奇妙的感觉。然而，由于担心它在失水的状态下时间过长，我最终还是压下了这个念头。

当我用皮管把鱼缸里的水灌满时，已是深夜十二点左右。我困得连眼睛都睁不开了，便疏忽了一件事，从而造成了无法弥补的遗憾——

养鱼，除换水外，还有一项很重要的工作是用水泵让鱼缸里的水循环流动起来，必要时还要用氧气棒从水中分解氧气，俗称"吹氧"。特别是刚换进鱼缸的自来水，由于含有很多杂质，这些步骤就更不可少。

我养了多年的鱼，对这些当然了然于胸，但那晚实在太困了，换完水后便和衣倒在床上昏睡过去，忘了打开水泵和氧气棒。

大概到了凌晨四五点钟的时候，我突然从一个很奇怪的梦

中惊醒过来，猛地想起水泵和氧气棒还未打开，急忙冲进客厅，看到了让我心碎的一幕——

鱼缸里的水，成了一摊死水，水面上还漂浮着一些泡沫。而沉在水底的龙儿呢，镶着白框的眼睛一动不动，嘴巴张大成一个黑洞，嘴巴两边的两根胡须岔开，身子蜷曲成弯弓状，显然是因缺氧已气绝多时。

我的心仿佛被掏空了一般难受，尽管我知道这样做毫无意义，但我还是执拗地打开了水泵和氧气棒，盼望着奇迹发生——龙儿能起死回生展动腰肢，在鱼缸里活泼泼地游来游去……

然而，我失望了，龙儿的身子一动不动，客厅里回荡着鱼缸里的水流动的空洞的响声，缸里被氧气棒"吹"开的大大小小的泡沫直看得人眼花缭乱……

此后，我再无睡意，呆坐在沙发上，回想起跟龙儿相识、相处的一幕幕，特别是在农贸市场里它心有灵犀般一跃跃到我脚边，以及它后来时时用那黑白分明的大眼睛看着我的娇憨模样，不由得悲从中来，潸然泪下。

说实话，多年来，我养过观赏鱼，养过小乌龟，也经历过鱼和乌龟莫名其妙死去的痛楚，但唯独龙儿的死，让我痛不可支，伤心流泪。我无法容忍因为自己的一个疏忽，让原本还可以在世间绽放精彩的生命瞬间陨落……

让我困惑的是，以龙儿的性格，当它感觉到缺氧时，完全会在鱼缸里上蹿下跳，甚至撞击鱼缸，弄出很大的声响，这样就会把我从睡梦中惊醒。可它为什么选择了无声无息地离去呢？是怕打扰我的瞌睡吗？还有，这次换水时它的反应何其反常，自始至终安安静静地待在鱼缸里，以及我那突然而生的想再亲近一下它的冲动，难道这一切都早有预兆？……

　　天亮了，我把龙儿已经僵硬的尸体从鱼缸里捞出来，放进一个大花盆里，在上面覆盖上厚厚一层土，种上九枝富贵竹后，又把花盆搬到阳台上。今后，看到这些青翠的富贵竹，我就仿佛看到了龙儿……

　　清凉的晨风从窗外吹来，富贵竹的枝叶在风中摇曳，发出沙沙的响声。看着面前那个圆盘里那条憨态可掬的大鲤鱼，我不由又黯然神伤……

2017年8月

青　蛙

　　儿时住在乡间，我家的房子被大片稻田环绕。每到夏天，特别是雨后，耳鼓里就充斥着惊天动地的蛙鸣声。

　　那鸣叫声之热烈、之繁密，犹如一簇簇熊熊的火焰在燃烧，又犹如一锅锅沸水在翻腾。

　　每天吃过晚饭后，我就会把自己关进小阁楼，静静地看书学习。因为天气炎热，人很容易犯困打瞌睡，但四周这铺天盖地滚滚而来的蛙鸣声起到了清醒剂的作用，使我能一直坚持看书到深夜。所以，我从心眼里感激这些青蛙。

　　心里对青蛙有好感，但我从未想过近距离接触它们。一则它们是捉害虫的能手，对庄稼生长有益，我不想去打扰它们平静的生活；二则它们太机警，哪怕它们在田塍上小憩，只要有人走过，它们都会"咚"的一声跃进水里，留给人的往往只是从青翠的秧苗间传出的一声两声蛙鸣。

　　真没想到，如此机警伶俐的青蛙，我后来竟还跟其中的一只有了密集的交集。

　　在村东大概一公里远的地方，有我家的一块菜地，我经常去给菜地浇水、除草。有一天在去菜地的途中，我发现几个小不点捉了几只蝌蚪，装在一个玻璃瓶里准备带回家去玩。我知道蝌蚪是青蛙的孩子，要是这样被他们带回家，它们便只有死路一条。我便从青蛙是"好人"、人类要对它们的孩子好一点等角度讲了一通道理，最后小不点们终于同意把蝌蚪交给我。

我家的菜地旁有一条水沟，沟里长满了水草，我把蝌蚪们放进了水沟里。只见浑身黑黝黝的蝌蚪们摇摆着大脑袋，拖着细长的尾巴潜进了茂密的水草深处。

过了一段时间，一天我在菜地里劳动，突地听到水沟里传来一声"呱"的叫声，仿佛在打招呼一般。我诧异地朝水沟里看去，只见水草丛中有一只小青蛙，它草绿色的身子一半隐在水里，三角形的小脑袋上两只漆黑的眼睛紧盯着我，肚皮一鼓一鼓的。

这只青蛙跟我以前见到的有些不一样，它似乎不太怕我，但又确乎有些紧张，身子侧向一边，两只前腿紧撑着，似乎我只要稍有对它不友善的举动，它便立即逃之夭夭。我与它对视了一会儿，蓦地想到，它会不会是我前段时间放到水沟里的蝌蚪们的一只？……

那个下午，那只小青蛙一直待在水沟里陪着我，不时地"呱"上几声。后来，我发现了一个有趣的现象，只要我每次到菜地去，那只小青蛙便总要弄出些动静，似乎在提示我注意它的存在。后来有一天，它干脆从水沟里蹦跶到了我面前。我发现它已经长得有半个拳头大了，穿着黄绿相间、缀有褐纹的"衣服"。

我很欣赏这只青蛙的勇气，便蹲下来与它作着无声的交流。它坐在地上，仰起上半身，向外鼓突着、黑得像棋子的眼睛凝视着我，嘴里不时地"呱呱"着，嘴角时而鼓起两个大包，似乎在问候我。我充满怜爱地伸手去抚摸它的小脑袋，它

微微低下头，把眼睛闭起来。我接触到它湿漉漉、滑腻腻的皮肤。在我温柔的抚摸下，它似乎很惬意，嘴里仿佛还发出了哼唧声。

突地，一只小黑虫嗡嘤着落到了我的手臂上。让这种虫子叮了，皮肤会变得又红又肿，痛痒难当，我正要赶跑虫子，说时迟那时快，只见青蛙猛地睁开眼睛，身子凌厉地向空中一蹿，长而分叉的舌尖以迅雷不及掩耳之势卷向虫子。虫子也许还没反应过来是怎么回事，就"吧唧"一声进了青蛙的肚子。

好敏捷的身手！我不由得对青蛙竖起了大拇指。平稳地落到地上的它似乎有些羞涩地低下了头，但嘴角仿佛有一丝笑纹在荡漾开来。

那天我与这只青蛙在菜地边坐了好一会儿，当我挥手向它告别时，它才缓缓地转过身，恋恋不舍地回到水沟的草丛里去，但仍不忘把一声一声的"呱"送进我的耳鼓里。

后来，随着天气日渐寒冷，我在菜地边再没见过这只青蛙。我猜想它一定冬眠去了。再后来，我考到城里念书去了，就更没机会见它了，但心里一直牵挂着它。在我的心灵深处，一直存有一点小小的"私心"：我希望它是我从那些小不点手里解救出来的蝌蚪们中的一只。

载于2018年1月8日《春城晚报》副刊

大黑小白

在我的家乡，每到夏天，总要把牛赶到山上去放青的。放牛的，大多是学校放假回来的孩子，基本上是早出晚归。日头刚冒红，村街便被一群一群出圈的牛搅得尘土飞扬。牧童们头戴斗笠，身披蓑衣，跟在牛群后面，兴奋得像噪林的麻雀，叽叽喳喳议论个不休。

对他们来说，放牛这活计是新奇的，悠闲的，也是充满乐趣的。把牛往山上一赶，三五成群地聚在一起干自个乐意干的营生，或打牌，或聊天，或漫山遍野地寻野果吃，天马行空，其乐融融。中午时分，寻一堆枯柴来，燃起篝火，或烧洋芋，或烤馒头，就着带来的咸菜，吃得肚皮滚瓜溜圆，再往山坡上一躺，浴着日光美美地睡个好觉，舒服死人。傍晚时分，踏着满地胭脂般的夕阳，在暮霭中赶牛回家，在村口还能享受一番爸妈殷勤相盼的醇醇亲情，回家后又是一顿可口饭菜的犒劳。

我念初中那年，爷爷去世了，夏天里牧鞭便传到了我手上。我放牛可没享受过别的牧童那种乐趣，甚至可以说吃尽苦头，这一是因为我家的牛特难放，二来呢，我爸爸对我要求太严格。

我爸爸虽在外面工作，但相牛却是绝对的"伯乐"，被他相中的牛，准差不了。我家养的那一大一小两头牛，就是他亲自从集市上买回来的，嘿，那长相，那身段，绝了。大的那头体黑如炭，我称它大黑，角如月，身似山，膘肥体壮，雄赳赳气昂昂；小的那头通体雪白，我称它小白，伶眉俐眼，活泼灵动，浑身都透着机灵劲儿。赶出来，谁见了都得竖大拇指。可这却苦了放牛的我。

大黑和小白都不是省油的灯。大黑好打架，小白嘴馋，别家的牛出了门后都是四平八稳地走，可它们呢，一出门便是一路疯跑。我从小身体瘦弱，风中豆芽一般柔弱，哪撵得上四蹄生风的它们呀！等我气喘吁吁地赶到时，大黑往往在跟别的牛顶架，小白呢，保准在庄稼地里偷嘴。因此，牛刚出门，我往往已是提心吊胆，有时一天要抹好几次泪蛋蛋。

即使到了山上，大黑也不安分，别的牛都在埋头吃草，而它呢，高昂着头四处寻找"对手"。一般的，被它三招两式就顶得节节败退，要是遇上强劲的，那可就有一场地动山摇你死我活的恶斗了。每当此时，别的牧童看着开心，可我却心急如焚，一是担心大黑受伤，二是怕被爸爸骂。

说起我爸爸，对牛可关心着哩，有时简直到了不近情理的地步。有一天，大黑又跟一头本领与它不相上下的牛顶起架来了，它们缠在一起恶斗了两个多小时，硬是把一块两亩多的荞麦地夷为平地！围观的人围了里三层外三层，谁也隔不开它们。最后大黑终于把对手打败了，可它也已是眼角流血遍体鳞伤，站在地上喘成一团。

"打！叫你打！"我早被这从未见过的恶斗吓哭了，这时，见大黑累得失了锐气，手持鞭杆上去对它就是一通劈头盖脑的猛打，恰巧这时风云大变，雨点噼里啪啦落下来。那天我没带任何雨具，便一路疯抽着它们往家跑。大黑那天确实累坏了，怎么也跑不快，而满腔愤怒的我健步如飞，鞭杆一甩一声炸响地落到它身上。每挨一鞭杆，它浑身就痉挛般地颤抖一下，有几次前脚直打战，差点跌倒在地。

这时爸爸下班后忙着给我送斗笠蓑衣来了。他一见大黑身上血迹斑斑鞭痕纵横，顿时心痛极了，猛地夺过我的鞭杆一把折为两截，劈头盖脑地对我就是一通怒骂。然后，他轻轻地摩挲着大黑的皮毛，让它安静下来，把它牵到地埂上吃肥嫩的青草。

不一会儿，瓢泼大雨倾盆而下，爸爸回过头来狠狠地瞪了我一眼，把斗笠蓑衣扔到我身上。他呢，就那么久久地偎依在大黑身边，抚摸着它身上的伤口，任风挥舞着雨鞭在他那一无遮拦的身上抽打。

大黑显然受了感动，边吃草边不停地抬起头来看爸爸。最后，它"哞——"地叫了一声，尾巴绕成圈儿在爸爸身上不停地摩挲着。同时回过头来，伸出长舌头不停地舔他的手。

烟雨蒙蒙中的这一幅人牛图，深深地震撼了我的心灵！

"牛通人性咧，首先你要爱它，对它好，它才会对你好嘛。"爸爸回过头来，眼眶中弥漫着水雾，说，"牛是庄户人的衣食父母呀，比起它没死没活地犁田耙地的那份苦劲，你放它时吃的这点苦又算得了啥呢？……"

回到家里后，爸爸立即找来消炎粉，敷在大黑身上的伤口上。又把土霉素研成粉末，兑上水喷在大黑受伤的眼睛上。干完这一切，我发现大黑不停地扇乎着大耳朵，长睫毛眨巴眨巴的，一颗硕大的泪珠竟从眼眶中滚出来。

天哪，我长这么大，还是第一次看到牛会流泪！

我揉了揉眼眶，千真万确，那泪珠正顺着大黑毛茸茸的脸一路流淌开来。这时，我心中升起了一种庄严的感情，有对大黑的爱怜，也有对我那其貌不扬的爸爸的敬佩。

此后，我不再像以前那样讨厌放牛了，也注意培养和大黑小白的感情。没事时就用铁篦子帮它们梳理皮毛，在哪儿见到一丛丰茂的青草，总是割来送到它们嘴里。大黑小白也不再像以前那样处处跟我作对了。记得一个下雨天，因道路泥泞，我的鞋老是沾满泥浆，笨重得像只破船，怎么也走不快。而这时天又快黑了，冷风飕飕，大黑和小白便频频地停下来，回过头来"哞哞"地召唤我。那一刻，我浑身充满暖流……

夏天很快过去了，学校收假了，我恋恋不舍地告别大黑和小白，回学校去了。此后因功课日紧的缘故，我再也没有闲暇当牧童了，可心里却对那段牧童生活怀念不已。

今年暑假，我终于又当了回牧童。大黑已变得老态龙钟，却仍然是膘肥体壮威风凛凛；而小白呢，已长大了，跟当年的大黑不相上下。

这些年来，一到夏天，它们就由同村一个名叫蜜桃的少女帮忙代放一下。那天因她有事，便由我放了。

我把大黑和小白赶到山坡上，自己捧着书看起来，为了不让它们走失，我不时警觉地抬起头瞥它们一眼。但我很快便发现，我的担心纯属多余，它们老是围着我，反反复复地啃周围的草。这倒弄得我不好意思，只好收起书本把它们赶到有草的地方去。

但只要我一坐下来，它们又不往前走了，大眼睛不时地向我瞥一下，目光温驯而纯善……

第二天，蜜桃来我家放牛了。我揣了本书，提出要跟她一起上山放牛。蜜桃是个非常爱笑的女孩儿，当下咧开了嘴笑嘻嘻地说："咦呀，都大学生了，还放什么牛哇，快待在家里看书吧！"

　　然后不容分说，赶着牛走了。

　　我分明看见，大黑和小白临出门时，充满眷恋地回头看了我一眼。

　　看着它们由穿着水红衣服的蜜桃越赶越远，我心里的眷恋也越来越浓。我这才悟出，那段牧童生活的酸甜苦辣，已被岁月酿成陈年佳酿，令我未饮先醉，割舍不得……

　　　　　　大学时代作品，载于《春城少儿故事报》

一只叫"花花公子"的羊

一

那年秋天，受报社委派，我到地震灾区参与抗震救灾报道工作。我的任务是跟随在灾区收购猪羊的青年男子田仓宝，做体验式采访。

这次地震非常惨烈，波及多个乡镇和村庄，震区很多群众的家园被夷为平地，但有的群众家中养的猪羊却在地震中幸存了下来。它们能活下来当然是好事，但也带来了另外一个问题：因为家园被毁，好多受灾群众都被转移安置在外地，他们牵挂着家中的猪羊，有的偷偷地溜回去喂养，存在被余震中倒塌的房屋砸死砸伤的危险。

为避免出现这种惨况，在有关部门协调下，县里一家企业派出一支队伍，专门在灾区收购猪羊，既消除了灾区群众的后顾之忧，又让他们有了一笔收入。田仓宝是这家企业的员工，尽管家里也遭了灾，他妻子在地震中遇难了，但他却强忍悲痛，主动向公司要求承担任务。报社认为这是一个好素材，要求我采写一组生动鲜活的故事。我整天跟着田仓宝在灾区转悠，挖掘到了很多感人的故事。至于他妻子去世的事，为了不刺激他，我一直小心翼翼地回避着这个话题。

这是我跟随田仓宝采访的最后一天。傍晚，收到了几十头猪羊的田仓宝，返程中经过他的家乡羊喜村时，难以遏抑的对家人的思念之情使他停下车，准备回家去看望家人。

"记者同志，你也到我家里去坐一坐吧。"面对他的盛情邀请，我答应了。

在一座大山脚下的花椒林里，掩映着十余顶蓝色帐篷。原来羊喜村的房屋在地震中全部被毁，这些帐篷就是村民们的临时安身之所。田仓宝家的帐篷在花椒林里比较靠前的位置，我们走近一看，只见夕阳余晖里，坐着一位年逾古稀的老人，她是田仓宝的母亲杨富采。

"你总算挨家啦！"见到田仓宝，杨富采老人的眼圈一红，用一种抱怨的口吻说，"你整日价不拢家，我腿脚又不灵便，可苦了荟儿这孩子，既要照顾我，又要照管她的羊！"

可不，在一株花椒树上，拴着一只山羊，一个 10 岁左右的小女孩儿正蹲在羊前，亲昵地跟羊啦呱着话儿。那羊，长着两只威风凛凛的角，金黄的皮毛在阳光下闪闪发亮，脖子里系着一块红绸布。那小女孩儿呢，圆圆的脸、大大的眼睛，长得非常可爱，只是神色有些忧伤、憔悴，不知是着急，还是生气，她的鼻尖上沁出了细密的汗珠。她把手里的一丛青草不停地凑近羊嘴，用一种近乎乞求的语气说："公子，你吃点嘛……"但羊不停地把头扭来扭去，就是不肯吃草。

"公子？你咋叫这羊公子？"我好奇地问这个名叫荟儿的小女孩儿。

"这羊最喜欢吃各种花儿，不大喜欢吃草。所以，我给它起了个名字叫花花公子。"荟儿进一步解释说，"没花的时候，要在草里拌上盐，再掺上玉米粒，它才肯吃。还有，它喝的水也比较讲究，生水要烧开后放凉它才喝。"

"这羊还真有点公子作派。可它也不看看时候！"我有些鄙夷地说。

"地震过后，粮食变得金贵起来，不可能再像以前那样伺候它了。"杨富采老人缓缓地说。

"既然这样，咋不把它卖了呢？"我对田仓宝说，"你整天帮别人收购猪羊，也得管管家里的事呀，别让花花公子折腾人！"

二

田仓宝一个劲儿地对我使眼色，阻止我往下说，可惜我没明白他的意思，仍自顾自地说下去。意想不到的一幕发生了：刚才还文静秀气的荟儿忽然脸憋得通红，眼里泛着泪光，生气地朝我嚷道："你是个坏叔叔！我不许你这样说我的羊！我永远不会卖我的羊！"

花花公子似乎也生气了，猛地调转过屁股，冲我放了一个屁，然后只听"哐啷啷"一阵响，一泡羊屎雨点似的落在它脚边的一个水盆里，在水里洇染开一朵朵淡黄色的小花。这有趣的一幕把荟儿逗乐了，她有些羞涩地把头伏在花花公子的脖子上，花花公子用脸摩挲着她的头发，嘴里叼起一根青草，缓缓地嚼着。

看荟儿气消了些，田仓宝说："荟儿跟这羊的感情可深了。——叔叔刚来，还不了解情况。我们不会卖花花公子的。"

荟儿这才平静下来。田仓宝对荟儿说："你不是最佩服写文章的人嘛，这位叔叔是记者，写了好多文章发表在报纸上，他这次来是要写爸爸呢。你可以向叔叔多请教写文章的事。"

田仓宝的话，立即拉近了我与荟儿的距离，我们围坐在花花公子身边，聊开了天。她告诉我，她从小就喜欢羊，半年前，爸爸从集市上买了这只羊回来。她专门在羊脖子里系了条红绸布，希望羊能平安长大。不知是不是这红布发挥了作用，羊竟躲过了地震这场劫难。

地震那天，她和爸爸正在山上采摘花椒，妈妈则在家里做饭。地震袭来后，瞬间山崩地裂，倒塌的房屋将妈妈埋住了。当时，花花公子被拴在家里的围墙边，倒塌的围墙也将它埋住了。地震发生后，爸爸立即打妈妈的电话，但怎么也打不通，他不顾满山飞滚的乱石，立即带着荟儿往家冲。跑回家，只见家里已被夷为平地，妈妈和羊儿都不见踪影。她只觉得心一阵撕裂般的剧痛，哭喊着"妈妈！妈妈！"跪在废墟上发疯般的用双手刨起断垣残壁来……

爸爸急得团团转，在倒塌的围墙边，他猛地发现了一小截红布，刨开废墟后，花花公子竟从里面跃了出来。幸运的是，借助放在围墙边一堆柴草的支撑作用，它竟安然无恙。

然而，妈妈却没有这么幸运。在5名解放军战士和一些亲戚的帮助下，足足用了一天的时间，才将妈妈的遗体从废墟中刨出来。看着面目全非的妈妈，荟儿怎么也接受不了这个现实，瘫坐在地上，哀号不已。

"我的妈妈走了，我再也见不到她了，我经常从梦里哭醒过来……"荟儿抽泣着。花花公子像个懂事的孩子似的，温顺地躺下来，目光悲悯地看着荟儿，不时地伸出粉红色的舌头去舔她的鼻头。也许是鼻头被花花公子舔得很痒的缘故，荟儿破涕为笑，"这些悲伤的日子里，花花公子给我带来了很多乐趣。有了它的陪伴，我就稍微能减轻看不见妈妈的悲伤，也不怎么害怕地震了……"

三

我陡地明白了，这只羊，其实已是荟儿相依为命的伙伴，难怪说要卖它时，她的反应会那么强烈。

一个念头闪进脑海，我对荟儿说："这个季节，要让花花公子全吃花不容易，你是否尝试过喂它树叶呢？"荟儿摇了摇头。我看到花椒林里掺杂着一些核桃树，便采摘了一些核桃叶来，花花公子显出兴奋的神情，把头昂得老高来抢核桃叶吃，吃得嘴边绿沫飞舞，咩咩地叫个不停。

"我让你看一个花花公子的绝招！"荟儿露出俏皮的神情，微笑着对我说。她蹲在地上，把几枝核桃叶拿在手里，在花花公子的鼻子前晃来晃去，花花公子一着急，前身一跃，竟把两只前腿搭在了荟儿肩上，抢过树叶大嚼特嚼。荟儿兴奋得小脸通红，发出一串银铃般的笑声。

花花公子吃饱了，趴在地上，眯缝着眼睛，一副半睡半醒的样子。"它吃饱了肚子，要打瞌睡了。"荟儿对花花公子说："你睡吧，我该去做饭了。"

她走进了帐篷，我也跟着走了进去。

帐篷里除了两张床外，还有上级发放的米、面和食用油等生活必需品。田仓宝生起火炉，挽起衣袖要做饭，荟儿懂事地说："爸爸，你忙了一天，休息一会吧。饭让我来做。"

田仓宝凑在我耳边小声说："唯一让我宽慰的是，我老婆走后，我这闺女懂事多了。"

荟儿把淘洗过的米放进锅里，又削起土豆皮来。不一会儿，一盘炒土豆丝、一碗鸡蛋羹、一盆白菜汤便热气腾腾地摆在我们面前了。

田仓宝邀请我共进晚餐。在灾区采访，我已习惯了这种走到哪吃到哪的生活，便没客气，端起了饭碗。饭菜味道还不错，我一连吃了两碗。坐在我对面的杨富采老人说："遇上这么大的灾难，我们还能吃穿不愁，真要感谢党和政府！感谢社会上的好心人！"

搭建帐篷、发放物资、搜救伤亡人员……顺着杨富采老人的话题，我们聊到了有条不紊展开的抗震救灾工作上。"平时没感觉，遇到这种大灾大难的时候，国家的力量就显现出来了！"田仓宝由衷地说道。我不住地点头称是。

"以前，我很任性，地震后，我尝到了生活的艰辛，懂了不少事。"荟儿带着无限的憧憬说，"可惜，我们的学校在地震中毁了。我现在最迫切的愿望，就是能早日上学……"

作为记者，在掌握信息方面有一定的优势，我告诉荟儿："你别着急，政府正在给学校建活动板房，不久你们就可以去上学了。"

"太好了，我又可以上学啦！"荟儿双眼闪烁着希冀的光彩。

太阳快落山了，我和田仓宝还要赶回城去。杨富采老人对儿子说："有空，你要多回家来看看！""妈，我会的！"田仓宝说，"全国那么多人来支援我们，我们当地人又怎能不克服困难多做点事呢？"他拍着我的肩膀说，"像这位记者同志，就是从省城赶到我们这里来报道我们灾情的。"

临走时，我把一本笔记本送给荟儿。"叔叔，你可以把你的电话号码留给我吗？我挺喜欢写作，这样我遇到问题时就可以向你请教了。"看着荟儿满含热望的眼神，我把自己的手机号码写在了送给她的笔记本上。

花花公子看到我们走出帐篷，立即一跃而起。"花花公子，向记者叔叔说再见！"对荟儿的提议，我在心里发笑：一头羊又怎么会跟我表达再见的意思呢？

接下去的一幕，又让我开了眼界：花花公子目不转睛地盯着我，嘴里"咩咩"叫着，两只耳朵扑闪个不停，好像真的在说：叔叔再见！欢迎再来！

我的心中腾起一股热浪，一种依依不舍的情感充塞在胸间……

四

完成田仓宝收猪羊那组稿子后，报社对我的工作进行了调整，让我负责报道每天一次的抗震救灾指挥部会议情况，从此我只好待在县城里搞枯燥的会议报道，对前不久那种天天往乡下跑抓新闻"活鱼"的生活怀念不已。

我以为和荟儿以及花花公子的联系将告一段落，没承想在这天召开的会议上听到的一个消息，又让我们有了新的交集。

会上，一名领导汇报说，羊喜村的后山上出现粗大的裂缝，担心山体滑坡，建议羊喜村村民立即搬迁到县城里的集中安置点。人命关天，羊喜村整体搬迁的事马上在会上定了下来。我迅速在电话里把这个消息告诉了田仓宝。

当天深夜，我刚入睡，手机忽然响了起来。接通后，传来一个小女孩儿断断续续的哭声，我立即听出是荟儿，焦灼地问："荟儿，你怎么啦？快告诉叔叔！"

"叔叔，你快救救我的花花公子吧！"

"它怎么啦？生病了，还是……"

"不是。村里组织我们搬迁的干部不准我把它带到新的安置点，说怕它会传染疾病。可要是把它放在羊喜村，肯定凶多吉少……"

我明白是怎么回事了。应该说，负责搬迁的干部做得对。一般情况下，大灾之后必须严防大疫，因而各个安置点对防疫工作都高度重视。从我这段时间采访的经历看，把家畜养到集中安置点的事还从未遇到过。要不然，田仓宝也就不用劳力费神地去灾区收购猪羊了。

"兄弟，我知道给你添麻烦了，但这时候，能帮上忙的，也只有你了。"田仓宝在电话里说，"你知道花花公子在荟儿心里的分量……"

我当然知道花花公子对荟儿意味着什么，但也不知道这事是否有通融的余地。思索了一会儿，抱着试试看的心理，我拨通了一位副县长的电话。因为我知道他负责挂钩联系县城里的那个受灾群众安置点，而我跟他还算有点交情。

果然，副县长先是一口回绝：这肯定不行啊！要是防疫工作出了问题，谁也负不起这个责！再说，要是受灾群众都把家里幸存的禽畜养到安置点，那安置点岂不成养殖场了！但当他听我说这只羊被一个失去妈妈的孩子当成性命一般看待时，沉默了半晌，说："这样吧，我跟大伙商量商量，看能否把这只羊作为特例通融一下。只要给它消好毒，我想安全保障还是有的……"

一个小时后，副县长打电话告诉我，荟儿可以把花花公子带到新的安置点，但花花公子必须接受防疫人员的消毒处理。

"没问题！"我满口答应。我把这个消息告诉荟儿后，她兴奋地说："只要不把我跟花花公子分开，我什么条件都答应！"

五

几天后的一个中午，我准备抽空到县城里的集中安置点探望荟儿。我事先给田仓宝打了个电话，很不巧，他帮着建活动板房去了，不在安置点。

"你不在安置点，荟儿又没有手机，我怎么找得到她呀？"我有些犯难地说。

"不怕，你只要提花花公子，那儿的人都知道。花花公子现在的名气可大着哩！"田仓宝故意跟我卖了个关子，怎么也不告诉我花花公子声名大振的原因，只说我去一看就明白了。

安置点设在县城里的广场上，上百顶帐篷形成了一片蓝色的海洋。空中下着冷雨，寒风刺骨，但这里却人声鼎沸，到处可见受灾群众排起的一条条长队，有等着领午餐的，有看病的，有打开水的，秩序井然。

我先说找荟儿，很多人一脸茫然，但当我提示说她有一头叫花花公子的羊时，人们立即恍然大悟地说：你找那个热心肠的小姑娘呵，知道！知道！

"我们带你去找荟儿姐姐！"几个小不点边说边把我往一顶帐篷处引。

远远地，我听到了一阵清脆的铃铛声响。难道花花公子戴上了铃铛？我边走边想。

小不点们大声喊道："荟儿姐姐，有人找你！""谁找我呀？是又想来跟花花公子玩的人吗？"随着那熟悉的甜甜的童音，荟儿走出了帐篷。见到我，她先是一愣，继而飞快地跑到我面前，激动得满脸通红地说："叔叔，总算又见到你了！你可知道，你帮我们做了一件大好事呀。我们搬走的第二天，村后的山就垮了，要是花花公子留在那儿，肯定被埋了，也就不可能像现在这样受大家追捧啦！"

走进帐篷，让我有些意外的是，这个帐篷竟是专门为花花公子准备的。此刻的花花公子，脖子上不但系着红布，还挂了一串铃铛，显得气宇轩昂。角落里堆着一些青草、核桃叶和不知名的野花，旁边还有一袋金灿灿的玉米。不用说，这些肯定是为花花公子准备的食物。

见到我，花花公子高昂着头，"咩咩"地叫了几声。"它这是跟你打招呼，感谢你的救命之恩呢！"荟儿风趣地说。

"哦，原来你就是那个救了花花公子的记者同志啊，我代表我们全体小伙伴谢谢你！"在围着花花公子的七八个孩子里，一个脸蛋胖乎乎的孩子像个小大人似的对我说道。他的皮肤又白又嫩，长得极其可爱，但闭着的眼睛始终在一眨一眨的。原来，他是个盲人。"我的爸爸妈妈不要我了，最疼我的爷爷奶奶也走了，我没有家了，我惨得很，但花花公子能让我开心……"男孩儿的一席话，听得我心里直发酸。

原来这个名叫金一鸣的孩子，从小双目失明。他刚长到半岁多时，他的母亲就离家出走了，后来他的父亲也长期外出不归，是他的爷爷奶奶一把屎一把尿地把他拉扯大。地震那天，

他的爷爷奶奶在山上劳动，被飞滚而来的巨石打下山崖。他那天坐在院子里，大半个身子被倒塌的围墙埋住了。人们费了好大力气，才把他刨出来，所幸身上并无大碍，只是因惊吓和悲伤过度，从此他便一言不发，心理医生来搞心理疏导也不管用。荟儿知道他的情况后，把花花公子牵到他住的帐篷里，她先跟他说了很多贴心话，然后让花花公子用舌头舔他的鼻头、用毛茸茸的脸去摩挲他的脸，他号啕大哭一场之后开始愿意跟人交流了。

在这个县里最大的受灾群众安置点，像金一鸣这样痛失亲人、遭受惊吓的孩子不在少数，他们或多或少都存在心理障碍，而心理疏导短时间内又往往难以奏效。金一鸣的转变提醒了大人们，他们专门为花花公子安排了一个帐篷，让荟儿带着这些孩子跟花花公子嬉戏。调皮的花花公子时时把孩子们逗得捧腹大笑。玩累了，荟儿就带着孩子们去给花花公子割青草、采野花、摘树叶。渐渐地，好多孩子走出了心灵的阴影。

听到这些感人的故事，我不由得朝荟儿和花花公子投去敬佩的目光，心里暗暗为当初救下花花公子而庆幸。

不知不觉，天放晴了，透明如薄纱的阳光洒向苍翠的青山，喜鹊在广场边的梧桐树上跳上跳下，叫个不停。孩子们把花花公子牵出来，围着它做开了游戏，他们开心的笑声和着花花公子清脆激越的叫声传得很远，很远……

2016 年获第一届"婺州杯"全国儿童文学大奖赛三等奖，压缩版载于 2017 年 3 月 4 日《云南日报》副刊，并被中国作家网转载

充满渴望的酉鸣

在钢筋水泥构筑起的现代都市里，有一段时间，我天天都在公鸡的啼鸣声里醒来，仿佛又回到了儿时的乡下，真有种穿越时空的感觉。

那年冬天，住在乡下的母亲生病了，在省城医院动过手术后，来到我的家里休养。乡下的一位远房亲戚提了一只公鸡来看母亲，叫我们把公鸡炖了给母亲补补身子。因当时时间晚了，我就把公鸡随意丢在阳台的一个角落里。

到了凌晨四五点钟的时候，我被一阵稀稀落落的鸡啼声吵醒了。这是谁家的鸡呀？我心里纳闷地想，翻个身又睡了过去。但后来，这鸡啼声越来越密集，越来越嘹亮，简直像一柄带着寒光的宝剑在空中挥舞。看看窗外，天才蒙蒙亮，我蓦地明白了：这是亲戚送来的公鸡在打鸣啊！

早上母亲起床后，脸色竟比往常要好，她对我说："我夜里听见了公鸡叫，就像又回到了老家，一下子睡得踏实了。——这只鸡就别杀了，养起来给我做伴吧！"

养只鸡在家里？光那鸡屎臭就让人受不了哇！但母亲大病初愈，我不能惹她生气，只好照办。这是一只通体雪白的大公鸡，头上顶着一个硕大的红彤彤的鸡冠，乌黑的眼睛老是一眨一眨的，显得神气又威风。我给它取了个名字叫酉鸣。为妥善安置它，我找来一只大纸箱，拿刀在上面开了一个窟窿，算是透气用的，然后把酉鸣放了进去，又把纸箱搁在了阳台上。

有了酉鸣的陪伴，母亲精神有了寄托，她每天都要把白菜细细剁碎，然后拌在米饭里给它吃。看着酉鸣吃得那个欢势劲，她乐得合不拢嘴。"酉鸣的生活，比我们小时候的生活都好。"我感叹地说。在我的印象里，小时候家里养鸡，一般都是喂猪食，白米饭可是连人都不可能经常吃到呢。

因为鸡是养在家里，得注意卫生，我每天傍晚下班后都要把权作鸡圈的纸箱抬到楼下去清理粪便，顺便把酉鸣从纸箱里捉出来"放风"。为了不让酉鸣逃跑，我用一根红绳系在它的脚上，牵着它在小区里遛弯。酉鸣昂首挺胸，像个绅士般地踱着步，不时地啄啄路边的沙粒、青草，但更多的时候，它会停下来昂起脑袋、踮起脚尖、鼓起胸膛、张开喉咙，发出一声声嘹亮雄壮的啼鸣。

看酉鸣叫得这么郑重又这么吃力，我有些不解地训斥它：你干吗要这么费劲地叫哇？你就不会省省力吗？"娃，它这是在找伴呢。"母亲这么一说，我发现还真是这么回事，每次叫过后，酉鸣总要歇一会儿，歪着脑袋凝神倾听，明显是在捕捉回应。

"这大城市里，哪会有它的伴哟。"母亲发出一声深长的叹息。

几个月后的一个周末，我又把纸箱抬到楼下去清理卫生，还没来得及把酉鸣捉出来，它却头一低、腿一迈，从箱壁上的窟窿里大摇大摆地走了出来。"哎呀，我好心办了坏事。"母亲说道。原来她怕酉鸣在纸箱里太憋屈，又用刀把箱壁上的窟窟窿划大了些，大得足以让酉鸣能够"逃离"。

我当时也没当回事，像往常一样让酉鸣"放风"后，便把它带回了家，哪知它却从此开始了"穷折腾"，一次又一次地通过窟窿眼从纸箱里走出来，在阳台上一个劲地伸长脖颈啼鸣，还把粪便拉得遍地都是。我被折腾烦了，拿胶布把纸箱上的窟窿眼堵小了一些，这下它身子倒是出不来了，但不停地把头探出来，身子一个劲地撞击箱壁，老是幻想着再次走出纸箱。更严重的是，后来它竟不吃食了，整天惶恐不安地在纸箱里走来撞去，嗓子里发出低沉嘶哑的声音。

"再这样下去，酉鸣怕活不长呢。"这天饭后，母亲郑重地对我说，"娃，我的病也恢复得差不多了，我明天准备带着酉鸣回老家去。"我本能地阻拦，母亲摆摆手，以不容置疑的语气说，"这大城市，我实在住不惯。邻里之间互不来往，平时连个话都难得说上，哪有乡下的人情味。卫生间那抽水马桶我也用不惯……"

劝阻无效，我只好把母亲送回老家，连带着捎上酉鸣。刚进村，母亲便把一直抱在怀里的酉鸣放到地上。远远地，有几只母鸡带着小鸡正在一堆柴草旁啄食。酉鸣脚刚落地，喉咙里便发出一声欢快的畅鸣，挓挲着翅膀忙不迭地跑过去，跟母鸡们交颈接尾一番寒暄之后，便在一起从土里刨食，一副其乐融融兴高采烈的样子。

"俗话说，一方水土养一方人。其实，不光是人，我看鸡也是这样呢。"回到老家，母亲的表情瞬间生动起来，她一边跟村里人打招呼，一边说出这番颇有哲理意味的话来。我未置可否，心里却颇以为然……

2016年12月

鸭姐妹的深情

在我们乡下，每到傍晚，往村路上一站，便能见到这样的情景：一只只鸭嘎嘎叫着，一跩一跩地走进了各家的小院。这情景实在动人，我便央求母亲也去买几只鸭来养养。母亲便到集市上买回了两只雪白的小鸭。

从集市上买回来时，原以为它们是一公一母，谁知长大了才发现两只都是母鸭。我把大的那只叫福照，小的那只叫奇遇。它们每天都产下两只光滑洁白的鸭蛋，母亲乐得合不拢嘴，而我却颇为自负地说：两只母鸭在一起，关系一定不会太和睦！

"为啥？"母亲奇怪地问。"缺乏异性相吸的魅力嘛！""瞎说！""不信你就等着瞧！"挨了母亲的骂，我心里自然不痛快，同时急切地盼着自己的预言能变为现实。

这两只鸭子，每当天刚蒙蒙亮，便放开喉咙嘎嘎大叫，这是在催促主人赶快放它们去田野里觅食。但因为它们出圈后，总要拉一大泡屎在小院里，所以母亲往往要日上三竿才放它们出圈，而且放时还要用扫帚追着打，撵得它们跌跌撞撞屁滚尿流。

有一天早晨，我正贪馋地睡着早觉，忽地觉得鸭子的叫声有些不对劲，仅一只鸭子在门口嗓音粗而高地叫，求救一般。诧异地开门一看，果然只见福照站在门口，奇遇则无影无踪。见到人，福照兴奋地"嘎"了一声，转身就往院里的那口水井边跑。我跟过去一看，原来奇遇掉到了水井里，井水离地面有一段距离，它上不来，正焦急地挣扎着。大概是早晨它们挤倒圈门，正欣喜地往外跑时，奇遇一不小心乐极生悲，落井了。

"这鸭子，通人性呢。"把奇遇从水井里捞上来后，母亲得意地瞥我一眼，"咋样？它们真像你说的那样无情吗？"我确实有点为自己的预言心虚了，但仍装作不以为然的样子说，忙啥，时间还没到嘛！

半个月后，福照外出觅食时，被人打伤了腿，走路一瘸一拐的极为艰难，母亲便只把奇遇放了出去。嗬，这下有好戏看啦！只见两姐妹交头接颈，难舍难分，强行把奇遇赶走后，过了不大一会儿，它便从田野跑回来，嘴里衔着条鱼，好似探病一般，把鱼放在福照面前，嘎嘎叫唤着，叫福照快吃。一天像这样的"探病"要有好几次。受了它们这种情意的感染，我急忙上山挖了一种叫接骨散的植物根茎来替福照包扎伤腿，并祈祷它的伤早日痊愈。

几天后，福照终于又能去田野觅食了。我特意很早起来把它们放了出去。天光熹微中，两只鸭子欣喜若狂地向晨雾朦胧的田野跑去。母亲看着它们的背影，赞叹说："多好的一对姐妹！你现在该认输了吧？"

这次我没有犟嘴，心里像注满阳光般温暖，难为情地举起手揉了揉有些发热的眼窝。

大学时代作品

奇异的生命之旅

我很喜欢养鱼，家中客厅摆着一个大鱼缸，里面养着十余尾色彩斑斓的锦鲤。闲暇之时，坐在鱼缸前，看鱼儿在水中自由自在地嬉戏，觉得是一件赏心悦目、其乐融融的美事。

只要是养鱼人，都懂得一个道理，要想鱼儿养得好，除得按时给鱼儿喂适量的食物以外，还得勤换鱼缸里的水，只要缸里的水稍有浑浊，就得考虑换水了。在一个春天的午后，我又准备换鱼缸里的水了，但接下来看到的一件事，却让我感叹不已。

为了节约用水，我在卫生间里放了一只大桶，把从鱼缸里抽出来的水盛在里面，以作冲厕所之用。当我把鱼缸里的水抽完，准备去清理大桶里的水时，却发现在桶壁上吸附着很多小黑点，足有十余个之多，而这些小黑点，又呈椭圆状围绕在一个有小拇指肚大的圆状物旁。

这是啥东西呀？我好奇地抠下来那圆状物一看，有着圆圆的壳，身体似乎还在壳里隐隐蠕动，这分明是一只田螺呀。我蓦地明白了，此刻我手里拿的是一只田螺母亲，而那些簇拥在它旁边的小黑点，就是它的孩子们。

刹那间，我心里最柔软的地方被触动了，我既感叹于这只田螺母亲和它的孩子们生命力的坚强，又庆幸没有把鱼缸里抽出来的水直接排进下水道，从而保全了它们的性命。

我不知道这只小小的田螺母亲是以怎样的方式进入我家的鱼缸，并且在里面生下孩子的，但为它们找到一个妥帖的安置处，却是我必须考虑的。我知道，要是继续把它们放进鱼缸，难保以后换水时会伤及它们的性命，最好的办法，还是把它们放生野外。正好小区里有一个池塘，我决定把它们放到池塘里去。

我先把一张柔软洁白的餐巾纸铺在地上，把田螺母亲放在纸上，然后再小心翼翼地去抠它那些吸附在桶壁上的孩子们。在这个过程中，这只小小的田螺母亲在纸上显得焦躁不安，它一定是在为自己的孩子们担忧哩。我的内心又被触动了，深切地感受到了母爱的伟大，同时也生发出一种要让它们全家平安团圆的责任感。

约莫花了几分钟的时间，我才把田螺母亲的十多个孩子全部汇聚到餐巾纸上，然后小心翼翼地把餐巾纸裹起来，来到小区里的池塘旁。池塘边栽满了柳树，柔软修长的柳条在春风中轻舞，在雪花般飞舞的柳絮中，我把裹在餐巾纸里的田螺母亲和它的孩子们全部抖落进水里。池塘里的水清澈见底，田螺母亲带着它的孩子们相继坠落到水底，不一会儿，它的孩子们又在它的周围形成了一个密密的包围圈。我知道，它们在田螺母亲的带领下，将开始全新的生命之旅。

那天，我在池塘边待了很久，也想了很多。既然在我家的鱼缸里，都能在我毫不知情的情况下生活着一只田螺母亲和它众多的孩子，那在我们平时不太留意的地方，又该生活着多少小生命？也许我们无意之间的一个举动，都会让它们上演多少

悲欢离合！……从此，我在做事时，便格外留心自己的举动是否会对别的小生命造成伤害，比如，不在菜地焚烧秸秆，不把滚烫的开水浇进土里，等等。每当我这么做时，都感到内心无比的澄净明澈。

载于2015年9月2日《春城晚报》副刊

"偷嘴"的小松鼠

校园深处有一片林子，古木中夹有修竹，景色极其优美。初冬的一个早晨，阳光暖洋洋的，我坐在林子里的一棵树下看书。树叶落尽，繁密黢黑的树枝伸展在碧空里，不时地还能看到几只小松鼠在上面来回追逐、嬉戏。

我有个吃零食的习惯，边看书边把饼干、花生米什么的往嘴里扔。后来，我把装着食物碎屑的塑料袋很随便地往大树旁的一棵冬青上一挂，准备走时把它提了扔到垃圾箱里去。

窸窸窣窣，我的头上突然起了一阵轻微的响动。我抬头一看，只见一只松鼠正从树上往下爬。见我注意它，它急忙停住了，黑豆眼探询地看着我。它来干什么？松鼠即使胆子再大，也没勇气到地面上来耀武扬威呀？我又埋下头看书了。

正看得有趣，只听树那边传来异样的响声。原来松鼠已下到地面上，正探起上身抱住食品袋，粉红色的舌头不停地在上面舔来舔去。一有动静，它便赶忙做出逃遁状，怪有趣的。我便仔细观察起来。它全身灰褐色，最漂亮的要数那根蓬松的拂尘般的大尾巴。见我并无恶意，松鼠便放心大胆地撕咬起食品袋来，当然警惕性还是时时保持着的。不久袋子便被咬破了，它香甜地大吞大嚼起来。

　　这奇异的景象吸引了过路的大学生们，他们聚拢来，静静地观赏着。其中有个稍稍调皮的，刚伸出手要做恫吓的姿势，便被旁边人一个严厉的眼色制止住了。看到这一幕，我心潮起伏，不由想起了上初中时的一件往事……

　　我家的房子后面有一片树林，每天都有松鼠到厨房里来偷东西吃，碰得锅盖碗筷砰砰直响。但我们从不去伤害它们，有时还要故意留一些食物在外面给它们充饥。有一次，几个同学到我家来做客，发现了这个秘密，便设好了一个圈套，专等松鼠上钩。等我从外面办事回来，他们已将在厨房里捉到的松鼠剥皮剔骨，正用油炸了吃呢，一边连连赞叹："好香！好香！"还商议着下次如何捕捉。

　　当我指出这样做不好时，他们说："我们只图享口福，别的可管不了那么多！"后来，我渐渐疏远了他们，而且心里总有一种隐隐的忧虑。

　　在大学里，大家的环保意识都比较强，营造出了一个人与自然和谐相处的环境。这儿的松鼠胆子可大啦。其实，在这里胆子大的小动物何止松鼠呢？无论多么珍贵、好看的鸟儿，飞落在校园里，也只有人远远地观赏而绝无人去伤害……

　　松鼠终于吃光了食物，用前爪抹了几下嘴巴，大尾巴感激地冲大伙摇了几下，一蹦一跳地跑回大树上去了。围观的人渐渐走开，我却陷入了沉思……

大学时代作品，载于《春城晚报》副刊

第二辑

人间温情

小鸭子果

　　几年前，我曾从城里到乡下的外婆家去住了些日子，在那儿结识了一群难忘的小伙伴。

　　那村子很偏僻、贫穷，清一色的茅屋，但景色十分秀美。山清水秀自不用说，特别有趣的是房前屋后都栽满了棕树，有风时巨大的棕叶便哗哗哗响个不停，十分热闹；更难得的是村中那方池塘前，青石板街道旁，有棵枝叶婆娑、佝偻了腰的小鸭子树。一到夏天，小鸭子树便结果了，熟透了，拇指肚大小，鹅黄色，玲珑剔透，酷似灯笼，看得见里面卧有一黑头红身的物儿；小心掰开来，往水面上一扬，便会像小鸭子般悠悠荡荡地朝前游，因而这种果子被称为小鸭子果。

　　最有趣的，莫过于月光下在池塘边放小鸭子果。

　　几乎每个夜晚，我都是和村中的小伙伴们在池塘边度过的。

　　那天晚上，踏着满地碎银般的月光，我又和他们来到池塘边。灵巧如猴的孩子王狗蛋儿爬上了树去，摘下的小鸭子果扔得满地都是。掰开来，奉若神灵般虔诚地弯腰放在水面上，拍脚打掌地唱起儿歌，看那黑头红身的小鸭子蹭在月亮碎片上，一撅一撅地游进，禁不住纵情谈笑闹闹嚷嚷，山村的寂静被砸

042

成碎片浮在池塘里。

正玩在兴头上，我无意间回头往后一瞥，只见苍劲黝黑的小鸭子树后伸出个头来，两颗瞳仁闪闪发光，刚一触到我的目光，蓦地便如猫一般敏捷地躲到树干后去了。我问狗蛋儿：

"这是谁家的孩子？怎么那么拘谨，要玩出来不就得了！"

"别管他！"狗蛋儿用一种熟视无睹见怪不怪的口气憎恶地说，"他，就是那个赛神偷的儿子小通根。谁要他玩？他来我们就走！"

哦，原来是这么回事！我刚来到这村里，便听到了赛神偷的大名。他是一个惯偷，白天睡觉，夜里出来活动，偷庄稼、偷柴火，反正见什么偷什么。村里人恨之入骨，从不跟他家交往，没想到这种情况也"传染"到孩子王国来了。

我见那孩子挺可爱的，便提出要小通根也一同来玩。我是城里人，见多识广，狗蛋儿不能不考虑我的建议，思索片刻，他极不情愿地答道："可以，但有个条件！——得让他在棺材铺里待上几分钟，不喊不叫才行！"

嗨，和尚头上的虱子，这不是明摆着的拒人于千里之外吗？棺材铺坐落在村头，孤坟野地，荒草萋萋，是那个驼背木匠干营生的地方，黑咕隆咚的里面时时摆着三五具漆得黑黢黢的棺材，大白天也让人提心吊胆的，更何况在这夜里！但我也无法。只好看那小家伙的造化吧！

没想到小通根竟乐不可支地满口答应，急切切地拽着我的手就要去接受"考验"。

"喤啷"一声，古旧的棺材铺门被打开了，从里面张皇失措地飞出一只蝙蝠来，吓得我们出了一身冷汗。

"进去吧，"狗蛋儿冷冷地说道，"光在里面待一会儿还不成，得走过去在棺材上拍几下才行。"

"嘎吱"，门被锁上了。我们趴在窗台上，透过千疮百孔的窗纸窥视里面，只见小通根摸摸索索地走到屋角停放的几具棺材前，当真"嘭！嘭！嘭！"地拍了几下。"行了吗？行了吗？"小通根出来后，急切切地一迭声问。

看着那张兴奋得通红的小脸儿，我心头酸酸的。这么一个平时胆小如鼠的小男孩儿，一颗孤独的、长期被封闭的心灵，渴望能被大家理解和信任，竟使他产生了非凡的勇气和胆量！

我对他又怜又爱，此后百般照顾他。他忧郁的脸上终于有了笑容，大眼睛里闪出了聪颖、稚气的光芒。记得有一晚我们在池塘边放小鸭子时，小通根恰巧碰到了个头让虫子啃了半个去的小鸭子，刚放到水里便沉了下去。他连连叹惋地说："真可惜！真可惜！""有什么可惜的？树上有的是小鸭子果，摘下来你只要剥开了往水里扔不就得了！"我毫不在意地说。

"我是说，这小鸭子落下去便再也浮不上来了，好可怜……大哥哥，要是人也像这小鸭子一样，该多……"我怦然心动，用异样的眼光打量起这个心理过早成熟的儿童来。

他的眼里竟流溢出泪光，情真意切地说："大哥哥，我真羡慕你！你一到我们村来，人人都夸你，不像我，走到哪都有人指着我的脊梁骨骂……"我拍了拍他的脑袋："我不过是个中学生，算不了什么，大学生才有本事哩！""可我，中学也上不了，爸爸早就跟我说了，最多让我念到小学毕业，就得回家来种田地。他经常喝酒，醉了就打我妈妈，还拿刀子要杀人……我好怕呀！"小通根身子一歪跌进我怀里，呜呜地啜泣起来。

　　搂着这个瘦弱卑怯的孩童，随着他小肩膀有节奏地起伏，我的心也像被剜了出来放在一个酸液瓶里来回晃荡。可我也无回天之力啊！我只会不停地安慰他："别怕，别怕。只要你成绩优异，你爸爸一定会供你念的！你考上中学、大学，他脸上也有光嘛！"

　　后来我回城时，小伙伴们把我送到了几里路外的车站去。小通根泪眼盈盈地问我："大哥哥，你还来吗？"我眼圈也红了，深深地点了点头，然后特意叮嘱了狗蛋儿一番，要他多照顾小通根。

　　回城后的日子里，我久久地咀嚼着在那小村里度过的日日夜夜，就像就着风干的咸肉下酒，越嚼越有味儿。从那些小伙伴——特别是小通根身上，我看到了生活的苦涩和艰辛。

　　几年后，已是大学生的我，在一本杂志上，无意间看到了一篇署名"通根"的文章：《"戏弄"爸爸》。通根？不正是那个管我叫大哥哥渴盼上大学的小家伙吗？这些年，他可没少拜访我的心灵啊，那双忧郁而深沉的眼睛，曾给了我多少学习的动力啊！我怀着浓厚的兴趣一口气读完了文章。

　　小通根的文章写得相当不错，记述的是他爸爸逼他做贼的一次经历。他家的房子紧傍着他叔叔家的，仅用苇席相隔。他爸爸要他钻过苇席到叔叔家去偷东西，他死活不去。爸爸没法，只好叫他在外面放哨，自己钻过去偷。他溜出来把这事告诉了叔叔的女儿菊丫。菊丫回去敲响了门，小通根的爸爸只好吓得落荒而逃。文章的成功之处还在于结尾发出了一连串发人深省的叩问："跟着这样的爸爸生活，我整日都有如履薄冰的感觉！万一有一天我向他屈服了，那我不是在向一个无底深渊滑吗？我该怎么办啊！……"

许久许久，这震撼心灵的叩问仍在耳畔轰鸣。我仿佛看见了一个少年奔跑在隆冬的荒野里，泪流满面地挥着双手大声呼号着寻求援助。我傻愣愣地呆坐着，入定一般。我下定决心，无论如何也得去外婆家一趟！

暑假里，我终于去了那令我魂牵梦萦的小村。

小村的变化非常大，修起了公路，接通了电线，盖起了瓦屋，我由衷地为眼前所出现的一切而高兴。刚到外婆家不久，昔日的小伙伴们都闻讯找上门来。慈祥的外婆端出盐水煮花生招待他们，又到菜园去削菜来准备晚饭了。小伙伴们变化非常大，大都念初中了，一个个都长得高大健壮，几乎都快认不出了。孩子王狗蛋儿还当了他们初二班的班长。我跟他谈了很多，但总觉得心里空落落的，我的眼前少了那双熟悉的眼睛哇！

我几次问起小通根的情况，狗蛋儿都闪烁其词地搪塞过去，被"逼"得实在无处可避时，他才垂下头连连摆着手说："别提他，别提他……他已不在这儿啦……"

我的脑袋胀大若笆斗：龙生龙，凤生凤，耗子生的会打洞，难道生活的悲剧真的降临到了小通根的头上？他是因为盗窃罪被逮捕了，还是……

"不，他是个很好很好的人，很好很好……"狗蛋儿双手捂面啜泣起来，泪水顺着指缝溢出来。一旁坐着的伙伴们也唏嘘不已……

明月皎皎，田野里荡起轻烟，蝙蝠在夜海中划开一道道波纹。我雕塑般伫立在村口那间小通根曾住过的四壁透风的破茅屋前，胸中翻江倒海一般，泪翳模糊了视线。屋里积满尘埃，阴冷潮湿，死寂一片。唯一有点生气的是屋前那株细细弱弱的小鸭子树，枝头新绿点点，在夜风中簌簌作响。我仿佛又看见了一个在田野里奔走呼号的少年的形象。其实，小通根的遭遇远比他作文中写的惨得多啊！……

我回城后，小通根爸爸因盗窃罪被逮捕了。出狱后，他不但不思悔改，反而变本加厉地折磨妻子儿女。小通根妈妈操劳过度，心力交瘁，终于瘫痪在床。他爸爸仍一个劲地在外面寻欢作乐。这个家实在无法维持下去了，村里帮他家分了家。姐姐侍奉妈妈，小通根跟爸爸过日子。

小通根小学毕业后，以优异的成绩考上了县重点中学，但无论他怎样哀求，哭号，爸爸就是不让他去念中学，逼得没法时冷冷地撂出一句："念可以，但你别想从老子这儿拿走半分钱，也不准回家吃饭！"

小通根绝望了，他毅然跟爸爸分了家。他分得村头的一间破茅屋，一亩多地。每天天还未亮透，他便起床匆匆扒几口饭，赶着牛来到田地里，该犁的犁，该耙的耙，日头冒红时把牛托付给别人，跑到学校去上课。散晚学后又直奔田地里。晚上在昏暗的煤油灯下复习功课。假期里他去搞副业，冬天进山扛木头、拉毛竹，夏天到建筑工地上去帮工。学校知道他的情况后，做出了免除他所有学杂费的决定。社会上的好心人也捐钱捐物地资助他。姐姐、同学们也时时接济他。

靠着这些援助，他的生活费用已基本上能维持了，别人都劝他假期里别再去打工了，但他认为打工其实也是一种锻炼，今年假期里便又一如既往地去了。不幸的是，他进砖窑出砖时，恰遇砖窑倒塌……

离开了小通根的破茅屋后，我又在他的坟头坐了很久，夜露打湿了我的衣裳。坟，小小的，荒草萋萋，有一只蛐蛐在孤孤地吟。吟声时而热烈奔放，回肠荡气；时而如泣如诉，感伤至极。狗蛋儿怕我太痛苦伤了身体，劝我到池塘边去，放小鸭子散散心。我想了想，答应了。

小鸭子果又纷纷扬扬地从树上抛下来了，池塘里又闪闪烁烁地漂荡起月亮碎银片来了。我恍惚又回到几年前的那个夜里，但我知道这确确实实不是那个美好的月夜了，这时仿佛有把钝刀子在一下一下地剁着我的心。我机械地掰着小鸭子果，突地，我掰到了一个遭虫害的，脑袋、身子都被虫啃得千疮百孔，我的呼吸急促起来，郑重地把它放到了水面上。

天哪，它竟然没有沉下去！看，它踏在一涡亮晃晃的月亮碎片上，正高昂了头一悠一荡地前进哩。

我眼里又涌出一汪热泪，心里暗暗欢呼道：小通根，我的好弟弟！你不是担心自己会成遭虫害的小鸭子吗？生活里，你确实扮演了一个那样的角色，但你并没有消沉，你奋斗过了，追求过了，旺旺盛盛地活过了，你其实已领略到了人生的真谛！这遭了虫害却不甘沉落的小鸭子，正是你灵魂的化身哪！……

"噢——我真该死，我真浑蛋——噢——"

村子上空突地响起了令人毛骨悚然的哀号。狗蛋儿告诉我，这是小通根爸爸在进行独特的忏悔。小通根死后，四面八方的谴责铺天盖地压向他，他变得神思恍惚起来，夜间在田野上游荡，流着泪发出这样的哀号。好，但愿人间处处有这样的谴责！也但愿这哀号能传得更远些！只是那瘫痪在床的母亲，失去爱子又该是怎样地以泪洗面啊！……

一月中天，万籁俱寂。我的灵魂经过一场苦难的洗礼，变得澄澈透明起来。我决定明天就返回城去。我知道在繁华的都市中，我该怎样生活了……

载于《中国校园文学》1995年第7期

《人民文学》原常务副主编、著名编辑家崔道怡先生对作品的评析：

《小鸭子果》的故事，很可能是真实的。在那偏僻、贫穷的小山村里，确曾有过这么一位处境艰难却执着上进的少年小通根。因为父亲是个惯偷，他也遭到同伴冷待。"渴望能被大家理解和信任，竟使他产生了非凡的勇气。"为了求得自身清白，他"戏弄"爸爸，"毅然"跟爸爸分了家。虽已得到社会援助，但他仍要自强自立。就像遭虫咬了的小鸭子果，在水里并没有沉下去，而是"高昂了头一悠一荡地前进"。

这种逆境中奋进的精神，震撼了作者的心灵。如果张雪飞要写小说，那么结局该是展示小通根的成功了。无奈生活似乎总比小说更多意外，偶然事故竟夺去了有志少年的年轻生命。这使作者感受到的震撼更强烈了，仿佛"灵魂经过一场苦难的洗礼"，从而知道"该怎样生活"，并"打算把这个故事完整地奉献给读者"。

设使作者仅只直白地记述这个故事，读来恐怕未必能够这般动人。生活变为艺术，需要经由作者情思的点化。作者的情思，又需要有具体事物的依托。应如刘勰《文心雕龙》所说："岁有其物，物有其容，情以物迁，辞以情发。""人禀七情，应物斯感，感物吟感，莫非自然。"张雪飞就是这么做的，他给自己的情思，找到了一个依托物——小鸭子果。而这么做，又并非凭空外加的。正是小鸭子果，引导着他认识了小通根；正是遭虫咬了的小鸭子果，揭示了小通根善良而孤苦的内心；最后，又正是借助那虽遭虫咬却不沉落的鸭子果，作者抒发出对有志少年奋进精神的赞叹之情。人与物、物与情，其间的联系，是自然而然的。

当然，实际上，作者的安排颇具匠心。他先写物，后写人，先写童趣，后写"考验"，从而在情景交融的氛围之中，凸现了主人公那让人又爱又怜的身与心。这之后，小通根再出现，便是间接的了。虽间接，却不是简单的交代，而是更浓地倾注了作者的情思。收尾时，仍归结于小鸭子果——写小通根父亲忏悔那一段实无必要——痛惜中的感慨愈现深沉。

艺术之道，弄巧若拙。《小鸭子果》以物喻人，以情叙事，能把一个真实的故事讲得委婉有致，个中奥秘，正在于此。

真实的事件之所以引发创作的冲动，内中必有足以动人的情思。而要创作成功，关键还在作者的发现、发掘与发挥。

载于《中国校园文学》1995年第7期

照片前的晚餐

　　城郊的一间出租房内，清辉和庆玥围着一张照片，正在同吃一碗酸汤腊肉面片。

　　那面片，是清辉精心烹调的。面片是在超市里买的干面片，19块钱一袋。这面片据说是手工擀制的，一片片犹如一艘艘小小的帆船，看上去很精致。

　　那天，清辉和庆玥去逛超市时，庆玥一看到这面片，想起小时候妈妈擀的面片，曾经有过的味蕾记忆马上复苏了，嚷着要吃。

　　清辉起初嫌贵，19块钱的面片，看样子两个人最多也就能吃两三顿，而10多元钱一把的面条，他们至少能吃三五天呢。但他看了看庆玥高高隆起的肚皮，无声地叹了口气，说，想吃就买吧。

　　一丝笑影从庆玥脸上漫过，她噘了下嘴，做出一副撒娇的表情，说，这才是我的好老公。

　　面片买回来后，庆玥还没来得及煮，就发生了被三轮车撞倒的事，面片便一直放在灶台旁。今天清辉收工回来早，问庆玥想吃啥，庆玥揉着自己摔得青紫的小腿，说，我暂时不想吃。——即使想吃，我也要控制饮食。前几天去医院检查，医生不是说我体重超重，让我少吃点嘛。我要是吃得太多，明星长得太大，等到生产时我会很痛苦的。

医生的话，只能听一半。明星需要营养，该吃你还得吃。清辉说，你也别把生孩子看得那么可怕。我妈妈以前常说，生孩子不过就像拉了一截硬屎，身子一挺、屁股一撅，小宝就生出来了。她生我的那天，还下地干活呢！

还翻老皇历，时代不同了！庆玥说，再说，我又不是没生过孩子！生老大鸣秋那天，我白天同样跟你父母下地干活，到了晚上肚子痛，你父亲用马车把我送到乡卫生所，我就在那儿生下了鸣秋。

我那时在外打工，真是难为你了。清辉说，不正是为了方便照顾你，你怀上老二后，我才把你从老家接来城里，跟我生活在一起嘛。

名义上是在城里，除了不用干活，跟在乡下还是没有多大区别。城里孕妇的待遇，我压根儿没享受到！庆玥说，你也看见了，我们前几天去医院检查时，那里的孕妇有多少！听人说，她们自从怀上孩子后，就到医院里建了档，定期要去医院检查身体情况。可我呢，要不是被三轮车撞了，只怕要到生孩子时才可能去医院！

庆玥说的在理，清辉不吭声了。

当然，你也不用责怪自己。农村女人怎么能跟城里人比呢，是吧？庆玥宽慰清辉说。你做了吃吧。我现在只要看着明星的相片，心里就是满满的幸福。

庆玥不吃，清辉便只下了他一个人的面。他先把从家里带来的腊肉切了几片，放在锅里炒得焦黄，然后撒上辣椒、干酸菜一同炒，最后放上水烧开，再把面片放进去。当面片在开水里上下翻滚时，浓浓的香味便把小屋塞得满满的。

你真不吃？清辉把一大海碗面片端到餐桌上，问庆玥。庆玥看着那色泽金黄、香味扑鼻的面片，不由得咽了口口水，说，我现在又有点想吃了。

想吃就吃吧。清辉把筷子递给庆玥，庆玥却微闭了双眼，说，你喂我嘛。

清辉搛起几片面片送进庆玥的嘴里，庆玥嚼了几下，说，老公，好香！你做的真好吃！看来以后得让你来做饭！

让我来做饭，那家里的花销咋办？等明星生下来，家里的开支会更大呢！

面对清辉的发问，庆玥看了看他熬得通红的双眼和他衣服上汗水风干后留下的盐渍，说，我只不过随便说说嘛。

清辉做的是蔬菜批发生意，每天凌晨四五点就要动身，去很远的地方把蔬菜从地里买回来，在市场里批发给小摊贩们。清辉平时节俭得近乎吝啬，本来他可以多出点钱，让别人帮着把蔬菜装上车，但他舍不得出那份钱，都是自己干，不管天气冷热，装完车后，汗水都要在他的脸上蜿蜒成溪流，衣服上时常白花花的一片，那是汗水风干后的痕迹。

庆玥接过筷子，埋头吃起来。清辉说，你就吃这碗吧，我再去煮一碗。

不用的，老公。我只吃一点点。我们俩就吃一碗吧。这样我心里踏实！

我除了去批菜，天天陪在你身边，你还有什么不踏实的？清辉边说边咽下了庆玥喂过来的一筷面片。

我知道，我的老公是天下最好的男人！庆玥一脸的真诚，说明她这话是发自内心的。别人都说老婆怀孕期间，老公最容易出轨，可我一点也不担心！

哎呀，老公，我感觉明星又在动弹。庆玥用手抚摸着自己的肚皮，发出一声惊呼。这段时间，我发现只要一吃下东西，明星就会有反应。他是不是在跟我一同吃东西？

庆玥摩挲着肚皮，自顾自地说下去，明星，你待在现在这个位置，妈妈感觉很不舒服，你再往旁边挪挪，行吗？

清辉脸上挂着笑意，盯着庆玥。

庆玥全神贯注地紧盯着肚子里的动静。过了一会儿，她眉飞色舞地说，老公，明星真的挪到旁边去了！现在我舒服多了！明星现在竟然就能听懂我的话，将来一定是个又乖巧又聪明的孩子！明星，我好爱你！她拿起面前的相片，凑近嘴边深深地吻了一下。

照片上，是一个尚在母腹中的孩子，小脸蛋圆圆的，双目紧闭，头发毛茸茸的，小腮帮胖嘟嘟的，一只小手握成拳头枕在脸前。

呀，我差点忘了一件事。清辉起身从挎包里取出一个小相框，把孩子的照片嵌了进去。相框后面有一条腿支在桌上，孩子的照片嵌进去后，孩子就像站在桌上和大人对话一样，表情立即变得灵动鲜活起来。

老公，你想得真周到！庆玥有些感动地说，没想到你平时那么节约，竟还这样有心，专门买个相框来装明星的相片。

节约是种美德。清辉说，再说，我们今后想在城里发展，现在不勤俭节约，多攒点钱，咋行？当然，为孩子，该花还是要花的。

我越看越觉得我们的孩子好可爱。庆玥说，我被三轮车撞倒，是坏事，但它又让我早早地看到了我们小宝的模样，这又是好事。

世上的事就是这样，有时祸福是会互相转化的。清辉颇有感触地说。

哎哟哟，我的老公都快成哲学家啦！庆玥打趣地说。

清辉和庆玥边欣赏孩子的照片，边往对方嘴里喂面片。突地，一阵低沉但有力的敲门声打破了这甜蜜的氛围。

谁呀？庆玥问。

是我，老龙，龙在云。

一听这个名字，清辉急忙去开门。

门口站着一个面容清瘦、五十多岁的男子，脸上挂着谦卑的笑容。龙大哥，快请进！清辉急忙把来人让进家里。

不好意思，几天前我不小心撞了弟妹，你们不但不讹我，还没要我出一分钱的检查费，我心里实在过意不去。今天带点东西过来看看你们。龙在云边说边把手中的一袋大米、一兜鸡蛋和一罐蜂蜜往清辉手里塞。

龙大哥，我们都是在外打工的人，都知道彼此的艰辛，你不用这么客气！清辉怎么也不接龙在云手里的东西，龙在云急得像火燎了房子似的，说，大兄弟，你怎么也得给我一个表达心意的机会呀，要不然我会心不安的！——我老娘前不久住院，花光了我所有的积蓄，钱上我帮不了忙，拿点土特产来总可以吧！

清辉只好收下了，给龙在云沏了杯茶。龙在云边喝茶边端详着明星的照片说，这孩子，一看就是个有福气的人。你们夫妻是好人，一定会有好报的。

庆玥怀孕九个多月了，近来肚子像充气皮球似的，不断膨胀。几天前的一个早晨，她到街上去买菜，被龙在云撞倒了。

龙在云骑着三轮车卖早餐，当时他正低着头想家里的烦心事，一不留神便撞上了行动迟缓的庆玥。

看着挺着大肚子的庆玥倒在地上，龙在云知道闯大祸了！

清辉当时正在蔬菜基地，一接到庆玥带着哭腔的电话，菜也不拉了，立即心急火燎地开着车赶回家中，把庆玥送进医院。对走路"不长眼"的龙在云，他起初心里很恼火，但见他是个衣着寒酸、态度谦卑的老头，气也就消了大半。

医生建议先做B超，检查一下胎儿是否正常。龙在云刚开始抢着要去付账，但一听检查费要三百多元时，他便傻眼了，因为他身上只有几十块钱。

看龙在云为难的模样，清辉淡淡地说，让我来付吧。我原本也没打算让你付钱的。——我们从农村来城里讨生活，都不容易。

还好，检查结果显示，胎儿并无大碍。检查还有一个附带的收获，就是医院打出了一张胎儿的照片。清辉和庆玥第一次真真切切地看到了孩子的模样，他们激动得不行，给孩子起了个名字，叫明星。

说实话，撞倒了弟妹，我原以为倒了大霉，做好了要脱层皮的准备。但你们的表现，让我相信，这个世上还是好人多！龙在云环顾了一下房间，说，特别是我从你们住的地方来看，你们经济也并不宽裕，这就更让我感激得紧！

清辉和庆玥租住的是一个破产工厂的旧宿舍，一间十多平米的房子，做饭、吃饭、会客、睡觉全在里面进行，各种生活物品把房子塞得满满当当的。清辉讪笑了一下，未置可否。庆玥说，这只是我们暂时居住的地方，将来我们是要在城里买房的。

在城里买房？那多好哇！龙在云羡慕地说，我是不敢有这种想法了。这次老娘生病，欠了一屁股债，还要供一个儿子念大学，手头紧得很。

一切都会好起来的。清辉说。

是啊，总会好起来！龙在云附和道。

不买不行啊！庆玥说，我们家老大鸣秋让公婆带着在老家生活，现在已经四岁多了，因为不在我们身边，对她爷爷奶奶的感情比对我们俩都深。我们打算等攒够钱买了房，就把鸣秋和她爷爷奶奶接来一起过。

一家人团聚在一起好！不知想起了什么，龙在云无声地叹了口气。

龙在云和清辉夫妻俩正聊着天，这时又传来了敲门声。嘿，今天我们家还挺热闹的嘛！庆玥开玩笑似的说完后问，谁呀？

是我，房东。门口传来一个女人苍老的声音。

房东上门，不知有啥事？庆玥朝清辉吐了吐舌头，问，该不会是来要求增加房租的吧？

清辉打开门，房东走了进来。这是一个年过花甲的老人，花白的头发整整齐齐地梳在脑后，身上的衣服虽然旧，但洗得干干净净，一尘不染。她是这家破产工厂的职工，早退休了，现在搬到外面去住，原先的老房子便用于出租。

有客人哪？房东说，我过来看看房，顺便跟你们说点事……

什么事？你说！庆玥爽快地说。

好人哪！老大姐，租你房子的这家人是好人哪！房东刚要开口说话，便被龙在云打断了。他滔滔不绝地讲起他是如何撞了庆玥、心里当时怎样着急、清辉又是如何不要他出一分钱检查费等。

你把房子租给这样的好人，大可放一百二十个宽心！龙在云末了补充道。

是吗？房东在老花镜后的目光上上下下地把清辉和庆玥打量了一番，说，以前接触得少，我倒还真不知道你们夫妻俩是这样一对善人！难得！难得！

看到摆在餐桌上的明星的照片，房东探下腰，凝神看了一会儿，又瞟了一眼庆玥的肚子，说，这肯定是个大胖儿子！

现在还不知道哩。庆玥说，现在医院里不告诉胎儿性别，无论怎样问医生都不说。

相信我。我说是啥就是啥！房东说，多少年了，我只要瞅一眼孕妇的肚子，就能说出怀的是男是女，百发百中！

谢谢你的吉言！庆玥笑逐颜开地说。

男孩儿好！男孩儿好！龙在云把头点得鸡啄米似的说。

生男生女一个样！清辉显出一副无所谓的架势。

别装！庆玥斜了清辉一眼，笑着说，我还不明白你的心思。老大是女儿，你早盼着这是个带把儿的呢！——即使你不在乎，你能不顾及你父母的想法？幸亏国家现在放开了二胎，给我们提供了生一男一女的机会！

似乎被庆玥说中了心事，清辉脸红了，低下头。

哎呀，明星又踢了我一下！庆玥抚摸着肚子说道。她把身子侧向清辉，指着肚子的一个地方说，老公，我感觉明星的头正顶在这里，你看这里是不是要比别的地方突出一些？是不是我们在念叨明星，他感觉到了，盼着早点到这个世上来呢？

一席话，说得屋里的人都笑了。

清辉对着庆玥的肚子看了半天，说，我怎么看不出来呀！

你拿手来摸嘛！庆玥抓起清辉的手，按在自己的肚子上。清辉的手像松树皮一般粗糙，庆玥的心里一热，喉头便有些哽塞了，你还可以把头低下来听！

庆玥引导着清辉把脑袋贴在自己的肚皮上。

看到这一幕，一丝笑影从龙在云和房东的脸上掠过，他们依稀记起了各自年轻时候的事，不由对视了一眼，说，我们该走了。

您还没说您的事呢？看到房东要走，庆玥提醒道。

是吗？房东的脸红了一下，沉吟片刻，说，我已经想不起我要说的事了，或者，我今天来就没啥事！——就当我是来看看你肚中的小宝宝吧！

来到外面，龙在云对房东说，老大姐，我可知道你今天来的目的！房东抬头看着他，一副探询的目光。龙在云笑着说，你十有八九是为房租的事来的。你想涨房租！——我也是在外租房子住，这几天房东说城里的房价又涨了，要涨房租。我听说近期城里的房租普遍都在涨。

房东什么也没说，只是回过头，深情地瞥了一眼自己的小屋。那里，窗口正泻出柔和温馨的灯光，窗外的一株梧桐树上，**繁花满树，香气扑鼻**……

2017年6月

人生的别样风景

也许是经历过一次车祸的缘故，我对开车似乎有一种天然的恐惧，怎么也开不好车，后来索性断了开车的念想。不开车，使我体验到不少生活的苦乐。

多年前，我有一次搭一位亲戚的车进城，亲戚不慎把车撞到路边的民房上，车头撞得严重变形，坐在副驾驶座位上的我头部被撞开了一条口子。此次车祸给我的心灵留下了阴影，后来我去驾校学驾驶时，驾车时总觉得对面开过来的车要撞上来似的，弄得神经高度紧张，教练给我的结论是"不擅开车"，好不容易拿到了驾照，但教练叮嘱我开车时身旁最好有一位驾车能手"帮衬"一下。一来二去，我对开车失去了兴趣，从此不再琢磨开车的事，让驾照成天躺在抽屉里睡大觉。

有人说过，当今时代，开车应是一项基本的生存技能。不开车，让我倍感不便，每次回一百公里外的农村老家，我都只能挤班车或坐火车。老家现在绝大多数人家都买了小轿车，而我从大学毕业后离开老家快二十年了，现在回家还没"专车"，村里人看我的眼神便充满了不解。

记得有一次回老家，在县城工作的一位朋友邀我小聚。为从老家赶去县城，我在路边等了一个多小时都没坐上车，最后，父亲帮我拦了一辆往城里贩鱼的面包车。车里满当当地装满了鲜鱼，我坐在放在空隙处的一个小塑料凳上。车子在过一个转弯处时，迎面来了一辆大货车，司机急忙一个急刹车，由于惯性的力量，我立时跌倒在车上，膝盖擦破皮不说，裤腿还沾上了不少泥水和鱼鳞。当我带着满身浓浓的鱼腥味赶到朋友家时，席间有人得知我是乘乡下拉鱼的车来的，脸上便显出一种很古怪的表情，有愕然，也有倨傲，弄得我心生无限感慨。

不开车，倒也无形中为我提供了一种体验生活和感知民情的机会。有一次回家过春节，我乘班车赶到家乡县城时已是日落时分，从县城到我老家只能搭乘那些用来载客的私家车。那天开车的是一位农村老太太，她那四五岁的小孙子坐在副驾驶位置上，车子后排座位坐满了人，老太太叫我坐在副驾驶位置上，我便把她的小孙子抱在膝盖上。车行不久，老太太在外地打工的儿子儿媳打来电话说，因为买不到车票，他们不能回家过春节了。

"你爹病在床上，你们的娃又这么小，你们不回家，这年咋过呀？"老太太悲切地说道。这时，孩子要过手机去，大声说："爸爸、妈妈，你们快回来过年吧！"当得知父母确实回不来了时，孩子"哇"地哭开了，车里弥漫着伤感的氛围，老太太也一个劲儿地长吁短叹，诉说起自己带着小孙子过日子的不易。

孩子还在抽泣，老太太说："娃，别哭了，待会儿奶奶带你去吃烧烤。"说来也怪，一听说吃烧烤，孩子竟止住了哭声，还带着泪痕的小脸上浮起了笑影。原来，这孩子特喜欢吃烧烤。老太太告诉我们，有一年孩子的父母从打工的地方回来过春节，带孩子去城里吃了一次烧烤，从此孩子就喜欢上了烧烤。不知这孩子是真喜欢吃烧烤，还是喜欢那种有爸爸妈妈陪伴的氛围？当城里的孩子对美味佳肴都腻歪了的时候，而这个乡下的留守儿童还对烧烤充满了无限渴望，我心里一阵酸楚。下车时，老太太说车费是七元钱，我给了她五十元钱，叫她不用找零钱了，就用剩余的钱带孩子去吃烧烤。

在老家过完春节后，在返回的途中，我又见到了另一种人间温情。这次，我乘坐的是火车，是那种绿颜色的逢站必停的慢车。过完了年，大量的农村务工人员又开始向城里进发，火车那个挤呀，连过道里都站满了人。乘客们或唠嗑，或打牌，或听音乐，车厢里嘈杂不堪。这时，坐在我座位旁边的一对母女引起了我的注意。母亲大概有三十岁，孩子有五六岁的样子，一张圆圆的小脸红扑扑的。母女俩没有座位，在过道上铺了一张报纸，席地坐在报纸上，头抵在一起做游戏，小女孩不时发出一阵清脆的笑声。

不知什么原因，坐在我后排座位上的一位妇女怀里抱着的婴儿，从上车就一直哭个不停，怎么哄都哄不乖。这时，只见那个小女孩儿从裤兜里掏出一粒糖果，说："妈妈，我把这剩下的最后一颗糖送给小弟弟吃，他兴许就不哭了。""去吧，好孩子！"在母亲的鼓励下，小女孩挤过人丛，把糖果送到了婴儿手里。

婴儿母亲剥开糖纸，咬了一丁点糖果放进婴儿嘴里。说来真怪，婴儿竟真的不哭了，还咧开小嘴笑起来。车上的不少人都被小女孩儿的善良感动了，纷纷夸奖起小女孩儿来，有的还询问起她的姓名、年龄等情况来。小女孩儿一点也不怯场，大大方方地作了回答。小女孩儿的母亲说，这孩子从小就性格外向，待人也有礼貌。

　　我把自己的座位让给小女孩儿和她母亲坐，但小女孩的母亲却把座位让给了一位抱着孩子站在过道上的年轻妇女。受此善举的感染，不少人都主动把座位让给老弱的乘客，车厢里暖流涌动。到站了，人们又彼此深情地道别，仿佛相识很久的老友一般。

　　有了这两次切身体验，我对不开车有了新的认识。不开车，尽管给我的出行带来不便，但它也为我感知生活多提供了一种途径，使我知道生活的不易，懂得珍惜和感恩；使我知道节制欲望，保持心灵适度的淡泊和宁静，让温暖和柔软始终在心房占有一席之地。而且由于不开车，我平时上下班便安步当车，生活方式低碳、环保不说，还锻炼了身体。有了这些发现，我对自己不开车的"短板"不再像以前那样自责、羞惭，而是以一种平和、自然的心态来看待，在步行或乘坐公共交通工具的过程中，细细欣赏人生的别样风景。

　　　　　　　　载于2017年8月15日《中国文化报》副刊

月下小景

深夜，睡梦中的我觉得身子像浮在一条碧波荡漾的小河上，特别是胸口处一片清凉，醒过来一看，只见窗外一轮银盘似的月亮悬在高远蔚蓝的天幕上，月光照进室内，其中，簸箕大的一摊月光正洒在我的身上。倏地，曾经经历过的一些与月亮有关的场景瞬间在记忆深处复活了，特别是两个与我的读书写作和工作紧密相连的场景，像电影里的回放镜头似的，久久定格在眼前……

30年前，当我还是一名初中生的时候，记忆里有了一场与月亮印象深刻的邂逅。那是一个春天的傍晚，周末我刚从学校回到家里，妈妈便安排我去给家里的责任田灌水。那时一到插秧时节，上游的水库便开始开闸放水，浇灌稻田。轮到哪一片稻田灌水了，就要在田前的河沟里垒一道堤坝，让水流进田里。那段时间，我迷上了鲁迅先生的书，一想到这放水有可能要在稻田边待一夜，便揣了一本鲁迅先生的小说集上路了。

到了稻田边一看，只见好多人正拥在河沟里垒坝，担土的、打夯的，忙得不亦乐乎，工地上响着此起彼伏的号子声。因为给稻田灌水是大事，它直接关系到一年的稻子收成，所以庄户人家都不敢懈怠，来的都是家里的壮劳力，我家里因为缺乏劳动力，所以来了我一个嫩伢儿。当下便有人对我提出了质疑："你一个小屁孩儿，肩不能挑手不能提的，来了能干啥？"这时，领头的杠子叔说："他家情况特殊，我们就别计较那么多了。"

说实话，这垒坝还真是一个重活，我干了不一会儿就累得气喘吁吁，杠子叔关照我到旁边去休息一下。此时，月亮已经升起来了，空中繁星点点，因惦记着鲁迅先生书中人物的命运，我坐在田埂上掏出书来借着月光看起来。月下观书，听起来这是一件很浪漫的事，但其实在朦胧的月光下字很难看清，我不得不把书凑到鼻子底下来看。

这一看就忘了时间，正当我看得津津有味时，只听又有人在不满地朝我抱怨："这小屁孩儿，竟在这儿看书！待会儿别给他家的田里灌水！"又是杠子叔出来替我解围："这娃儿爱学习，这是好事呀。说不定他能成我们这穷乡僻壤的第一个大学生呢！——再说，我们这么多人垒坝，也不缺他一个，就让他安心读书吧！"在这个春天的月夜，杠子叔的话，使我感到暖流犹如河流一般从心底漫过……

两个多小时后，堤坝垒成了，水位逐渐抬高，慢慢地灌进了稻田里，干渴了一个冬季的稻田放开喉咙畅饮，四下里只听见一片响亮的吱吱声。这时垒坝的人们都四散开，各自待在自家的田旁，等着河水的到来。杠子叔来到我身边，拍拍我的肩膀，把一个手电筒递给我说："月亮底下看书伤眼睛，拿我的手电筒照着看吧。"就这样，在一片波光粼粼的水田边，我一边打着手电看书，一边琢磨着杠子叔说的我也许能成为村里第一个大学生的话……

也许是月下杠子叔的那番话对我产生了激励作用，我后来

真的成了村里的第一个大学生。大学毕业后，我携笔从戎，被分到一个边防军分区工作。在这儿，我又看到了很多次边关的月亮，有时，它是那么的饱满，清光四溢、活力迸发；有时，又是那么的瘦弱，纤细的一轮月牙儿。饱满也罢，瘦弱也罢，一个个月夜承载着我的渴望、向往、思念乃至忧伤。大概在边防工作三年多后的一个月夜，我又迎来了人生的一个转折。

那晚的月亮好大好圆啊，如水的月华把四下里装扮成一个银装素裹的世界。我正在办公室里加班，军分区组干科的一位干事兴冲冲地对我说："今天来了一份调你到省城工作的调令！"到省城工作？我几乎有些不敢相信自己的耳朵。"你一定运作了不少时间吧？保密工作做得真好，一点风声都不漏！"干事的话，让我一头雾水。当我弄清楚我调往的单位后，我一下明白是怎么回事了。说实话，这看似天上掉馅饼的好事，还真不是我主动去"运作"的。

从中学时代开始，我一直保持着对写作的浓厚兴趣，发表了大量的文学和新闻作品。记得有一次，我陪同一位部队刊物的主编在防区采访，当他浏览过我发表的作品后，说有机会可以推荐我去他们的刊物工作。我当时以为他就这么随嘴一说，也没敢抱太大的希望。没想到当后来办刊需要增加人手时，他真的就推荐了我。我急忙感激不已地打电话向主编道谢，主编当时正在月下漫步，他爽朗地说："多好的月色呵！——你不用客气。我私下里曾了解过你的情况，总体来说挺不错的。希望你来后好好工作。"

那夜，我真的好激动，在月亮地里不停地走来走去，心里对未来充满了无限的憧憬。多少年过去了，一回忆起那个夜晚，我仿佛仍能感受到自己当时怦怦的心跳和飞扬的思绪。遗憾的是，后来杠子叔和那位主编都英年早逝了，我在深感痛惜的同时，只能把一份感激和缅怀在心底默默地咀嚼……

载于《云南国防》2016年第11期

回乡见闻

"坐好喽，我要开车了。"胖胖的女车主叮嘱了一句，很快发动了车子。

坐在副驾驶位上的我不禁有些大惑不解：这车里连我才载了三名乘客，车主怎么就要出发啦？以前我坐过这种乡间客车，哪次不是把车里塞个满满当当！

也许是注意到了我有些不解的眼神，女车主莞尔一笑："现在跟以前不一样了。"

确实，从一开始，我就感觉到了这次坐乡间客车跟以前的不少差异之处。

由于不会开车，我每次从省城回老家，都只能搭火车或公共汽车到县城，再从县城搭这种乡间客车回家。这种乡间客车，说白了其实跟私家轿车没什么两样，只不过牌照是特定的，准许往乡间载客赢利。以前，这种车载客前虽然有一个相对固定的停车点，但车主为了招徕客人，经常开着车满大街地绕，只要你在街边站一会儿，就有人把车开到你面前问你搭不搭车。

而这次，我在街边站了好大一会儿，也没享受到这种"待遇"，心里颇为纳闷，向路人打听，才知道现在这种车都集中停到县城一家宾馆的大院里去了。

　　走进那家宾馆的大门，果然见院里停了不少车，但让我诧异的是，这次在停车点并没有像往常遭遇的那样，马上就一窝蜂地涌上来一帮车主，一个劲儿地把你往自家的车上拽。只有一个手拿小本子的人走过来，问清楚我要到哪后，低头在本子上记了些什么，然后把我引到一辆车前。车里后排座位上已经坐了两个人，看样子是一对情侣，我识趣地坐到了副驾驶位上。

　　说实话，在我的感觉里，坐这种乡间客车是非常不方便的，因为车主为了多赚钱，往往超载。一辆普通轿车的车型，车子后排座位要挤着坐五个人左右，连副驾驶位上也要挤两个人。起初，出于安全的考虑，对这种拼命超载的乡间客车，我是坚决不坐的，但因为选择的余地小，时间一长，我也只好"入乡随俗"，但在身体大受挤压之余，心里也备受煎熬，对自己不会开车而来吃这份苦颇多自责。

　　按照以往的经验，车主为了多载客，肯定还要等一段时间，我正准备在车上闭目养神，哪知车子马上就发动了。

　　车子出了县城，向我老家方向开去。看着秋天色彩斑斓的原野，嗅着夹杂着成熟庄稼芬芳的秋风，我心情大好，同女车主聊起天来，说出了心中的疑问。

　　女车主告诉我，这得益于不久前在县里有关部门的协调下，全县的乡间客车车主们成立了一个管理组织，制定了规章制度，对停车地点、载客人数、安全行驶等作出明确规定，由车主们轮流值班进行监督实施，以前那种乱"拉客"、超载等不良现象绝迹了。

　　"我其实早就想干这一行了，但要像以前那样去厚着脸皮

　　'拉客'，我实在做不到。现在，管理规范了，我赶紧入了行。"女车主快人快语地说。

　　"这么说，还是管理规范好？"我明知故问。"当然是呀！"女车主反问道，"难道你没感觉到，现在坐车要比以前舒心吗？"

　　我笑着点了点头。

　　"说实话，现在各行各业的管理都规范起来，人们按规章制度办事的意识强了，像以前那种无序竞争的情况正在减少。"女车主的话，博得大家的一致认同，连那对正在卿卿我我的情侣都举出了生活中不少这样的例子。

　　车子在热烈的交谈中前行，不知不觉就到我家门口了。女车主看我行李多，要帮我提，我急忙婉谢，她笑盈盈地说："你不用客气的。——退一步说，我还怕因自己的服务不到位，你去投诉我呢。"

　　我心里暖融融的，为自己今后回老家再也不会像以前那样"遭罪"而庆幸。

　　　　　　　载于2015年11月5日《春城晚报》副刊

记忆中两个温暖的片段

一

在我的记忆深处，有两件事一直不能忘怀。这两件事，都跟领导干部有关，每每回忆起来，心里充满的都是温暖和感动。

小时候，我最喜欢去的地方是外婆家。外婆家在一个繁华的小镇上，最吸引我的是她家里的书房，里面全是舅舅学生时代看过的书，文学的、哲学的、科学的，五花八门。我每次去外婆家，都要待在书房里尽情地看书。可以毫不夸张地说，每次到外婆家去，我就像过节一般快乐。可是随着年龄的增长，节假日我得帮着妈妈下地干活了，因而很少能去外婆家了。

我小学快毕业的那个寒假，为了便于复习功课，妈妈终于同意我去外婆家度假了。我心里那个乐陶劲呀，甭提了。动身那天早晨天气阴晦，空中积压着大团大团的乌云，妈妈叫我等天晴了再去，但我心急如焚，一定要去，妈妈也只好同意了。我背上沉甸甸的大书包，乐颠颠地上路了。

我先得走 20 里山路到县城，再搭班车去外婆家。到了县城，上了车才知道车票涨价了，妈妈给的钱不够买车票。"钱不够，坐啥车，下去！"售票员冷冷地说，我只好下了车。

站在寒风中，我心里矛盾极了，我实在不愿放弃这个去外婆家的机会，最后把心一横，决定靠双脚走着去。

我那时天真地认为，二十多公里路，我几个小时就能走到了，反正是柏油马路，只要顺着路走就行了。

大概走出十多里路，天开始下雪了。后来那雪竟越下越大，满世界都是鹅毛大雪在飞舞。起先我还觉得有趣，一边捕捉着雪花一边赶路，后来滋味越来越难受，肚子饿得咕咕叫，手脚全冻僵了，布鞋被雪水浸透，沉重得像只破船，走起来发出呱唧呱唧的响声。我勉强支撑着走出十多里路，便再也走不动了，无力地站在路旁一棵老树下啜泣起来。

我多么希望雪地里能出现一个人，哪怕是仅仅安慰我几句也好，但空旷的雪野里别说人，连只鸟儿都不见！唯有雪花越飘越多，仿佛在揶揄、嘲弄我似的……

不知过了多久，一辆吉普车在我前面不远处停了下来，从车上走下一位高大英俊的叔叔来。他向我喊着什么，还不停地挥手，但我想坐吉普车的能跟我有啥关系呀，便没敢应声。

"小朋友，快过来呀。"我这下听清楚了，叔叔是在叫我，便惴惴地走了过去。他问明我要去的地方后，说了句"跟我同路，我捎你去"，便把我拉上了车。

车里温暖如春，那位叔叔用毛巾拂去我身上的雪花，并问了我一些问题，当得知我要走着去外婆家时，他用赞赏的口气说："不错，初生牛犊不怕虎，做事就是要有这么股勇往直前的劲头！"他还告诉我，他是县里的干部，要去乡下检查工作，见我一个小孩子站在路边哭，知道是遇到困难了，便停下了车。

坐在车上，时间流逝得飞快，很快便到了外婆家门口。

我急忙以百米冲刺的速度跑进外婆家，想让她来邀请叔叔和驾驶员去家里坐一会，但当我跟外婆急火火地跑出来时，吉普车早已开走了，只有雪花飞舞、北风呼啸。

我当时虽然还小，但也知道也许今生今世都不可能再见到那位好心的不知名的干部叔叔了，心里是那样的空虚、惆怅，泪水不知不觉流了下来。

外婆也有些后怕地一迭声地说："孩子，多亏了那位好心人哪！要不，真不知道你顶风冒雪咋走完这几十里路呀……"

二

参加工作后，我跟另一位领导干部交集的一件事，也让我异常感动。

这是一位省级领导，那天他率领机关干部到乡下，帮助扶贫挂钩点的群众盖房子，我作为记者应邀前往采访报道。

这位领导年近花甲，一到达目的地，便卷起衣袖率领部属投入"战斗"，工地上一派热火朝天的景象。他忽而和别人抬石块，忽而和大家喊着号子把大石头推进基坑里，忽而和大家一起往基坑里传送水泥浆、灌注地基。

干到中午时分，大家才在工地上吃了一顿简单的午餐。空中狂风劲吹，搅起漫天黄沙，这位领导也和别人一样捧着饭碗站在工地上吃得津津有味，全然不顾沙尘会落进饭碗里。饭后马上投入劳动，直到傍晚时分才踏上归程。

我们是乘一辆中巴车去的，返回时车上又临时增加了几个人，座位变得紧张起来，当我采访完几位村民上车时，发现座位上都坐满了人，我刚想在车的过道上找个座位坐下来，这时这位领导急忙招呼我："小伙子，来跟我坐一起！"我以前还从来没有跟这种级别的领导坐一个座位的经历，急忙本能地推辞，但他毫不犹豫地把我拉了坐到他旁边的座位上去。

说实话，跟这种大领导坐在一起，我仿佛被放在火上烤一般难受，只敢把半边屁股放在座位上。领导也许是看出了我的拘束，一边叫我放松些，一边跟我聊起了天。

随着聊天的深入，我的拘束感减弱了，屁股不知不觉地全坐到了座位上。"这就对了嘛。"领导笑微微地说。

要命的是，由于头天夜里加班写稿，阵阵困意袭来，我的眼皮变得越来越沉重，后来竟打起盹儿来，起初我还能保持把身子靠在座位上的姿势，与领导保持着一定的距离，可后来竟不由自主地把头靠在了领导肩上。

车子在过一个转弯处时，为避让对面疾驶而来的车辆，司机只好一个急刹车，车子猛烈的晃动把我震醒了，我这才发现我的头全靠在了领导肩上，抱歉地笑了笑，连说"对不起"，领导宽厚地说，"没事的，我平时跟机关干部相处都很随便的，你完全不用这么紧张"。

一天来的经历，使我感到这确实是一位没有任何架子的领导，拘谨、紧张的感觉彻底消失了，后来车子在行进中时，架不住困倦，我又打起了瞌睡，头又不自觉地靠在了领导肩上，蒙眬之中，就像儿时靠在父亲宽阔厚实的肩膀上，心里是那样的温暖踏实……回到城里下车后，离别前领导跟我握手时还连说"辛苦了"，让我心里又是一番感动。

这两件事对我影响挺大的，它在使我看到了优秀的领导干部们身上具有的平易近人、心系群众、扶危济困等可贵品质的同时，也使我形成了"人逢难处帮一把"的人生哲学，工作和生活中注重给予别人一些力所能及的帮助，内心深处常常体验到"赠人玫瑰、手留余香"的愉悦。

载于2016年10月17日《怒江报》副刊

无尽的哀思

那年初中毕业后，我考到一所乡村中学去念高中。县里重点中学的升学率尚低得可怜，我们这荒僻简陋的乡村中学，那就更是马尾穿豆腐——提都不用提。我失望得几乎想退学。

然而，当钟老师在我的生活中出现后，我内心的失望一扫而光了。深山藏俊鸟，要不是亲眼所见，我绝不敢相信这样一所乡村中学，竟有钟老师那种人品学品都一流的老师。

钟老师面容清癯，衣着整洁，颇具学者风度，一站到讲台上便能口若悬河地讲个不停，即使再淘气的学生，也会被他生动形象的讲解吸引住。他接手教我们班的语文不久，我的一篇作文便得到了他的赏识，不但当作范文在班上念，还被推荐到学校里的壁报去刊登。

受了鼓励，我从此对写作表现出浓厚兴趣，散文、小说什么的，一写一大摞，钟老师都不厌其烦地为我修改、点评，还给我开了一系列必读书目。我自然也成了钟老师家的常客，跟他的两个孩子东和琴都混得挺熟。

钟老师家在农村，离学校有十多里路。一个星期天的傍晚，弟弟用马车送我回学校。途中我们遇到了钟老师的两个孩子。兄妹俩肩挑手提着沉甸甸的大米、蔬菜，累得够呛。东扬起汗津津的脸，要求搭我们的马车。可弟弟是车把手，我做不了主，便央求弟弟捎上他们。

弟弟对我家那匹马爱得不行，当下把眼睛瞪得像铃铛："他们上来，累着了马咋办？"说完用力抽马一鞭，马车裹挟着一股狂风向前冲去，将两个孤弱无助的身影远远抛在身后。

我知道这下埋下祸根了，要是钟老师知道我这么"绝情"，一定会后悔以前对我的大力培养的，从而心生怨恨，处处与我为难也是情理之中的事。

果然，次日清晨上课前，钟老师对我说："放学后你到我家里来一下。"莫不是要让他的两个孩子当面声讨我？我心里乱糟糟的，又怕又慌，但放学后还是硬着头皮去了。

哪知钟老师不但没责怪我，反而递给我一叠稿纸，说北京正在举办全国中学生作文大赛，他看好我的一篇作文，叫我把作文抄好寄去。此时正是开饭时分，他的两个孩子刚从食堂买了饭菜来，钟老师挽留我吃了饭再走。

我哪还有脸吃饭呀，要死要活地"逃"了出来，钟老师便叫女儿琴追出来强塞一个包子在我手里。"昨天的事，爸爸叫我们别怪你，你也有难处嘛！"她扑闪着一双秀美的大眼睛，笑盈盈地说："放心，我们不怪你！"

捏着那香喷喷的肉包子，我的热泪扑簌簌流了下来。

后来，我的作品获奖了。在那所乡村中学，这可是史无前例的事呵。我一下子成为学校的"名人"，走到哪里都能听见赞誉。钟老师却告诫我要戒骄戒躁，循序渐进，写作的同时也不能放松文化课程的学习。他还鼓励我向外投稿。到高中毕业时，我已在全国好几家报刊发表了作品。

乐极生悲，七月的黑色风暴最终还是击中了我，我落榜了。我情绪消沉到了极点，整日以泪洗面。这时钟老师寻上门来，鼓励我去复读。他见我家经济困难，便建议学校减免我的补习费，原因是我曾为学校争过光。但钟老师的提议，最终还是被学校讨论时否决了。

那天我见钟老师灰头土脸地从校长办公室出来，便知道事情黄了。"唉，特殊情况应该特殊考虑嘛。"他连连摇头叹息。一种"落配的凤凰不如鸡"的悲哀深深地袭上心头，我噙着泪说："钟老师，你别作难了，我……不读了……"然后一转身跑开了。

"回来！你回来！咱们还可以想别的办法嘛！"钟老师朝我喊道。随后他大声咳嗽起来，身子佝偻成一团，显出从未有过的凄楚无助。

几天后的一个夜晚，我从地里劳动回来，正坐在山梁上，在高悬天空的满月下对着远方默默地沉思时，钟老师来到了我家。他在我家的饭桌上放下了一叠汗津津的钞票。

从钟老师那几乎家徒四壁的宿舍里，我当然不难想象他的经济其实并不宽裕，连忙谢绝了他的好意。爸妈也连忙把钱往钟老师衣袋里塞。

"就权当我借给你的吧！"钟老师像受了莫大的侮辱，满脸紫胀地对我说道，"我只不过不想看着一个人才就这样被埋没掉！外面的世界很大很精彩，你只有走出这个小山村，长了见识，创作才能获得突破！"

我还能说啥呢？只好噙着泪水收下了这叠带着体温的钞票，自强不息奋斗不止的念头同时也在我心里岩浆般沸腾起来。见我终于收了钱，钟老师显得很高兴，聊到很晚才回家去。

月影西沉，寒风料峭，只见钟老师蹒跚地走在回家的山路上，边走边咳，泪水不知不觉模糊了我的视线。

通过一年的苦读，我终于考上了大学。刚放寒假，我便急匆匆地去拜访钟老师。哪知我见到的只是一抔黄土，我跟敬爱的钟老师，已是生死相隔。

乡村知识分子，大多隐疾在身，一旦哪天倒下去，也许就永远站不起来了。钟老师对自己的病不是没有觉察，只是他一次次地把准备看病的钱挪作他用。我高考落榜后，他便又一次把准备看病的钱给我做了补习费，延误了治疗。他那天昏倒在讲台上，送进医院不久便去世了。

"钟老师——"我泪如泉涌地哭倒在钟老师的墓前。号啕大哭一场之后，我问陪我来上坟的钟老师的儿子东："钟老师住院后，为什么不通知我？""那样会耽误你学习的。"东眼里笼罩着无限的悲哀，"再说，那样一来，不就显得我爸对你的帮助是有所图？其实，他对每个学生都是这样的。他这一辈子，最怕的就是学生成不了材，只要稍有专长、稍有潜力的学生，他都会全力相助，以使他们脱颖而出……"大串大串的泪珠从东的眼里涌出，流淌在他憔悴的脸颊上……

我对钟老师更加肃然起敬。这种无私奉献不计回报的情怀，是多么深远宽广啊，只有对人类倾注了满腔热爱的人才能做到。而这种奉献，又注定了是寂寞的，艰辛的，从而也就显得格外的伟大和可敬。我把含泪的目光投向墓地的周围。墓地边是一地黄色的小花，怒绽着浑黄的哀思……

　　　　大学时代作品，载于《青年时代》杂志

永远的银杏叶

  风在林子里低低回旋，扇坠般的银杏叶在轻轻摇曳，和煦的阳光在草地上静静流淌。让我多少个夜晚魂牵梦萦的景象终于又变成了现实，我顿时百感交集，欲尽情欢呼，欲手舞足蹈，但蓦地发现身边早已没了那一个小鹿般快活的身影时，一阵巨大的失落、空虚袭上心头，泪翳不知不觉模糊了视线……

  算起来，位于校园深处的这片银杏林，是我大学时代光顾得最多的地方。秀颀挺拔的银杏树营造了一方温馨静谧的空间。那个周末的傍晚，当我和汐第一次结伴从机房里走出来，在校园里漫步，不知不觉来到这个静谧安详的所在时，我们都不由欢呼出声。那时硕大橙红的夕阳挂在天边，胭脂般的余晖将林子镀得红艳艳的，简直漂亮极了。

  我和汐信步走进林子，地上满是扇坠般的银杏叶，一片耀眼的金黄，汐不停地跳跃着，避免踩到叶子上去。我对她的举动很奇怪，她拾起一片银杏叶道："我觉得银杏叶的形状很像两个心形图案组合而成的。这两颗心连接得多么紧密、融洽呵，我都不忍踩着它们哩……"

  我被她的联想逗乐了："真没想到，你的联想还挺丰富哩。""实不相瞒，"汐的脸浮满红晕，"我念中学时，老师常夸我的作文联想奇特、丰富哩。"

我们谈得那样投机，就像一对相识多年的老友。而事实上，这是我和汐第一次接触。

平时我把自己很深地埋在书山文海里，对身边的人和事都不大关心，对汐这位家在城里的走读生，同窗三年，除了觉得她是一个长发飘飘、文静秀气的女孩儿外，其余的便不甚了了，是计算机为我们提供了接触的机会。

大四时，我们开了电脑课。别看我那双手平时能下笔千言，但一到键盘前却一筹莫展，只好向坐在旁边的汐求助。没想到汐竟是那样的热情，不厌其烦地给我指点迷津，不知不觉便过了放学时间。我们从机房里走出来，便到了银杏林里。

分手时，汐给我留下了电话号码，叫我有空就给她打电话。但我一次也没给她打过电话。此后我便发现了一个有趣的现象，当我隔三岔五地利用空闲时间去机房练习电脑时，总会发现汐也在。

这让我很纳闷。汐的父母是搞软件开发的，由于从小耳濡目染，汐的电脑水平在班上是顶呱呱的，完全用不着这么刻苦地来练习，而且她家里有电脑，不用大老远地跑学校来上机。有一次当我把疑点告诉她时，平时伶牙俐齿的她脸一红，好半天没答上话来。

接触的次数多了，我和汐成了无所不谈的好朋友。

不久，传出一个爆炸性的新闻，汐参加几家企业联合举办的知识竞赛，竟获得特等奖，领到了三千元奖金。我对此仅一笑而已。几天以后，我的作品在全省大学生作文竞赛中获了一等奖，揭晓的当天晚上，汐便在家里打电话向我祝贺。我淡淡地说，这算不了什么。确实，对每周都有作品发表且捧回了不少国家级奖项的我来说，这委实算不了什么。

接下来，汐用一种嗔怪的语调说："你一获奖，我就向你祝贺。可我获了特等奖，你却无动于衷，是不是我已让你生厌了……"

我的心怦然一动。

汐柔声说道："你是在外面接电话吧？现在屋外正刮着风，你会很冷的，赶快回宿舍去休息吧……"放下电话，站在寒风里，我心里却暖融融的。

几天后，汐来宿舍把我叫到外面，很神秘地对我说要送一件礼物给我。我连忙道谢，她一脸正经地说："无论我对你做了什么，你对我做了什么，我们都互不道谢，好吗？"她把我带进一家书店，尽挑印刷精美的世界名著往我怀里塞。"我知道你最大的爱好是看书，我有几千元奖金愁着花不出去，都给你买书好啦！"

我一听可吓坏了，连忙书呆子气十足地说了一句："无功不受禄，我可不敢接受你这么贵重的礼物！"

我说得很认真，汐一脸愕然地看着我，慢慢地一汪清泪从她眼中缓缓滑落。

此后一段时间内，汐再没主动跟我联系过。毕业前夕，我接到一份去上海参加笔会的通知，而我马上得交的毕业论文还没来得及誊好，想来想去，我只好向汐求助。我还没把话说完，汐便主动说："你是不是想让我帮你抄毕业论文？我非常乐意。"

难题迎刃而解，我对汐充满感激之情。

笔会开得很成功，我一回来便给汐打电话。她一听我声音便抽泣开了："你是不是一点也不了解女孩子的心？……到了上海，也不打个电话给我，人家好担心……我生病了，发烧，头晕……"

原来她一直带病帮我抄毕业论文，我大受感动，哽咽着嗓子安慰她好好养病，她情绪好转起来，邀请我去他家吃饭，说她爸爸妈妈想见见我，但我又本能地拒绝了。

开毕业欢送会时，我竟没发现汐，打电话问她家人，原来她已经到北京去了。我的心里顿时空空落落的，木然走进银杏林里，任狂风卷起那些萎黄的扇坠儿洒落我一头一身。晶莹的泪光中，那些由两颗心组合而成的扇坠儿正逐渐剥离、分裂开来……

汐远走北京的原因，我猜得出跟我有关。让我后悔不已的是，由于我的"不经意"，竟那么深地伤了一个文静、善良的女孩的心。

平心而论，她在我心中的形象是非常美好的，只是我觉得大学生谈恋爱并不现实，到头来难免落个劳燕分飞的下场，因而才有那么多对她的"不经意"。后来，我参军了，当了一名边防军人，从校园里带走的唯一纪念品是一枚银杏叶。

多少个夜晚，面对明月，抚叶沉思，我逐渐悟出，其实只要彼此心中有根红丝线，纷飞的劳燕同样也能团聚在一起的，对军人来说尤其如此。可惜一切都成明日黄花。这次利用出差的机会，我特意到银杏林里来缅怀往事，也对远方的汐表示深深的祝福……

载于《云南国防》2003年第6期

不"打"不相识的老秦

我心急火燎地赶到妻子摔倒的地方，原本是想教训一下那个莽撞的小摊贩的，但一见他五十多岁的年纪已经头发花白，瘦削的身子包裹在皱巴巴的外套里，特别是那双布满血丝的眼睛惴惴不安地盯着我，我一下想到了我在乡下的那些亲戚，恻隐之情雨水般淋湿了我心里的火苗，我对哭成个泪人儿的妻子说："别哭了。摔伤哪里没有？"

妻子双手托着隆起老高的肚子，仍抽抽搭搭哭得好伤心，指着面前那个惶惑的小摊贩说："我被他撞了摔倒在地，腿上蹭破了好大一块皮，关键是看摔没摔着小宝……"

妻子的话，说出了我的忧虑所在，我没好气地扭头对小摊贩说道："你走路倒是看着一点儿啊！"

"不好意思，我家里遇到了点烦心事，推车时有点走神，不知不觉就撞到了你媳妇……不过，我会负责任的……"小摊贩的双手下意识地在胸前的围裙上搓动着，嗫嚅道。

"要是我们的孩子出了问题，你负得起这个责吗？"我似乎被小摊贩故作轻松的口气激怒了，厉声说道。"就是！你负得起这个责吗？"妻子也帮腔道。

小摊贩似乎意识到了问题的严重性，脸一下变得灰白，嘴唇翕动着，欲言又止，双手更加张皇无措地在胸前的围裙上来回搓动着，围裙都快被他搓成了皱巴巴的一块抹布。

妻子已有六个多月的身孕了，每天上下班都是挤公交车。今天清晨她正要去家门口的公交站台等车，冷不丁被小区门口斜刺里冒出来的一辆手推车撞倒了。

推手推车的是一个卖早餐的小摊贩，撞倒妻子后，他傻了眼，一时愣着不知咋办。妻子急忙给我打电话，我当时正在去上班的路上，急忙赶到妻子出事的地点。

看着小摊贩又急又窘的样子，我无声地叹了口气，安慰他说："你也别太着急。我们去医院检查一下吧，要是孩子没问题，我们也不会把你怎样的……"

我搀扶着妻子走到路边等出租车，小摊贩尾随着我们。我瞟了一眼他的手推车，车上放着一个火炉，火炉上坐着的平底锅里卧着还没卖出去的各种食品，说："你不把你的车处理一下？这毕竟是你赖以谋生的工具……"

小摊贩神色一凛，说："顾不了这么多了，给你媳妇检查身体要紧！"

听了这话，我心里一暖，看了一眼小摊贩，问："你贵姓？""免贵姓秦，秦一鹤。你叫我老秦好了。""其实，你们也挺不容易的……""是啊，我们的艰辛只有我们自己知道。从农村老家到城里来做点小生意，每天起早贪黑地奔忙不说，还被城管撵得东躲西藏。城管一来，我们就像老鼠见了猫……"我们就这样搭讪着来到了医院。

医生询问了一番情况后，建议做个彩超，检查一下胎儿是否正常。在付费窗口，我刚掏出钱包，老秦凑上来说这钱应该由他来付，但一听医生说要200多元钱，他愣住了，脸一下红到耳根。

我看见他从衣兜里掏出了所有的钱，大概不过几十块钱。"不好意思，我老母亲生病了，现在还住着院，我手头近段时间有点紧……"老秦的神色有些羞愧。

"不要紧的，我来付。我原本也没想让你付钱。"我淡淡地说。

"好人哪！"老秦发出一声感叹。

还好，检查结果显示，胎儿并无大碍，医生建议妻子回家静养，做进一步的观察。得知这个结局，老秦如释重负，兴奋地说："我心里的一块石头终于落地了！"

回到小区门口，只见老秦的手推车原封不动地停在路边，我对老秦说："你赶紧去照管你的车吧。出了这档子事，耽误你做生意了。"老秦说："今早的事，对我们来说，都是有惊无险。我原以为要被讹诈了，哪知你们连检查费都没让我出，这说明世上还是好人多呀……"

他边说边把身上的那几十元钱全掏出来，要我去给妻子买一些营养品，"你别嫌少，多少是我的一点心意"。见我坚辞不受，他又说："等你媳妇生下了孩子，你一定要通知我，我来看看孩子。"

三个多月后，妻子在医院里顺利生下了孩子。从医院回到家里后，妻子偶尔也会和我提起老秦，说起他的承诺，妻子撇撇嘴说："还说来看孩子，这么长时间都不见影子，也是个光耍嘴皮子的主！"

大约一个月后，我意外地接到了老秦的电话，他询问我妻子和孩子的情况，听我介绍完后，他在电话里高兴地说："我来看看孩子！"我连忙说不用，但老秦执意要来。

大约一个小时后，老秦来到了我家。他有了很大变化，人变得精神了，穿着一身干净得体的西服。他见我们的孩子头发浓密黝黑，圆圆的小脸上，一双大眼睛清澈明亮，不由惊呼道："这孩子长得真可爱！——你们夫妻是好人，好人一定有好报！"他说，"还要告诉你们一个好消息，我老母亲出院了。她听我说了上次的事后，也一个劲地说我遇上了好人。"

闲聊中，老秦兴奋地说："我现在不怕城管了！"原来，为了美化市容市貌，同时也照顾小摊贩们的生计，有关部门创新思路，推行"引摊入市"工程，利用空地建立摊点群，给摊贩们一个固定、合法的经营场所。"我做生意再不像以前那样担惊受怕了，而且收入也增加了。"

临走时，老秦朝我的孩子挥手道别，孩子竟朝他露出了迷人的微笑，他一下激动起来，说："这孩子笑起来真好看！我要用手机给孩子照张相，带回去给我老母亲欣赏一下。你不会介意吧？"我笑着点了点头。

只听"咔嚓"一声响，孩子的容颜定格在老秦的手机里。他边欣赏边喃喃自语着往外走。我看着他的背影，心里深深地为他祝福……

载于 2017 年 11 月 29 日《企业家日报》副刊"潮头文学"微刊

点亮心灯

二十多年前，当我还是一名中学生的时候，疯狂地爱上了文学，课余时间不停地读啊写啊。凭着这种狂热的劲头，我写下了大量作品，一天突发奇想，把创作的十多篇短篇小说用作文本抄了，寄往外省一家出版社，梦想着出书。

我自己糊了一个牛皮纸大信封，把那叠厚厚的稿件装在里面，准备寄到出版社去。但走到镇上邮电所门口时，因为怕人笑话，我犹豫了。

我在门口不停地走来走去，眼看快下班了仍没勇气进去把稿件寄走，正在这时，只听见"丁零零"一阵清脆的车铃响，一位邮递员到门口下了车，瞟了一眼我手里的大信封，说："你要寄信？快进去办哪，再耽搁就要下班了！"

他见我仍是一副踌躇不前的样子，看了看我信封上的收信人地址，哑然失笑了："哦，寄往出版社的？你肯定是第一次投稿，怕被人笑话？没事的，以后多投几次，你就有信心啦！"他边说边走进邮局，对一位正在办理业务的女孩儿说道："小蒋，帮这位'作家'寄下稿！"

虽然心底埋着一个炽热的作家梦，但一听别人称呼我为"作家"，我的脸还是烧得很厉害。女孩儿问我是寄平信还是挂号信，我正在考虑的当儿，那位邮递员对我说："还是寄挂号信吧。写作相当辛苦，底稿丢了很可惜，寄挂号信便于邮路上出了问题后查找。"

在办理业务的过程中，女孩儿对我笑着朝那位邮递员努了努嘴："要论投稿，你还得多向我们钟老师请教，他经常在报刊上发表作品哩！"

这位姓钟的不起眼的邮递员竟经常发表作品？我不由得对他肃然起敬。他摆摆手说："请教谈不上，我们平时倒是可以多交流。你以后就叫我钟叔叔吧。"

他得知我是镇上中学的学生后，又看到我信封上留的收信人地址是农村老家的，一拍大腿说："巧了！我平时就是负责往你老家那条线送信的，也就是说，你这稿子出版社是用是退，都将是我把准信送到你手上。祝你好运！"

从此，我天天望眼欲穿地盼着钟叔叔给我捎来好消息。几个月后一个风雨交加的傍晚，钟叔叔终于一身泥泞地出现在我家门口。我的心提到了嗓子眼，眼巴巴地瞅着钟叔叔。

钟叔叔抹了一把脸上的雨水，避开我的目光，嗫嚅着说："出版社来信了，不过……"他递给我一个鼓鼓囊囊的大信封。

退稿！仿佛一盆凉水兜头浇下来，连月来的热望、渴盼、希冀瞬间化为乌有，我伤心地啜泣起来。

见我很难过，钟叔叔没急着走，进我家坐下了。"你打算咋处置它？"他指着退稿问我。

看着那摞跋涉了千山万水、信封已变得破破烂烂的退稿，我觉得它是那样的晦气，恨恨地说："烧了它，再不写啦！"钟叔叔的头摇得像拨浪鼓："要是这样，你永远成不了气候。

当年，我在部队当战士报道员，初学写作时也经历了很多失败……"

原来，钟叔叔以前曾当过兵，在一次执行任务时负了伤，才退伍当了邮递员。他给我讲起了他当年写作的经历，鼓励我振作起来。

钟叔叔和我仔细研究起编辑写的退稿信来。编辑在信中肯定了我的写作才能，只是说出版社出版作品集要求比较高，建议我先把作品单篇投往报刊，待发表到一定数量再张罗出书的事。钟叔叔仔细阅读了我的一些稿件，一一分析得失，决定推荐其中的一篇去报纸发表。

不知不觉已是深夜，钟叔叔不顾我们一家人的挽留，执意要回单位去。夜色如墨，冷雨淅沥，他艰难地跨上自行车，边蹬车边咳嗽，我站在路边目送他渐渐远去……

钟叔叔推荐出去的稿件不久便在报纸上发表了，这给了我很大的鼓励，从此笔耕不辍，收获颇丰，大学期间加入了省作协。大学毕业后，部队看中了我的写作才能，把我特招入伍，我走上了跟钟叔叔当年一样的道路。在部队工作十年之后，我决定到地方发展，转业前，我把这些年来发表的作品挑出较为满意的，交给一家国家级出版社出版。拿到样书后，我也选定了工作单位。

多年来，我一直同钟叔叔保持着联系。为了表达我的感激之情，我决定去看望一下钟叔叔。钟叔叔快要退休了，这是他最后一次往乡下送信。他浏览了一下我的作品集后，眉开眼笑地说："送我一本你的书，比送我什么东西都金贵！"

"钟叔叔，遇上你，是我一生的幸事。"看着岁月在钟叔叔脸上刻下的刀劈斧削般的印记，我说，"只是在你的邮递员生涯中，像我这样能得到你大力帮助的人并不多吧？"

　　哪知钟叔叔却摇了摇头，说："很多时候，我这个乡邮员的工作其实已经不仅仅是给别人送送信件、报纸、包裹、汇款单那么简单了，它更多的寄托着人们的一种念想和盼头。既然是念想、盼头，我在工作中就要尽可能多地为别人排忧解难。这些年来，我也记不清借送信送报的机会帮了别人多少忙，反正我只要往乡下一走，一路上都是跟我打招呼的人……"他从绿色的邮包里拿出几包药说，"你看，这是你们村里一位八十多岁的老人托我给他捎的药……"

　　艳阳下，钟叔叔拍拍邮包，跨上车，又一次踏上了征程……

　　　　　　　　　　　　　　　载于《大观周刊》2017年第2期

"王亲家"的特殊家宴

　　这是一幢漂亮的两层小洋楼，楼旁边是一条车来车往的公路，远处是座座青山。

　　"请进，请进。"大清早，当我慕名来到这幢建在乡里的小楼前时，楼主、村支书王玉坤已迎候在门口。这是一位衣着朴素、长相憨厚的中年汉子。

　　"我之所以会到乡上来盖房，完全是被逼出来的。"一见面，王玉坤便向我讲述为何在乡里盖房的原因。

　　因为家里穷，王玉坤初中毕业便辍学了。也许是因为自己文凭低的缘故，他对孩子的教育分外重视。他家在离乡上有几十公里的白草皮村，但他却做出了一个惊人的举动：把两个孩子分别送到乡里、县里念书。每个星期王玉坤都得用马车接送孩子上学。有一次在路上遇到了暴风雨，足足折腾了一天才到达目的地。正是从那一天开始，他有了在乡上建房的念头。

　　2006 年，王玉坤拿出多年的积蓄，在乡里盖了一幢小洋楼。随着时间的推移，这幢原本只为方便孩子读书而建盖的房子却发挥了更为特殊的作用。

　　在聊天的过程中，我发现王玉坤有两多：电话多、客人多。电话，都是村民们打来请他帮忙的；客人，则是直接到家里来请他帮忙办事的。谈话间，家里就来了两位客人，杨梅生和杨荣有，要王玉坤带他们到县城办摩托车落户手续、买车辆保险。

"他们都是彝族群众，跟县城里的办事人员沟通很困难。我带他们去会方便得多。"王玉坤说，"村里少数民族群众比较多，像这种来家里要我带着去办事的情况比比皆是。还有，村民来乡里赶集时，也喜欢到我家来坐一坐。时间一长，村民们都说我家成了村委会驻乡里的'办事处'。"

王玉坤的妻子李顺林是个手脚麻利的女人，不知不觉便做好了一桌丰盛的农家宴。

"亲家，我敬你一杯。"杨荣有举起酒杯对王玉坤说。

"你们真是亲家吗？"我好奇地问。

王玉坤笑着说："我们这里的彝族群众对跟自己年龄差不多的男人都叫亲家，对女人则叫亲家母。"

"你在王支书家吃过多少顿饭？"我问杨荣有。"记不清了，我来找王亲家带我到城里办事，要在他家吃；来乡里赶集，也要在他家吃。一年少说也要吃几十顿！"杨荣有说。

"王支书这个人怎么样？"我问。"一个字，好！他对我们做的好事，多得要用笆筐装！我们村里的路、水、电，都是在他手上'通'的。""好多人家在他的带动下，办起了酿酒厂，他手把手地传授酿酒技术，还负责销售酒。"客人七嘴八舌地说。

陆陆续续地，王家的饭桌上又增加了好几位客人。"习惯了。我家吃饭时，经常会吃着吃着就'吃'出10多个人来。"王玉坤说，"群众喜欢来找我帮忙，说明对我很信任。我当村干部20多年了，要是哪一天群众不上我家了，我也就不用再

当村干部了。"

"家里变成了村委会'办事处'，你经常要做饭招待客人，时间一长，受得了吗？"我问李顺林。"群众信任玉坤，我再忙再累也乐意！"李顺林笑着说。

"一人富，不算富。我最大的心愿是要带动更多的村民脱贫致富。"王玉坤说。

饭后，王玉坤开上自己那辆面包车，载着来找他帮忙办事的村民向县城驶去。宽阔的道路在他们面前延伸着。

载于 2012 年 5 月 10 日《云南日报》，获第二十一届全国省市区党报文字作品三等奖

第三辑

亲情无价

奶奶·苦瓜

　　如果世界上真有所谓"情结"的话，那我想，奶奶一定有一种苦瓜情结。

　　奶奶爱苦瓜成癖。我家宽敞的庭院里，全被她种上了苦瓜。夏季，一走进我家的庭院，一股盎然生机顿时扑面而来。

　　奶奶爱种苦瓜，所以我家的菜谱里，经常有一道苦瓜。奶奶虽然做得一手好饭菜，但那苦瓜在她的调弄下，仍显不出多少美味，还是苦涩得令人难以下咽。致使我以后只要一见到苦瓜，胃里就阵阵痉挛地绞痛。

　　而奶奶呢，却不停地把筷子往苦瓜碗里伸，看她吃的那个痛快劲，仿佛苦瓜比山珍海味还山珍海味。

　　我敢保证，大人们也是一百二十个不乐意吃苦瓜的，但见奶奶那么"爱"吃，也不能不"意思意思"。奶奶有时甚至特意搛几片苦瓜放进我碗里，"逼"我吃下去。当我皱眉蹙额地把那要命的苦瓜强咽下去后，奶奶便显出很满意的样子，问我："现在你感觉好多了吧？"

　　除了苦还是苦，能有什么好感觉呢，我茫然地看着奶奶。奶奶示意我搛别的菜尝尝。这下我感觉出来了，吃过苦瓜，再吃别的菜，似乎显得格外的香。

　　"苦瓜，其实是一味好东西，"奶奶说道，"清温败火，能治病，还能让人忆苦思甜。"这话我听着模棱两可，大人们却显出深思的表情。

　　有一次，我的脚上长了足癣，刺痒难耐，久治无效。奶奶摘了几个苦瓜来，在研臼里捣烂，取出汁来，涂在我脚上。没想到几天后足癣消失，不痛不痒了。再看奶奶，由于长期食用苦瓜，七老八十的仍耳不聋眼不花，身体健朗，精神饱满。

　　我这才相信苦瓜的确有药效。而苦瓜能让人自律自省，这话看来也不假。奶奶的四个儿子，都是国家干部，全部作风正派，工作勤恳，无一贪污腐化。也许奶奶就是用苦瓜来告诫他们，不应忘了过去创业的艰辛，更应珍惜今天来之不易的"甜"。

　　此后，每当奶奶再在庭院里种苦瓜时，我不但不反对，反而还要凑上去帮忙了。后来我到外地念书去了，很少能吃到奶奶用苦瓜做的菜了，但我从吃苦瓜中悟出的道理，却一直铭记心间。

　　　　大学时代作品，载于《春城晚报》副刊

永远的风景

得知奶奶病入膏肓的消息后，我怀疑起"好人好报"这句话的可信度了。在我的心目中，奶奶是绝对的好人、善人。一提起奶奶，我会不由自主地想起烤饭团、馒头这些在我童年的记忆里显得那么美味可口的食物，以及那鼓励我努力读书、好好做人时的纵横老泪……

在我童年的时候，家里的生活条件是极其艰苦的，每顿吃的都只是零星掺有几颗米粒的苞米疙瘩。我自幼身体瘦弱，食欲不振，因而奶奶每顿做饭时，总要用米饭捏个饭团烤焦了给我，过过我的馋瘾。尽管那饭团大时如鸡蛋，小时如蚕豆。

后来分家了，奶奶被分了跟五叔生活。那时我家劳动力少，我每天放学后总要帮着妈妈干活，直到一月中天时方才荷锄而归。刚进院子，奶奶便会捧了一个热腾腾的馒头在门口恭候着饥肠辘辘的我……可以说，在我的心目中，奶奶是一个慈祥的化身，可她怎么就身染沉疴了呢？

奶奶精明、旺盛了一辈子，她一个农村妇女，以惊人的毅力供众多的子女上学，使他们全部参加了工作，村人一提起这，都要对奶奶竖大拇指。即使在重病卧床之时，奶奶也表现得那么刚强、坚韧。一般的病人，总希望亲人能悉数守在病榻前，但奶奶不，她把请假回来守候着她的子女全部"赶"回了单位。

"我一个农村老太婆，命就恁金贵呀，值得你们舍了国家的事来陪我？你们快回去工作吧，这样我才心安……"奶奶每次都流着泪如是说。

星期天，我从学校里回家时，买了些水果去探望奶奶。奶奶因怕光，叫爷爷用窗帘把窗子捂了个严严实实，她的卧室便显得漆黑一团。我摸索着走到奶奶床前，刚叫了一声"奶奶……"便如鲠在喉，啥也说不下去了。

奶奶叫爷爷把窗帘拉开一些，然后用骨瘦如柴的手握住我的手，问起了我的学习、生活情况。奶奶面目浮肿，说话已很艰难，每说一句话，都要喘好长时间的气。当我把橘瓣用温水浸过、小心翼翼地喂到奶奶嘴里时，奶奶枯涩的眼里竟滚出了泪珠。这一下子使我手足无措热泪潸然……

我看奶奶已危在旦夕，提议拍电报让爸爸和叔叔们全都回来。奶奶马上制止了我："别、别让他、们、回、来。自古'忠孝难两全'，他们在工作上出了成绩，比老守着我还让我开心。"

"可是，奶奶，您目前的状况……"我仍在辩解，爷爷打断了我的话，"娃，由你奶奶吧。他们回来了，她流着泪赶他们走，他们走了，她又在梦里都哭叨着他们。唉，你奶这人呵……"说到这里，爷爷已是老泪纵横泣不成声。这就是慈母的心呵！一股热浪直冲脑门，我又泪流满面。

奶奶也不允许我多守候在她床前，"逼"我去复习功课。我只好起身离开，临走前，奶奶叫住我，叮嘱道："你快毕业了吧？我不用你牵挂，也不用你经常来看望，好好读你的书、

考你的试。记住，我家可从没出过孬种哟！"

　　当我感觉良好地从考场上下来，想把录取有望的喜讯告诉奶奶时，哪知迎接我的已是一座坟冢。为了不影响我考试，奶奶临终前不准家人把她的死讯告诉我，留给我的遗嘱也是叫我好好念书成材报国。

　　又一年清明节到了。小风微微，细雨霏霏。我们全家人齐刷刷在奶奶的坟前跪下，祭奠奶奶。祭品很奇特，全是爸爸和叔叔们因工作成绩突出而获得的各种奖杯、奖品、奖状。

　　这一独特的"景观"，引得路人驻足观望，此刻我们在他们眼里成了一道风景。

　　但奶奶更是我们心中的风景，一道永不褪色的风景。安息吧，奶奶！

　　　　　　　　　　　　　　　　　　　　　大学时代作品

无言的美丽

父母一直很珍视一张他们年轻时的合影。

拍照时，父母刚结婚不久，都只有 20 多岁，光彩照人的母亲头倾斜着几乎全部靠在了英俊挺拔的父亲肩上。凡看过这张照片的人，都会不约而同地赞叹道，好般配的一对哟。

但我很少听到父母谈论他们当年的爱情故事，即使母亲偶有触及，父亲也会立即制止道：都一大把年纪的人了，还提那些陈芝麻烂谷子的事干吗？！此时的父亲竟一脸羞赧，从中我不难猜出他们青春岁月的那段故事一定很热烈也很美丽。

青春岁月的故事是听不到了，但父母却用行动诠释着他们对彼此深沉的爱意。那些年父亲在离家较远的地方工作，每当算定父亲要回来的日子，母亲的脸上便笑影不断，早早地准备下好多好吃的东西，原本就干净整洁的庭院还要三番五次地打扫。父亲在家的日子，家里总洋溢着节日一般的欢乐气氛。

我念初中时，父亲调到了离家只有十里的地方工作。每天傍晚下班后，父亲总是连饭都来不及吃，便急匆匆地骑着自行车赶回家里，要么跟母亲一同下地劳动，要么帮母亲料理家务，深夜再赶回单位去。常年坚持，风雨无阻。由于走的次数太多，父亲曾不无自豪地说："从家里到单位的那条路上，哪里有块石头，我闭着眼睛都心里有数。"听了这话，我觉得父亲是一个对家庭充满爱心和责任感的男人。

父母携手撑起了一方家庭的晴空，我们兄妹沐浴着爱的阳光不断成长，从学校毕业后都参加了工作。可父母却累垮了身体，特别是父亲，在临近退休时彻底病倒了。那天他感到实在无法坚持上班了，也许是不愿让母亲牵挂，竟没同母亲打招呼，悄悄住进了县医院。母亲见父亲一连几天晚上没回家，又没有办法联系上，觉得有些蹊跷，到单位一打听，才知道父亲住院去了。母亲心急如焚地赶到医院，见父亲正在病床上痛苦地呻吟，刚叫出一声"他爸——"便泪如雨下，泣不成声。

父亲的病太重，县医院没有治愈的把握，只好转到了省城的大医院。在父亲住院的几个月时间里，母亲一直无微不至地照料着父亲，累了困了时，就斜靠在父亲的病床上打会盹。父亲手术后伤口疼痛难忍，一直痛苦不堪地呻吟着，母亲百般安慰仍无济于事，最后只好紧紧握住父亲的一只手。

我看电影《青年刘伯承》时，给我留下深刻印象的是这样一个镜头：德国医生给刘伯承手术时，刘伯承忍住剧痛一声不吭，但身下的床单却被他撕得支离破碎。我体会不出母亲被父亲反握住的手承受了怎样的痛楚，但当我赶到医院时，见到的是父亲已安静地入睡，而母亲的手却青一块紫一块。

捧起母亲的手，我突然热泪盈眶，那一刻我强烈地感受到了一个大写的"爱"字像山一般耸立在眼前，深刻地体会到了什么叫患难与共、相濡以沫……

载于《云南人大》2016年第12期

公私要分明

二十多年前，父亲在乡供销社当售货员，我在乡中学念书，吃住都跟父亲在一起。那时，吃饭是让我颇感尴尬的事。

之所以尴尬，是因为我们的饭菜太差，几乎每顿都以家里种出来的土豆为主，要么是炒土豆片，要么是土豆腌菜汤，往往几个月吃不上一次肉。住在我们隔壁的，是供销社的采购员萧启初。他家的生活跟我们相比，真有天壤之别。

萧启初家经常高朋满座，大鱼大肉地胡吃海喝。每当闻着从萧家飘来的酒肉香，我心里都特别不是滋味，不满也在与日俱增：同在一个单位工作，为什么萧启初能吃香的喝辣的，而我和父亲却只能吃土豆嚼咸菜疙瘩？

更让我难为情的是，萧启初的女儿萧潇是我的同班同学。萧潇衣着光鲜，像个高傲的公主，经常斜着眼睛白多黑少地看人。为了不让她看到我们生活的寒酸，每次吃饭时，我都把门关得紧紧的。

有一次吃午饭时，天气闷热，父亲便把门打开了。正在这时，萧潇端着饭碗出来纳凉，见我家的门开着，便径直走了进来。她看到我们面前除了一锅饭，只有一碗土豆腌菜汤时，脸上显出吃惊甚至有些不屑的神情："你家的菜这样简单哪！咋不吃肉呢？"她边说边把自己堆满肉的饭碗炫耀似的在我面前晃了几晃。我当时羞得满脸通红，低着头一言不发。

父亲呼哩呼噜地喝着土豆汤，说："我那点工资，要养活一大家人，恨不得一瓣掰两瓣花，哪有钱吃肉！不过，天天吃素也很好，心安理得！"

听了父亲的话，萧潇嘴角浮起一抹讥讽的笑容，傲气地瞥我一眼，像一阵风似的飘然而去。"这小丫头，被他爸惯坏了！"父亲边说边往我碗里夹土豆片，但我哪还有心思吃饭呢。

那时，由于物资匮乏，大家生活水平都低，同学们聚在一起经常会攀比谁家生活条件好。我也不甘示弱，经常向同学吹嘘家里条件如何如何好，现在，一切都露馅了，我将如何面对？

果然，下午我到学校里，总觉得同学们对我指指点点的，浑身难受极了，一放学便飞也似的逃离学校。

傍晚，父亲下班后回到家里，见我闷闷不乐地躺在床上，关切地问：是不是病了？我没好气地说："同是在外面工作的人，你为什么那么穷？别人家能吃肉，只有我们顿顿啃土豆，害得我让同学瞧不起！"

"吃肉，你以为我不想？但我就那么点工资，要供你四兄妹念书，还要赡养老人，不省着花咋行！"

对父亲的解释，我颇不以为然，小声嘟囔道："你每天卖货物要卖那么多的钱，为什么不先拿点来补贴生活呢？"

这其实是我一直憋在心里的话。那时物资紧缺，每天来父亲商店里买商品的人络绎不绝，他卖的货款多得要用脸盆装，他总是每天下班之前雷打不动地将这些钱存进银行里。

仿佛油锅里溅进了油，父亲额上青筋暴突，怒吼道："那是公家的钱，一分也不能动！——哼，只怕伸惯了手，要收回来就难啦！没想到你小小年纪，竟然这么势利，整天比吃比穿！"他气得嘴角哆嗦，甩上门骑着自行车回农村老家去了。

父亲工作的地方离农村老家有五公里，母亲在家种着十多亩地。家里缺乏劳动力，每晚下班后，父亲都要回家帮着母亲种会儿地。那天深夜，父亲一脸疲惫地从老家回到单位后，语重心长地对我说："娃，我是穷，但穷得有骨气，决不会利用工作之便贪污挪用一分公款。'公私分明'，这是我家的家风。我希望你不要去跟别人比吃穿，要比学习成绩，比将来谁有出息！"

说到最后，父亲一脸热望地看着我。看着父亲那过早衰老的面庞，我的心一阵刺痛，但他讲的道理却深深地镌刻在我心里。后来，我发奋攻读，考上了一所重点大学。收到大学录取通知书那天，却听到一个爆炸性消息：萧启初出事了。原来他为了维持平时的高消费生活，大肆贪污挪用公款，东窗事发了。对此，父亲的反应相当淡定："公私不分，迟早要出事。"

参加工作这些年来，我见到了不少由于公私不分，不择手段地巧取豪夺而最终身败名裂的例子，越发觉得父亲对我教导的可贵和重要……

载于《云南人大》2017年第4期

少当家

一

俗话说，"当家才知柴米贵"。我很小便对这话有了极深的理解。那时爸爸远在外地工作，一年难得回次家，外婆又时时生病，妈妈得经常回去照料她。妈妈一走，我这长子自然成了当家执事的。

说来好笑，因为妈妈的勤俭和严厉，平时我处处感到不称心，在第一次"当家"前，老是盼望着妈妈能有事出去几天，让我来过一把"当家"的瘾，好好地闲上几天，美美地吃上几顿。

机会说来就来，外婆病重住院，托人捎来口信，要妈妈去照料她。妈妈第一次离开我们出门远行，非常放心不下，临出门时千万遍地嘱托我要带好弟妹。我也充分行使起了当家做主的权力，首先便"垄断"了做饭的权力，尽管妹妹的烹调手艺比我不知要好到哪去。

第一顿饭，我大操大办，家里仅有的那块腊肉被我切得只剩张皮，米缸里的几颗鸡蛋全被煎得金灿灿地端上了桌。饭是大米饭，不掺丝毫杂粮。席间的气氛却并不如我想象的那般热烈，妹妹冷着脸不言不语，我知道她是怪我太"奢侈"。由于出现不和谐因素，我第一次发现吃着美味佳肴也味同嚼蜡。

二

妈妈走了，我们最难熬的还是要数过夜。我家住在村头，孤伶伶的，每晚屋外似乎都有些莫名其妙的声响，好恐怖。弟妹胆小，坚持要到村里亲友家去住，可我牢记妈妈要看好家的嘱托，死活不同意。最后，弟妹竟不顾我软硬兼施，走了。听着他们逐渐远去的脚步声，我又气又急却无计可施。只好关上门，壮着胆子去楼上睡觉。

躺在床上，我怎么也睡不着，眼睛老瞅着窗户，盼那儿能透进一丝黎明的曙光，但那儿总是黑咕隆咚的，因为紧张，我出了通身大汗，睁着眼熬了一夜。天刚蒙蒙亮，我便起床上学去了。

那天中午我们班最后放学，我原以为弟妹放学后会早早回家做饭，哪知回家一看，仍冰锅冷灶的，弟妹连影儿也不见。我四处寻找，发现他们正缩在一个墙角里，跟胖牯斗蟋蟀玩呢。我顿时火冒三丈，大喝一声："你们还吃不吃饭？"拉住妹妹的小辫子，揪住弟弟的胳膊，直往家里拖。他们真犟，拼命地挣扎着，还直嚷嚷："不吃就不吃！"

我气愤地把他们两个往内一搡，头"嘣"地碰了个响儿，咬牙切齿地说："好，连昨晚的账一块算，罚你俩不准吃午饭！"然后冲进屋闩上门。

话虽这样说，但我知道绝对不能这样做的。为赶时间，我煮了一锅酸菜糊糊，等着弟妹回来吃，但等了好半天都不见动

静，便到他们刚才玩的地方去寻找，但早已不见人影。我心里觉得分外的没趣和后悔，委屈得只想掉眼泪。

我草草地喝了一碗酸菜糊糊，喂过猪，便依照班主任苏老师放学前的交代，去帮她挖菜地了。刚走到地边的矮墙处，便听见胖牯在说我的坏话。他说我好狠心，独自一人躲在家里吃香喝辣，却把弟妹关在门外饿肚子。

"真有这事？"苏老师惊奇地问。胖牯蛮有把握地说："他弟妹亲口说的，还能有假？"

我几乎不假思索地转身就往回跑，躲进操场边的柳树丛里。我觉得心里冤得慌。苏老师对我印象蛮好，可被胖牯这么一诬蔑，我在她眼里成了啥人？

好几次，我都想带着弟妹到苏老师面前去跟胖牯理论，但腿刚迈动，我的决心又动摇了。这样做，别人只会说我"做贼心虚"的。我颓然地坐到地上，泪水流了一脸。

当家，当家有什么好呢？我以前以为当家能自由自在、为所欲为，现在我才发现自己的想法多么幼稚！

妈妈，你怎么还不回来，我实在当不了这个家啦！

三

整个下午我都躲着别人，一下课便提着书包逃也似的回家。屋里冷冷清清的，粥盆放在锅里，苍蝇围着锅台嗡嗡地飞。我拿上柴刀上山打柴去了。

我们村没有森林，山上偶尔有一簇两簇树木，只能爬上去砍一些枯枝。因午饭没吃饱，再加上一下午的担惊受怕，我觉得四肢疲软，伏在随风摇摆的树上只觉心惊肉跳。爬树时，没承想脚下的树枝咔嚓一声断了，我从树上坠下来，肚皮被树枝划开一条长口子，就像一条张牙舞爪的蜈蚣般吓人，直往外蹿血珠。

我痛得腰都直不起来，背着那少得可怜的柴，勾着腰一步一挪地朝家里蹭去。

黄昏时分，我才回到家里。家里的一切都是我始料未及的。饭做好了，热腾腾地摆在桌上。妹妹在扫地，弟弟在喂猪。

见到我回来，妹妹丢了扫帚，要过来接我的背篓，但她见我蜡黄的脸色，手不安地在围裙上擦了几下，讪讪地叫道："哥哥……"

我忍住剧痛，把背篓往地上一丢，衣服无意间被风撩了起来，显出肚皮上的伤痕。妹妹惊呼一声，急忙到抽屉里翻药去了，弟弟端来了洗脸水。

往伤痕上敷过药后，我坐在桌前并不急于吃饭，问："你们中午躲到哪里去了？我是不是躲着你们吃好东西？"

妹妹红了脸，低下头。弟弟嗫嚅道："胖牯问我们昨天吃什么，我们不知道他的圈套，告诉了他，他便到学校里去编瞎话……"

"哥哥，你别生气，我们可以去找苏老师戳穿胖牯的谎言。"妹妹说道。

"算了算了，"我一阵心灰意懒，无力地坐在椅子上摆摆手，"吃饭吃饭……"

饭后，我不能写作业了，因为我还得把猪草切出来煮熟，这样明早放学后才来得及喂完猪去上下午的课，弟妹都要求让他们切，这更激发起了我做兄长的豪情，怎么也不答应。

突然，我在猪草中发现了一条很可怕的虫，全身长满金黄色的毛，无数赤红色的足正水波浪一般推进，我心里一慌，手一抖，刀便在拇指上割开了一条口子，血泉水般冒了出来。幸亏弟妹及时给我包扎好了。

伤口在一抽一抽地疼，想到这刀在妈妈手里捏了多少年，而我以前从未关心过她时，我眼里蒙上了层泪翳。

弟弟眼尖，急忙问："哥哥，你哭了？"

妹妹看着我显出深思的表情。

四

第二天早上，我因没写作业被苏老师扣留在教室里补写。一同留下来的还有她的女儿蕙珊。

蕙珊上课时指着我跟别人嘀嘀咕咕地讲小话，还咹咹地笑，被苏老师叫起来回答问题，不知道问题的她只好傻愣愣地站着，向来以严厉著称的苏老师当然不会放过她。

我功课挺好，不一会儿便把作业写完了。蕙珊坐在离我较远的地方定定地瞅着我，犹豫了几次，终于说："你昨天是不是把弟妹关在门外，自己一个人在家里做好吃的？你可要说实话啊！"

我的脸马上涨得通红，正要辩解，窗外却响起一个嘎巴脆的声音："不许胡说！我哥才不是那号人！"

我循声看去，只见弟弟趴在窗台上，小平头下一双眼睛亮晶晶地盯着我，说道："哥哥，我们给你送饭来啦——不行，我们还得去找苏老师说明白，你不是偷懒，是因为切猪草才没写作业的！"

"不用找，我自己来啦！"随着一阵笑声，苏老师打开门走进来。她一只手里端着一小盆白菜汤，一只手里端着一碟馒头，对我说："来，吃饭吧。蕙珊，你回家去吃吧。"

她笑吟吟地对弟弟说："你真是个炮筒子脾气！你批评得也不对，老师对谁都不能搞特殊化呀，没写作业当然得留下来写，你说是吗？"

弟弟红了脸，难为情地笑了。

蕙珊一直站在旁边一声不吭，这时突然走过来，一下子揭去妹妹手里的瓷缸盖子，嘴微微张开了，差点惊叫起来：瓷缸里盛着酸菜糊糊，上面堆着一小撮大头菜。

妹妹向来腼腆，这时羞得抬不起头。弟弟上前来摇着苏老师的胳膊说："苏老师，我哥哥昨天中午吃的就是这糊糊，有人说他独自吃好东西，那是瞎说！再说，也怪我们不好，放了学净想着玩……"

苏老师深情、慈蔼地说："我也不信你哥哥会那样做的……"

吃完饭时，我和弟妹间显出从未有过的融洽。但一种对妈妈深深的思念、牵挂之情笼罩了我们心头，我们都端着饭碗，站在路边朝远方凝望着。

夕阳红红的，胭脂般涂了一地，那条白练般从山外飘进来的路上，落寞地没有一个人影。

偶尔有一个小黑点移动过来，我们就不错眼地盯着，心里怀了老大的希望，直到那黑点越来越近，最后成了一个与我们毫不相干的路人，小心眼里充满了浓浓的失望。

五

饭后，我们分了工。我洗碗，妹妹喂猪，弟弟扫地。突听妹妹惊呼道："哥哥，快来看哪，猪咋不吃食啦？"

我过去一看，只见猪把热腾腾的食撒在一旁，我摸摸它们的耳朵，一点不烫；再看鼻尖，凝满露珠，一切正常。这到底是咋回事呀？

我们都愁兮兮地在桌前坐了。我冷丁记起逢年过节，妈妈都要跪在灶前，把自己的心愿说出来，祈求灶王爷保佑，便也学着妈妈的样子跪在灶前，喃喃地把自己希望猪吃食的心愿说了出来。

"哥哥，你跪在那干啥？"妹妹的问话，弄得我面红耳赤，急忙站了起来。这时猪圈旁响起了弟弟的欢呼，"快来看哪，猪吃食啦！"

可不是么，猪正把头埋在盆里狼吞虎咽地吃食呢，大耳朵一甩一甩的，尾巴欢快地扇乎成一个个旋涡儿，我们心里甭提有多欢喜！

干完家务，我们闲聊开了。

"妈妈走了，我们才觉得这日子真不好过呀！"弟弟托着腮巴，很老成地说道，"我们以前对妈妈关心体贴得太少啦！就说这喂猪吧，食太烫，猪不吃，我们就发急。以前猪生病，我们哪次往心里放过？妈妈有时叫我们去请兽医，我们都噘着嘴，老大不乐意呢！真不该！"

"妈妈在家里，要照顾我们，还要忙地里的活，多辛苦呀。可哥哥呢，还老抱怨她做的饭菜缺少油水。要想想啊，家里这么困难，不节约行吗？"妹妹瞟了眼我的脸色，继续说下去，"还有，妈妈走了才几天，我们就把肉、油都快吃光了，等妈妈回来咋办？"

要是以前，听到这些不顺耳的话，我早就怒发冲冠了，但我这次坐着没动，心悦诚服地接受他们的批评。

第二天放早学后，在回家的路上我发现家里的烟囱直往外冒烟，心里一喜，急忙向家中跑去。

刚进门，只见妈妈正在厨房里忙活着，弟妹围着她叽叽喳喳地说着话儿。妈妈回过头来，笑微微地对我说道："回来啦？你弟妹都跟我说了，难为你了……"

"妈妈。"我的热泪涔涔而下……

大学时代作品

母亲和她的破车瘦马

有多少个夜晚，我被出现在梦境中的一辆马车惊醒过来。一辆小胶轮车，由一匹瘦小温驯的骒马拉了，载着我同样瘦小憔悴的母亲，踽踽地朝我迎面走来，又消失在沟沟坎坎间。我往往不知不觉便热泪潸然……

母亲是个要强而不幸的女人。她曾是当年下乡的知青，但命运远比大多数知青惨得多，一直没能返城。父亲在外工作，家里的一应大小事务几乎全由母亲一人操持。

后来国家政策放宽了，母亲见村里不少人跑生意发财了，便在村里开了一家代销店。为了便于从城里进货，母亲买了一匹小骒马。这马好寒酸哟，干巴瘦小，毛色晦暗无光，却天生了一股倔性，活计出奇地好，一路上几乎不用动鞭杆。母亲就赶着它，一次次地往返于城里与乡村之间。

母亲每次来城里进货时，总是把我从学校里叫出来给看着马车。次数一多，我也腻歪起来。一个大小伙，伴着一匹瘦马，守着一堆小百货，多尴尬呀！我开始以各种借口来推脱看守马车的职责。城里人多眼杂，啥事都有，没人看车的母亲有一次便出事了。她把一箱价值五百多元的香烟放在车上，又去批发店里提别的货物，待她出来时香烟已不翼而飞。

五百多元哪！母亲伤心了半个多月，有时甚至梦里都哭出了声。

我后来更是犯了一个弥天大错。那天母亲来城里进货，又来学校里找到我，说她的眼皮咋老是跳个不停，怕要出事哩，叫我去帮她看守马车。我只好去了。母亲进批发店不久，我发现班上一位漂亮的城里女孩儿走了过来。我当时正对她怀有一种朦朦胧胧的好感，极不愿让她看到我与破车瘦马相伴的寒酸相，便落荒而逃了。没想到我却由此铸成了一个大错！

当天下午，我是在医院里见到母亲的。她头上缠满纱布，一副惨不忍睹的模样。母亲是在街上被人打伤的。街上行人如织，她赶的马车碰了一位城里靓女的裙子一下，立即蹿出几个凶神恶煞的男青年，对母亲大打出手……

母亲对我临阵脱逃的事只字未提，相反，她知道我有饭后喝茶的习惯，叫我把那我提去给她灌开水用的保温瓶提走，并叫我不用经常去探望她，多花些心思在学习上才对，因为我马上就要参加高考了……

我无法原谅自己。当天夜里，我跑到校园深处的那片小树林里号啕大哭一场。我欠母亲的太多太多，我发誓只有用成绩来回报母亲！我同时斩断的，还有对班上那位漂亮女孩儿的情思。

我终于考上了大学。母亲用马车送我去县城，在那里我将坐上直赴省城的火车。仍是那辆破旧的胶轮车，仍是那匹干瘦的骒马，此刻在我眼里却有了别样的意味。我在后面看着母亲的背影。她衣着简陋，脑后拖着一根干枯短小的辫子。就是这辫子，又使我悲怆难耐。我曾见过母亲年轻时的照片，那时的她丰满漂亮，热情开朗，一根乌梢蛇似的大辫垂在胸前，跟眼

前干瘦憔悴的母亲判若两人。

我接过了母亲手里的缰绳，它被母亲握了好多年，现在该我握一握了。

马车穿过谷地，来到山坡上，山风陡地大了起来。县城在远方显出了影影绰绰的轮廓，与母亲分手的时候不远了。我的胸中突地充满了一种浓浓的情愫。我颤颤地叫了声："妈……"热泪便涌如骤雨。

"娃，莫哭，莫哭。这些年咱们不都熬过来了吗？"母亲说着，自己也泣不成声了。她用手抹了抹眼睛，郑重地吩咐我，"今后你无论走到哪里，都得记住，人活着就得活出个人样来！……"

我陡地明白了，母亲之所以挺住了那么多的人生不幸，刚强旺盛地生活，靠的不正是这种信念吗？明白了这个道理的我，一下子觉得肩上的担子很沉很沉……

我进了大学，母亲肩上的担子将更加沉重。她就与那匹小骒马相伴，踽踽地穿行在季节的风雨之中，用菲薄的劳动所得来供我上学。我知道母亲脚下的路还很坎坷，村里又办起了几家代销店，彼此间的竞争异常激烈，要站稳脚跟她还很难很难。唯一能让我放心的，是我知道有那个信念在支撑着母亲。我就一次次地在梦境中跟赶着马车的母亲相会……

载于《女性大世界》1996年第5期

一只小凳子

家里有一只不起眼的淡蓝色小塑料凳，一直扔在角落里，但却被来家里小住的母亲当成了宝。

近些年，母亲一直在帮弟弟带孩子，前不久她腿疾复发，我家离医院近一些，为方便治疗，我把她接到了家里。

母亲住了几天院，症状刚减轻一些，便急着要出院，怎么劝都不管用。"我这是老毛病了，要想治断根是不可能的。回家去抓几副中药调理一下就行了，干吗要老待在医院呢？费钱不说，这闹嚷嚷的环境我也不喜欢！"

我只好依从了母亲。

为免除母亲去菜场买菜的辛劳，我每天都买很多菜放在冰箱里，早上出门前一再叮嘱母亲中午要多做几个菜吃，母亲嘴上答应得好好的，但我傍晚下班回家从冰箱里那几乎原封不动的菜上，就知道母亲骗了我。

对我的"质询"，母亲总拿这句话搪塞："我没工夫去像模像样地做菜吃呀！"

确实，母亲每天都挺忙的。自从她来后，我家里被收拾得里外一新，地面瓷砖被擦得能照出人影。母亲天天要打扫卫生，她腿疼，不能蹲，家里那个淡蓝色的小凳子便派上了用场，她坐上去，慢慢地用抹布擦家具、擦地板。

为了让母亲多休息一下，有一天我偷偷地把那个小凳子拿到卫生间弄坏了。看着已裂成几块的小凳子，母亲惋惜了好半天，然后要我重新买一个新的，我嘴里答应着，心里却知道母亲这个愿望是注定难以实现了。

一连三天，我见母亲因为没有小凳子的帮助，没在费心巴力地打扫卫生，心里不禁为自己的"小聪明"得意。第四天，我回家见到的景象却让我大吃一惊：母亲坐在地上，正艰难地用抹布擦地。我倏地明白了，要让勤劳了一辈子的母亲闲下来是不可能的。

地上冰凉，长时间坐在地上将对她的身体不利，我只好将母亲买凳子的要求立即付诸实践。

在超市里，母亲相中了一个绿色的小塑料凳子。除那个小凳子外，我又买了很多日用品，足足装了好几手提袋。为减轻我的负担，母亲除了拎上她心爱的小凳子，还帮我提着一包东西。

从超市出来后，外面正下着雨，我原本想打的回家，但等了好半天也没出租车来，只好带着母亲坐上了公交车。车里只有一个空位，我让母亲坐，她偏让我坐，自己则坐在她买的那个小凳子上。

我坚持要和母亲换座位，但她说啥也不肯，推让之间，车里的乘客对我们投来异样的目光，我只好作罢，心里却有些生气。

车里的乘客越来越多，简直挤得水泄不通。到达目的地后，我提着几大包东西往下挤，一边叫母亲下车。我挤下车，却发现母亲没下来，正着急的当儿，车开走了。

　　我赶紧打母亲的手机，让她在前面的站台下车。

　　"妈，我让你坐座位，就是为了方便照顾你，可你偏不听，惹出这么大的麻烦！"我没好气地说。

　　怕母亲迷路，我急忙往前走去迎接母亲。雨越下越大了，远远地，我看见母亲用一根绳子把小凳子跟装满商品的手提袋系在一起，然后挎在肩上，一步一挪地往前走，一阵酸楚涌上我的心头。

　　会合后，母亲似乎有些难为情地对我说："你腿长，小凳子太矮，时间坐长了会难受的。哪知我在小凳子上腿坐麻了，一时站不起来，耽搁了下车……"

　　看着雨水顺着母亲脸上的皱纹往下流，我哽咽着说："妈，我错怪你了……"

　　我和母亲躲了一会儿雨，又往前走。我要母亲把她肩上的东西全给我，可她坚持要亲自拿那个小凳子。看着母亲抱着凳子走得艰难的背影，我早已泪眼婆娑……

2016年5月

荞麦情

只要一提起荞麦，常人马上会想到一个字：苦。事实确实如此，只要抓起一把荞麦面，那股扑鼻而来的苦味能让你咂舌，抓点放进嘴里一尝，保准你的五官立马挪了位置。然而正是这苦东西，伴我度过了整个学生时代。

我上学时，由于生活水平较低的原因，每个夜晚最强烈的感觉莫过于饿了。那种时时袭来的饥肠辘辘的感觉，使我怀疑自己的胃是个无底洞，深得能装下世界上所有的食物。家境好的学生，箱底总塞满了饼干牛奶之类的食物，随时备用；穷学生呢，只好把口水往肚里咽，硬挺着。

当我有一次无意中把这情况告诉母亲时，母亲显出深思的表情。

当我星期天返校时，母亲便递过来一包黄不啦叽的东西，我诧异地问："这是啥？""荞炒面。"母亲平静地回答，使我的舌尖立即窜过一种苦叽叽的味道，犹豫着没接。

"拿着吧，营养好得很哩。"母亲硬把它塞进了我的书包里。

回到学校后，在大伙都睡熟的深夜，我从床上爬起来，在清冷的月光下用开水调了一杯荞麦粥喝。

　　我之所以要夜里喝，是怕那些喝咖啡牛奶的同学笑话，更怕调粥时那股冲天而起的苦味惹得人家捂鼻子。

　　奇怪，调粥时闻不到一丝苦味，反而有一股淡淡的清香。我小心地啜了一口，一种妙不可言的滋味立即在口腔里弥漫开来，香中有甜。我仔细一看，粥面泛着油花，原来母亲用猪油来炒荞麦面，并在里面加了糖。

　　我飞快地喝光了杯里的粥，嫌不满足，又赶紧调了一大杯。

　　从此，我喝荞麦粥喝上了瘾。每次返校，母亲都要给我准备上一大包。喝的时间一长，我发现以前常犯的头晕的毛病奇迹般地消失了，而且浑身充满活力，仿佛有使不完的劲。我这才悟出，母亲说的荞麦面营养丰富，一点不假。

　　荞麦因了我，在家里的地位显得重要起来。每年荞麦上了场，母亲都要细细地扬尽晒干，挑出颗粒饱满的用石磨磨细，然后用文火炒黄给我带到学校。

　　闲暇时，坐在庭院里，听母亲吱吱扭扭地转动石磨磨面，对我是一种激励，促我奋发；啜荞麦粥，沐浴在母亲慈情的阳光里，全身都暖融融的，眼眶便有些无端发热。

　　为了荞麦，母亲也付出了血的代价。那一年天气多雨，为了不让割下的荞麦淋雨发霉，母亲连夜去背荞麦，因路滑，从山道上滑了下来，摔折了腿。

　　当我在医院里见到母亲时，未语泪先流。母亲摩挲着我的头顶说："娃，莫哭。只要你好好读书，我做什么都值得⋯⋯"

　　我总算把书读"好"了，从乡下来到了繁华的都市，然而心中始终未变的，仍是那刻骨铭心的荞麦情结。

　　后来我看到一份资料，说荞麦含有 20 种氨基酸，具有促

进人体生长发育、养血健身之效，在心里更亲近了荞麦一层。

　　母亲仍源源不断地把荞麦从家乡寄到省城来。每每啜着荞麦粥，我的脑海中经常会出现一幅画面：坡地上怒绽了荞麦花，白茫茫的一派辉煌。潮润的空气里流荡着淡淡的清香，似乎还隐隐地有蜂蝶的嗡嘤。母亲站在荞麦地中央，目光慈祥地注视着我，暖流在我周身流淌……

大学时代作品

爸爸原来不是"老和尚"

一

日头像钉在空中，时间似乎凝固了。我躺在床上，不停地呻吟。我头疼欲裂，像有个无形的铁箍，在我的脑袋里越箍越紧，眼前的一切都是灰蒙蒙的。嘴里呼出的热气重重地压在我身上，令我快窒息了。

我呻吟着、喘息着，盼望天快点黑，那样妈妈和妹妹就会从地里回来了。她们会给我端来糖水，会好言抚慰我……

终于，傍晚时分，昏沉沉的我听到看门狗抖动脖子上的铁链发出的哗哗的响声，我心头一喜：总算回来了！可是不对呀，没有响起妹妹那特有的呵斥狗的声音。

正纳闷的当儿，房门被推开了，进来个紧绷着脸的人，是爸爸。

"咋啦？"爸爸瓮声瓮气地问。

"感冒了。头又昏又疼，还发烧……"我竭力想说明白点。

"病了不会起来吃药打针？"爸爸忽然拔高音量，"老远就听到你的呻吟声，一点都不坚强！"

123

这是啥话！爸爸在外工作，平时很少回家，没想到刚回来就这样对待我，我委屈得泪花儿在眼里直打转，把脖子一梗，咬着牙回敬道，"我都起不了床了！"

"感点冒，你就起不了床？咋那么娇贵？"爸爸高门大嗓地说，"我当年重感冒还要下地干活呢！一点苦都吃不了！"

此时的我哪听得进这些，用被子捂着头，无声地啜泣着。妈妈有时骂爸爸是"老和尚"，说他像和尚一样对家人不近情理，一点不假呀！

别人在外工作的爸爸回家，挎包里塞满了糖果呀糕点什么的，唯独我的爸爸回来两手空空，好生令人失望。妈妈有时曲里拐弯地责备他几句，他反而有理了：糖吃多了牙疼！小孩子惯不得！当年我像他们这么大时，吃了上顿没下顿……

这都什么年代了，还翻那些老皇历，你说气人不气人？

爸爸对我严肃，我跟他也不亲近，老是躲着他，弄得他有时也挺无奈的。

二

过了一会儿，门又打开了，爸爸走了进来，把一杯水放在我面前："起来吃药。"

这不是做梦吧？我真有点不相信呢，于是躺着没动。

"起来吃药！"声音又火爆爆的。

我想耳光快打下来了，索性躺着直哼哼，跟他泡开了蘑菇。我看你咋办！当然，我此时也确实无力起来了。

手果然伸下来了，但不是打耳刮子，而是轻轻地扶起我。"乖，先吃点药。"爸爸用舌尖先触了触杯里的水，感觉不烫后，才把几片药放进我嘴里，又让我喝水。

吃药，在我这可是一件比上刀山下火海还难的事哟！我从小就讨厌吃药，那种苦阴阴的滋味，时时使我恶心反胃，因而我经常宁可打针，也不吃药。

可这次我顺从地喝了口水，把药咽了下去。奇怪，这次吃药怎么不觉得苦，反而还有丝丝甜意？

见到我不解的目光，爸爸轻声说："知道你吃药怕苦，我在水里加了点糖。"他扶我躺下去，然后替我掖好被子："睡一觉，发发汗，也许会好些。"

好半晌没动静，我以为爸爸出去了，睁开眼，谁知他正定定地注视着我呢。"对父母应该有礼貌。天下哪个父母不爱子女？但爱的方式有多种多样。娃呀，你还小，很多事还体会不出来，等你长大了就知道了。……好了，我不说了，你躺着，我去做饭。"

爸爸出去了。我的头依然疼得厉害，但心里却很熨帖。

三

暮色从窗户上垂挂下来，湮没了室内的一切。刚才微微睡了一觉，我浑身汗淋淋的，像刚从水里捞起来一般。

正在这时，我又听到看门狗抖动脖子上的铁链发出的哗哗声，我知道，这次准是妈妈从地里回来了。

果然是。妈妈走进房间来，关切地问："好点了吗？……中午硬着心肠走了，可我的心一直牵挂着你，做活计都心神不定的。"她一摸我的额头汗涔涔的，问："咋恁多汗？""爸爸刚给我吃了药。""他现在在干啥？""他说他做饭去

125

了。""你听这个'老和尚'诌瞎话！你还没修得这样好的爹呢！"

妈妈搀扶着我来到外面，风一吹，一驱方才浑身的燠热，凉快极了，可肚子却疼了起来。我们刚走到厨房门口，爸爸便迎了出来："我正要来'请'你们呢。快来尝尝我的手艺！"

妈妈见他系着大围裙，袖口沾了不少面粉，笑着说："老和尚啥时学乖了，当起火头军啦？"

说实话，爸爸的厨艺确实不赖。他擀的面条又细又滑溜，下锅让滚水翻个身儿，捞上来拌上西红柿的卤子，吃着可爽口呢。妈妈先用筷头挑了点尝尝，连称不错。

爸爸端了碗面在我面前，但我肚里疼得厉害，实在没那胃口。爸爸见我吃不下去，便要喂我，但我忽然感到肚里像刀剜着一般疼，身子朝后一仰，把爸爸手里的碗给打翻了，面条泼了他一身。

爸爸并未生气，他掸去衣服上的面条，和颜悦色地说："没事没事。"

爸爸今天真好！我在心里说道。

这时，我感到脚渐渐麻木起来，突突突像踩着一条蠕动的蛇，浑身痉挛起来，仿佛有双无形的巨手在搓揉着我。我再也忍不住，身子向一边倾斜过去，爸爸急忙扶住我，焦急地问："娃，你到底咋啦？"

"怕是被'冒犯'了！"妈妈急忙抓只大公鸡过来，在我头上一个劲地乱拍乱打，一边嘴里念念有词。

公鸡惊得"嘎嘎"怪叫，翅膀扑打得我头晕脑涨，但浑身痉挛的感觉却有增无减。爸爸看出势头不对，推开妈妈说："这法子肯定不行，我得送他上城里的医院去！""恁晚了还去呀？"妈妈不无忧虑地说。爸爸近乎固执地说："再晚也得去！"

爸爸推出自行车，妈妈用件大棉袄把我裹得像个棉花包，然后把我扶到车上。她站在村头的小桥边，一个劲地嘱咐我们路上小心。

这是个没月的夜晚，星星也少，可我心里总有些星星似的东西在跳跃。

爸爸宽厚结实的脊背挡住了夜风，使我感到阵阵温暖。走出一段路，他对我说："快叫你妈妈回去吧。她还在村口看着我们呢。"我没吱声，心里却在念叨着：妈妈，等我病好回来，我对你说的第一句话是：爸爸原来不是"老和尚"！

中学时代作品

妈妈的"心结"解开了

一个午后，爸爸打电话来说，妈妈这次生病住院的医疗费报销了。妈妈一听，顿时来了精神："老头子，我这个农民的医药费也能跟你这个'公家人'一样报销了！看你今后还咋在我面前摆谱！"

"这还不是托了国家政策的福，"爸爸说，"你也别总是翻老皇历，这些年我可没敢在你面前摆'公家人'的架子。""那是因为国家的惠农政策越来越多，我的后顾之忧越来越少！"妈妈的眉眼里充满着自豪。

近年来，爸妈这种相互打趣的场景，我已是屡见不鲜。要是在前些年，这种场景是很难见到的。那些年，在我的记忆里，爸妈间有的只是无休止的争吵。而这一切，都源于妈妈的一个"心结"。

我出生在一个半工半农的家庭，爸爸在乡供销社当售货员，妈妈在家务农。在那物资短缺、凭票供应的年代，爸爸的工作无疑是很吃香的，他在妈妈面前便总是显示出一种优越感，动辄便说："我这个'公家人'，生老病死都有国家管着……"

妈妈原先也是吃国家粮的，20世纪60年代，外公一家下放农村，由工人变为农民。后来，国家落实政策，外公外婆都恢复了城镇户口，而妈妈由于种种原因没有办理户口农转非。看着儿时的伙伴都落实政策回了城，有了一份体面的工作，而自己却只能千辛万苦地从土里刨食，妈妈跟爸爸的关系从此变得非常紧张。

农村实行家庭联产承包责任制后，妈妈开始做起小生意，家里经济日渐宽裕起来，盖了新房，添置了电视机等物品。近年来，国家出台了一系列惠农政策，免征农业税，种地有补贴；实行新型农村合作医疗，农民看病也能报销。今年妈妈患脑膜瘤，手术费花了 2 万多元，国家报销了 8000 多元。

现在，妈妈常挂在嘴边的一句话是："农民也越来越多地享受到'公家人'的待遇了。"

渐渐地，妈妈心里那个未能成为"公家人"的"结"终于解开了，对爸爸的抱怨也烟消云散。改革开放 30 年来，最大的变化要数人的精神面貌，大家都变得乐观自信起来，对生活充满希望。

我的妈妈就是一个生动的例子。

载于 2008 年 11 月 28 日《云南日报》，获云南日报等单位举办的"我与 30 年·安宁杯"征文二等奖

铁皮屋前的忏悔

站在妹妹住的小屋前，听着旁边招待所大楼上传来的震耳欲聋的轰鸣声，我雕塑般僵住了。我张张嘴想喊什么，但喉咙似被鱼刺哽住了，一种浓浓的情愫在我胸中翻腾着……

落日衔在远山，夕晖斜铺过来，在小屋前那方草地上制造出一种灵动的色彩，轻盈若彩虹。草地上松柏苍翠，樱花盛开，几位少女正手持书本，在乱红深处追打嬉戏，绛雪般的花片落满衣襟，笑声就像挂在高塔上的风铃般清脆悦耳。

同是花季少女，她们可以在这儿乐享时光，可妹妹还在那大得仿佛要把铁皮小屋整个儿掀翻的噪声中艰苦劳作。想到这儿，轰鸣声越发大了起来，惶惶然若一群鸟儿乱撞着我的耳鼓。我的眼里蒙上了一层泪翳……

我是来向妹妹道歉的。妹妹那天临走时红肿的眼睛，上牙紧咬下唇的心酸相，几天来像一把刀子在剜着我的心，我的心仿佛汩汩地渗出血来，好疼好疼哦。今天傍晚，我终于鼓足勇气来了……

不知从何时开始，我跟妹妹之间，已产生了一道鸿沟。哦，大概是从我上大学的时候开始吧，以前，我跟妹妹无所不谈，可自打上大学后，我跟妹妹的话明显地少了，有时假期回家一同在地里劳作，甚至一天也讲不上一句。

爸妈体弱多病，家里的农活几乎全让妹妹一人包了。上中学时学校放了假，我怀着一种深深的感激之情，整天跟妹妹在地里劳动，我充分发挥我的文艺才能，讲的一个个故事逗得她时而格格地笑，时而唏嘘不已。

那时我心里挺快乐，但有时也会掠过一丝遗憾和惆怅：妹妹怎么会连冰心老人这样的大作家都不知道呢？想想也是，妹妹毕竟才小学文化呀。每想到这些，我心头的歉疚便成了力量，发疯般的劳动，希图减轻一点妹妹的劳累。

可上大学后，再跟妹妹下地时，我脸阴阴的几乎一天也难得见一丝笑意。有时妹妹主动跟我搭话，我也只是简单地"嗯嗯"着。

久而久之，敏感而自尊的妹妹跟我下地劳动时便很少跟我说话，整天沉默得像一具木头。

我觉得心里很憋屈。我现在是一所名牌大学的学生了，可假期里回家仍得下地干活，受风吹日晒之苦，而我的那些家境好的同学们，假期里却能饱游名山大川，开学后口若悬河地大侃特侃旅途见闻，此时此刻我只能蜷在一个不起眼的角落里，默默地咀嚼孤独与自卑。

于是，我有些讨厌起那个原先在我心里亲情融融温馨不已的家来。我心里窝着火，当然没以前的好兴致了。以前我对妹妹凡事必让三分，可那天采烟叶时我却把她气得大哭一场。

那天下午，我和妹妹去地里采烟叶。烤烟是家里的主要经济来源，一家人都把烟叶当宝贝一般看待。天淅淅沥沥地下着雨，地里又黏又滑，在人多深的烟棵子里采烟叶，雨滴被碰得扑嗒扑嗒落得我满头满脸都是，凉涔涔的。拖着那糊满泥浆沉得像艘破船的鞋子劳动几多艰难，手上又沾了一层黑乎乎的烟腻，像垢甲一般腻心。

我从小就怕干农活，半天下来已觉苦不堪言，恰巧这时妹妹说我还没把该采的烟叶采完，得重新采时，我一下火冒三丈，恼怒地朝妹妹吼了一声"要采你自己采！"然后便赌气回家了。

雨声和着妹妹的哭声在我身后很响亮地响起来。

走到半路，天渐渐地黑了，雨还在淅淅沥沥地下个不停，想着还孤身一人在地里劳作的妹妹，我的腿再也无力迈动了，但我又不肯服输回去找妹妹，而独自站着又很冷，我便蹩进了路旁的一块坟地，借着坟堆阻挡雨夜的冷风。

过了好半天，妹妹终于挑着烟叶一步一跌地过来了，当我陡然从坟地里出现时，她吓得一跤跌在地上。妹妹满身泥水，泪水和着雨水在脸上恣肆流淌。

出于歉疚，路上我主动接过了妹妹肩上沉得像座山的烟叶担，希望她能跟我说句话，但妹妹一直没理睬我……

回到家，当着爸妈的面，妹妹在饭桌前抽抽噎噎地哭诉起来："哥哥……你不会……采烟叶，我……不怪你，但给你……指出了……错误，你反而……生气走了，扔下我……一个人在地里……该采的烟叶……不采下来，过几天就……霉烂了，开学时……你的学杂费、生活费咋筹？"

妹妹的哭诉，仿佛一根根鞭子，一下一下地抽着我的心。爸妈也责备我不该这样对待妹妹。可我并未听进去，反而认为这是妹妹有意"损"我面子，从此更加疏远妹妹。

要靠种地支撑我念大学越来越困难，爸妈便让妹妹来城里打工，用她的工资供我念大学。妹妹在一所学校的招待所当服务员，具体的工作是洗被单。

在招待所的楼顶上，有一间锈迹斑斑的铁皮小屋，里面放着一台老旧的洗衣机，简直跟出土文物一般，一开动便发出山呼海啸般的轰鸣声。

记得我初次去看妹妹时，刚进去几分钟便震得双耳轰鸣，可妹妹要整天待在里面，把堆得像座小山一样的被单洗净、晾干。当妹妹第一次发了工资，给我送生活费来时，我哭了。我觉得妹妹对我恩重如山，但在潜意识里，我又希望妹妹少来看我，我更怕陪妹妹一同逛街，因为她的穿戴太土气。

前天，妹妹又来看我了，穿着一件在我看来土得掉渣的粉红色连衣裙。在宿舍里，她说学校食堂里的伙食太贵，她每天都就着菜汤啃馒头。我顿时像被火烙了一下，脸涨得通红，不安地看了下同学们的脸色，急忙岔开话题，装出大大咧咧的样子说，你穿这裙子多难看，要买件好看的呀！

妹妹并未领会我的意思，马上以一种诧异的口气说："咦，哥你现在的眼光咋变得这么挑剔呀？买好的得花几百块，我这件才花了几十块！"

宿舍里响起了低低的笑声，这笑声像一根根针在扎着我。我突地变得万分烦躁，脸阴得像要下雨般地低吼了一声："你还有完没完？！"

妹妹吓了一大跳，畏畏缩缩地蜷作一团，终于什么也没再说，尴尬地坐了一会儿，走了。

妹妹走了，像傍晚一朵忧郁的粉红色云朵又飘进了噪声聒耳的铁皮小屋去了。我的心忽而像压了块石头般沉重，使我快窒息了；忽而又空若无物，是那样的空虚和迷茫。

我在校园里发疯般地奔跑，借以麻痹自己的神经。我是从

贫穷的农村来的，为了在那些城里同学面前不自卑，我装阔"装"得好辛苦，往往以为天衣无缝了，但不经意地又在哪个环节出了纰漏，使得先前的努力全部白搭。

妹妹那天临走时的神情极大地刺伤了我的心。要不是为了我，读书时品学兼优的妹妹也不至于辍学回家。家里经济非常困难，实在难以供两个孩子上学，摆在我和妹妹面前的形势是，我们必须有一个辍学回家。上中学的我抵死了不回家，最后妹妹含着泪说，让哥哥读吧。——哥哥，从今天起，你要知道，你是在代表两个人读书呀，可不敢不努力哟！

妈妈在一旁对我说：娃，将来出息了可别忘了你妹妹哟！

我总算"出息"了，成了村里第一个大学生，但我回报妹妹的是什么呢？是叫她来看我时谨言慎行，千万别谈"穷"？可她一个刚从大山里走出来的女孩，不谈这些又能谈啥呢？即使不谈这些，谈她对大城市的新奇、向往，我仍然会认为她这是在往我脸上抹黑。我等于是拑住了妹妹的嘴啊！……

经过一个不眠之夜的思索，我决定"破罐子破摔"。我穷，何必要在同学们面前打肿脸充胖子地"摆阔"呢！

不错，物质上我是贫穷的，但精神上却是富有的。那些家境富裕的同学，不少把时间花在喝酒聊天打牌下棋上，而我却与书相伴，笔耕不辍，日子过得极为充实，连城里不少同学都羡慕我呢。

我决定来向妹妹道歉，请求她的谅解。我要告诉她，今后在我面前，她想说啥就说啥，畅所欲言。此外，我还想利用业余时间辅导妹妹学文化，提高她的文化素养。

都七点多了，妹妹还在上班，只为了多领点加班工资，能多给我一点生活费。我不能再在妹妹住的小屋前等下去了，我要上屋顶去，让铁皮屋里的轰鸣声彻底涤荡去我心灵的雾霾！

上了四楼，刚刚推开那扇通向屋顶的油漆斑驳的木门，我便看见了妹妹。她头戴草帽，脸颊让夕阳烤得通红，正在一大片晾在铁丝上的被单间来回穿梭。

被单随风飘扬，似乎要把她整个儿地托举起来。看到我，她的嘴唇翕动了一下，略略偏过脸去，装没看见。我知道，性格倔强的妹妹还在生我的气。

"妹妹……"我嗓音颤抖着叫了一声。在这颤抖的嗓音里，有愧悔、有自责、有感伤，更有求得妹妹宽恕的期待……

"哥哥！……"妹妹低低地唤了一声，眼里汪着一圈泪花。

"妹妹！……"我又叫了一声，快步向妹妹走去。妹妹也步履踉跄地向我奔来。

夕阳颤抖了一下，沉下去了，但天边燃烧的晚霞却极其瑰丽……

大学时代作品

135

成长的力量

当护士掀开包裹着我刚出生儿子的大毛巾，儿子睁开眼睛瞥我一眼，眼中似有一丝光彩掠过，我只觉得心中最柔软的地方被触动了，一种巨大的幸福感潮水般漫遍全身，精神一振，觉得连日来的辛劳都是值得的……

算起来，我在医院产房外，精神高度紧张地足足守候了三天三夜，身体已经疲惫到极点。

三天前的晚上，我一边在书房里看书，一边听着卧室里妻子的动静。妻子怀孕再过一天就满九个月了。按她的说法，这个时间点一过，我们的孩子随时都有可能来到这个世界上。这几天，她念叨着要把生孩子时用得着的东西收拾一下，到有生产征兆往医院赶时才不至于手忙脚乱。

突然，我听到妻子用一种异常急促、紧迫而又带着慌乱的声音在叫我。我急忙把书一丢，冲进卧室。眼前的情景吓我一大跳，只见妻子半个身子歪躺在床上，表情焦急异常地对我说："我的羊水破了，快用枕头把我的腹部垫高！"我低头一看，可不是，地上有一些浓稠、浑浊的液体。

我只觉得头皮一麻。我以前曾听妻子说过，胎儿全靠孕妇的羊水养着，要是羊水漏光了，胎儿就有性命之忧。我急忙把枕头垫在妻子屁股下，然后开始打120急救电话。电话一拨就通，接线员安慰我们别着急，并教了一些应急措施，说救护车已在赶来的路上。

在等救护车的过程中，妻子说羊水一直在漏，我一边安慰她，一边想收拾一些带到医院去的物品，但心里总是慌乱不已，只觉得手足无措。

等救护车的这十几分钟时间，我觉得比一个世纪还漫长。

好不容易把妻子抬上救护车，医生给妻子做了一些简单的检查，说问题不大，我的心才稍有所安。救护车拉响警报，一路呼啸着往医院赶。妻子被送进妇产科做了一些必要的检查后，医院便安排了病房让妻子休息观察，说第二天早上再做进一步的观察处理。至此，我一直高悬着的心才稍稍落下来。趁着这个空当，我赶紧回家去取了一些用得着的物品来。

次日清晨吃过早餐后，医生便通知妻子进产房。我以为妻子很快要生产了，守在产房外一想到自己马上就要当父亲了，心里既兴奋激动又有些惴惴不安。

哪知道这是个漫长的过程，我这一守就是三天三夜。

妻子进产房后，先还能通过微信跟我交流，通报相关情况。大致情况是，医生看她的身体状况比较符合顺产条件，建议顺产，我同意了。但一连进去了两天两夜都没动静，妻子提供的一个又一个可能生产的时间都落空了，我开始有些沉不住气了。这时在微信上询问妻子情况，她已不能及时回复，后来她发出来的全是痛苦到泪崩的表情，文字断断续续的全是"我痛死了！""我受不了！"之类的。

我满心焦灼，除了在微信中一个劲地安慰妻子外，别无他法。我也不知道，此时处于剧痛之中的妻子是否还能看到这些显得苍白无力的文字，只是在心里感叹，女人生孩子真的不容易。

第三天上午，一位医生从产房里出来对我说，妻子的情况发生了变化，已不适合顺产，建议做剖宫产。我急忙签字同意，妻子又转入手术室。这次倒挺快，一个多小时后，护士便把孩子抱来让我先看一看。

毛巾掀起，我看到孩子头发毛茸茸的，充满稚气的小脸蛋满是疲惫之态，仿佛刚经过一场长途跋涉。说起来，他是刚经过一场人生的跋涉，才来到这个世间。他睁开眼睛看了我一眼，便被护士抱走了，说要做进一步的观察和护理。

但他的模样，从此却长时间定格在我眼前，让我抓心挠肝欲罢不能地想念着他。

妻子躺在病床上被从手术室推出来后，双眼紧闭，脸色苍白，显得那样的虚弱、憔悴。我的手刚接触到她的手，她便紧紧地握住了我的手，握得是那样的有力，久久不愿松开。这一握，千言万语尽在不言中，我只觉得鼻子一酸，眼睛不知不觉便有些模糊了。

因产妇太多，病房紧张的缘故，妻子的病床被暂时安排在走道里。下午，孩子也被护士送回来了，我们一家三口团聚在走道里，我的心里且喜且烦，喜的是妻子和孩子都平安无事，烦的是孩子刚出生便待在走道里，连间像样的房间都没有，心里总觉得有些对不住他。

孩子躺在医院提供的一辆小推车里，小脸通红，除了饿时会哭之外，平时都在醋睡。我们把他看成稀世珍宝一般，一家人都做好了分工，孩子一哭，岳母赶紧去哄孩子，母亲赶紧去泡奶粉。

孩子绝大多数时间双眼紧闭，但饿时哭起来却是声音洪亮，甚至可以说是声震屋宇。小脑袋左右扭个不停，小嘴吧嗒吧嗒地寻找食物，那一瞬间，我陡地明白了什么叫"嗷嗷待哺"。当塑料奶嘴伸进孩子嘴里时，孩子立马抢也似的含住，然后大口大口地吮吸起来，喉咙里不时地发出一种满足的呻吟声。这声音，我其实挺熟悉，跟我儿时待在田野里，听到大水漫过干渴已久的土地的声音差不多。

孩子吃饱喝足了，往往就沉入梦乡，有时甚至还在吸着奶粉就睡着了。他酣睡时，我们就站在旁边仔细地观察、欣赏他，为了不惊扰他，连说话都是低声细语的。哪怕他最细微的一声啼哭，都高度牵动着我们的神经。特别是妻子，尽管身体极度虚弱，用她自己的话说，一直处于恍恍惚惚的状态，但视线总在关注、逡巡着孩子，有时甚至要求把孩子抱了放在她身边。看着孩子，她疲惫的脸上的表情是那样的愉悦、满足。

睡梦中的孩子表情其实是挺丰富的。有时，他的眼睛眯得只剩下一条缝，可以看到眼白和黑眼珠。有时，一丝笑影从他的脸上掠过，有几次我甚至听见他发出格格的笑声，吓我一大跳，走过去一看他还沉浸在梦乡里，原来是梦笑。有时，他会先把整个身子蜷起来，然后猛地伸展开，小脸憋得通红，喉咙里发出一种咕噜咕噜的声音，然后便像被谁打了一巴掌似的猛地哭起来。我对这种现象大惑不解，很是心疼孩子，母亲和岳母有经验，她们说这是孩子在"挣"长，不用去管。果然，孩子哭几声后，一切又归于平静。经历过几次，我有了经验，以后再遇到这种现象，心里便不再紧张，把其想象成是庄稼在拔节。

在走道里待了一天后，医院给我们调出了一间房间，我们

一家人搬了进去。房间里已有三个产妇，我们搬进去后有了四家人，彼此倒也相处和睦。住在房间里终归比在走道上舒服得多，上厕所、洗脸都很方便。

最恼火的是累，孩子每隔两三个小时就要吃一次奶粉，白天还好办，最难熬的是夜里，每夜总要起来三四次喂孩子奶粉，有时睡得正香，一听到孩子尖厉的哭声，便立即条件反射般起床去调奶粉。因为睡眠不足，我的脑袋整天都是晕沉沉的，身子像要散架一般。白天也不大休息得成，为了促进妻子产后身体的恢复，我还得不时地搀扶着她在医院走道里走动走动。走道里像她这样缓缓走动的产妇还有不少，大家彼此都有些熟了，见面点个头，有时甚至停下来寒暄几句，说说自家孩子的情况。

在病房里待了三天后，医生检查妻子和孩子一切都正常，便通知出院了。正午时分，办理完出院手续后，我抱着孩子，妻子挽着我的臂膀，我们一家三口往医院外走去。孩子在酣睡，全身被包裹得严严实实的，怕被凉风吹着，我们又用一块大毛巾把他围起来。

"回家了！终于回家了！"小心翼翼地抱着孩子出了医院，走在大街上，沐浴着温暖灿烂的阳光，我在心里欢呼着。从此，我的家里多了一个成员，我们将同甘共苦相互守护共度一生。一想到这，我的心里就有些抑制不住的激动。看看妻子，似乎也跟我有同样的感觉，脸色潮红，一脸幸福，头不知不觉靠在了我的肩膀上……

载于《东方散文》杂志2018年春季卷

孩子历险记

　　孩子半岁多了，长得非常可爱。也许是我们精心照料的缘故，孩子似乎比同龄人都长得高、长得壮，体重已达十多公斤，毛茸茸的头发，淡淡的眉毛，清澈明亮的大眼睛，藕节一般的手臂，特别是那胖墩墩的圆脸蛋，逗引得我忍不住不时地用嘴去亲吻一下。

　　孩子已在牙牙学语，会不时地盯着一些感兴趣的人或物端详半天，嘴里发出一些"哦哦""呃呃"之类的声音，有时会兴奋得手舞足蹈。要是我坐着把他抱在怀里，有时他会兴奋地把我的两个巴掌当成鼓，而他的两只小手则成了鼓槌，不停在我的手掌上捶呀擂呀，嘴里照例发出一些稚嫩而悦耳的童音。

　　这是孩子"动"的一面，孩子有时也非常安静，静静地躺在床上，把手指含在嘴里，这儿看看那儿瞅瞅，似乎已学会了沉思。这时，我要是弯下腰把脸凑近孩子，孩子就会张开没牙的小嘴，眼角向上挑起，笑意流水一般在小脸上漫开，然后伸出两只胖乎乎的小手，在我的脸上柔柔地抚摸着。当孩子那温热绵软的小手在我的脸上缓缓滑动时，我心里就像灌了蜜一样甜美。

　　毫无疑问，我们全家人都是非常宠孩子的，尽管尽心竭力地照顾他，但还是唯恐有做得不够好的地方，有时孩子一声细微的咳嗽，都会让我们的心揪起来。正因为如此，所以当孩子突如其来地经历了两次"险情"时，我们内心的震惊、痛悔就可想而知了。

有一次，我们开车带着孩子出去游玩。妻子开着车，孩子在我的怀里睡着了。为让孩子睡得舒服些，我便把他放在后排座位上，让他的小身体充分舒展开，又在他身上盖了一床薄毛毯。

孩子虽然沉浸在睡梦中，但表情却相当丰富，有时会闭着眼睛微笑，还发出"咯咯"的笑声；有时又会不停地吧唧小嘴，嘴角还会吐出一个两个小泡泡。

我正在饶有兴致地欣赏孩子的睡相，没承想妻子在过一个红灯路口时遇到了紧急情况，急忙来个急刹车，一声刺耳的车轮摩擦地面的响声过后，车子停住了，但巨大的惯性让孩子从座位上飞起来，撞到前排座位后又弹落到车子底部。

可怜的孩子被这突如其来的一幕吓坏了，小脸憋得青紫，嘴巴大张着，好一会儿才从胸腔深处发出一阵撕心裂肺的哭喊声。

我的身体当时也被惯性"推"得撞到前排座位上，就没来得及保护孩子。当孩子弹落下来后，我急忙抱起孩子，孩子的小身体在我怀里战栗着，哭得声嘶力竭，泪花飞溅，怎么哄都哄不乖。

过了好半晌，孩子才渐渐平静下来，但仍有一声没一声地哭着，显得伤心而委屈。我仔细检查了一下孩子的身体，只见头上蹭破了一块皮，脸上有一条明显的血痕，心疼极了，把孩子紧紧地抱在怀里，嘴里不停地说着一些表示歉意的话。妻子更是心疼得不得了，眼里含着伤心的泪水，不停地长吁短叹。

经此"险情"后，我和妻子急忙去超市里花两千多元，买了一个安全座椅套在车子后排座位上，以后每次外出时就让孩子坐在安全座椅上。这下外出时孩子安全了，但危险似乎总是防不胜防，半个月后，孩子在家里又经历了一次险情。

随着孩子的逐渐长大，孩子睡觉时已不像以前那样安安静静地躺在床上，而是经常在床上翻来滚去，有时明明把他放在床头，但一眨眼的工夫，他就到了床尾。

有一天夜里，我和妻子睡得正香，突然只听"咚"的一声响，接着便是孩子撕心裂肺的哭声。原来孩子夜里醒来后便把小身子在床上扭来扭去，几个回合之后，便滚到了地上。

尽管卧室里铺着地板，孩子摔得不算太重，但孩子依然哭得上气不接下气，通红的小脸上满是泪水。还不到一个月，就让孩子遭了两次罪，我和妻子都非常内疚，一个劲地检讨过失，又忙不迭地向孩子说着表示歉意的话。特别是妻子，边给孩子喂奶边伤心地啜泣开了。

妈妈看我们这么伤心和负疚，开导说："你们也别太自责。凭我们老辈人的经验，小孩子在成长的过程中，无论大人怎样小心，总会经历一些磨难。——当然，我们一方面要细心，少让孩子遭罪；但另一方面，当孩子遭罪后，我们也不要一味地伤心自责。带孩子是个苦活、累活，你们也要保重身体。"

妈妈这么一说，我陡地想起我小时候曾经经历过的水淹、火烧、从树上掉下来等险情，妻子也回忆起自己小时候经历过的一些险情，又联想起身边一些朋友曾经讲过的小时候的"历险记"，我们的心情才稍稍放松了一些。

"人为什么哭着来到这个世间？就是因为今后要吃不少苦。"妈妈说，"现在生活条件好了，不少父母对孩子娇生惯养，让孩子养成不少坏毛病，这并不好。当然，这是以后如何教育孩子的问题了，不在今天讨论的范围。——现在，孩子还在婴儿期，我们还是应该想细想深些，多做好防范工作，少让孩子遭罪。"

我和妻子都觉得妈妈的话挺有道理，深深地点了点头。孩子此刻似乎已经淡忘了刚才所受的惊吓，自己用手托举着奶瓶，边吮吸着奶液，边用眼睛瞟着我们，脸上漾起迷人的微笑……

2017年8月

跟着弟弟去批菜

"丁零零……"凌晨5时许，闹钟准时响起。

"起床了！"弟弟像听到冲锋号的士兵，一骨碌翻身下床，同时叫弟媳赶紧起床。睡在隔壁房间的我被闹钟惊醒后，揉了揉睡意惺忪的眼睛，也赶紧起床。

经过简单的洗漱后，6时整，我们上了停在院子里的大货车。弟弟开车，我坐在副驾驶位置上，弟媳则躺在后边的座位上继续打盹儿。

大货车出了城，往晋宁方向疾驶。此时，整座城市都还沉浸在睡梦中，街灯把道路照得亮如白昼，路上行人很少，只有几个蹬三轮车的人拉着蔬菜急匆匆往前赶。

"这些人是从菜场批了菜要去零卖的。做蔬菜生意，一定要起得早。"弟弟对我介绍说，"比如我们，一定要在早上7点左右赶到晋宁的蔬菜批发市场。"

弟弟中专毕业后进入一家国有企业工作，因单位不景气而下了岗，辗转在多家单位打工，后来买了一辆大货车，做起了蔬菜批发生意。利用国庆长假的时机，我决定跟随弟弟去体验一下。

6时40分，我们来到了晋宁县中卫村，先找地方把车停

　　了。原来我们并不是到得最早的，只见路旁已停了好多来批发蔬菜的大货车。

　　在路边一家小店匆匆吃过早点后，我们来到了蔬菜批发市场。此时这儿已是人山人海，不少人手里捧着白菜、青菜、菠菜等各种蔬菜站在场上，他们周围聚着很多交谈的人。弟弟告诉我，那些手里捧着蔬菜的人是当地的蔬菜种植户，而那些同他们交谈的则是蔬菜批发商。"得先看看行情再说。"弟弟钻进人群，在这儿站站、那儿听听，也不时地同人家交谈几句。

　　天越来越亮，随着一桩桩交易的谈成，场上的人逐渐离去，到 8 点左右，人潮退去，场上只有满地菜叶。

　　经过不停的选择、交谈，弟弟同一个姓郑的蔬菜种植户初步谈妥，以每斤 1.2 元的价格收购他的瓢菜。"最终还得到地里去看看蔬菜再定。"弟弟说。

　　经过半小时的行驶，我们来到了一个蔬菜基地。眼前白亮亮的蔬菜大棚一望无际，在郑姓种植户的引导下，我们走进他家的蔬菜大棚。

　　棚里有 4 个人正在铲菜，铲倒的蔬菜绿油油地铺了一地，随便拿起一棵，只见菜株大小匀称、青翠可爱。"这菜我要了，装 80 筐吧。时间得抓紧，最好在中午 1 点前给我装好车。"弟弟以不容置疑的语气说。

　　弟弟从车上取下 80 个菜筐来，工人们将菜小心翼翼地装进去，又一一抬到车前来。弟弟上了车去装菜。"嗨，哪用得着你亲自去装车，来，抽烟，让小工干就得了。"弟弟挡了郑姓种植户递来的烟："我得赶时间。越早到菜场越好卖。""这样的老板可真少见！"郑姓种植户感叹。

　　用了一个多小时，弟弟把 80 筐约 2 吨多蔬菜整整齐齐地码在车上。汗水在他的脸上蜿蜒成溪流。付过钱后，弟弟风驰电掣地开着车往昆明飞奔。此时已是中午 1 时，肚子开始唱起了"空城计"。弟弟叫弟媳打电话给母亲，让母亲开始做午饭。

中午 2 时许，我们回到了弟弟城郊的出租房里。这是一栋老式的红砖房，瓦楞上长满了野草。"住在这里，有三个好处：一是房租比较便宜，350 元一个月；二是院落里停车方便；三是离蔬菜批发市场近。"

弟弟话音刚落，小侄子便欢呼着从屋里飞跑出来："爸爸、妈妈，你们回来了！"平时早出晚归的弟弟一把抱起他的宝贝儿子，用这难得的片刻暇余享受天伦之乐。

母亲已把饭菜摆上桌，我们前后用了不到 5 分钟时间吃完了午餐，一家人便匆匆上了车。好在云南农产品电子信息交易中心景臻蔬菜批发市场就在旁边，不一会儿我们就进了市场。

由于弟弟时间抓得紧，今天我们算到得早的，加之市场里只有他拉来瓢菜，供不应求，蔬菜批发商们蜂拥而至，有的等不及弟弟、弟媳给他们取菜，便跳上车亲自去抱菜。

看着这乱哄哄的场面，弟弟舒心地笑了。

两个小时后，一车菜都卖完了，弟弟粗略算了一下，赚了500 多元钱。"今天菜之所以这么好卖，一是我们来得早，二是只有我们在卖瓢菜。看来今晚可以多睡会觉喽。"

弟弟告诉我，要是今天的菜没卖完，他夜里 2 点钟还得继续来卖，如果在凌晨 6 点前卖完了，他还得继续去晋宁批菜。算起来，夜里只能睡 3 个小时的觉。"这样的情况不在少数。"

"你觉得苦不苦？"我问。"当然挺苦的，但心情不错。

再说，家里开支挺大的，得努力挣钱哪。"弟弟给我算了笔账：每月伙食费近2000元，养车得2000多元，孩子上学得交100多元的生活费，每月的花销近5000元。

"现在国家的政策挺好的，孩子上学不用交学杂费，我们生病可以报销，还可以买养老保险。连我买的这货车，也在'家电下乡'时领到了将近5000元的补助。我觉得现在的时代好就好在为每个人都提供了展示才能的平台，只要你去努力，是一定能有用武之地的。"前方，丽日当空，明媚阳光下的城市分外迷人，弟弟边说边牢牢地握着方向盘，车子稳稳地向城市方向驶去……

载于2011年10月20日《云南日报》，发表时有删节

第四辑

往事如烟

高脚籽

小时候，我家里的生活非常艰苦。就比如饭食吧，每顿饭都掺和着苞米疙瘩，菜无非是酸菜熬土豆罢了，时间长了，简直肠子都熬起了锈，胃里老觉酸涩涩的，难受极了。记得那顿吃饭时，当我看到大半是苞米疙瘩的饭时，眉毛挑了几下，脸不自觉地阴沉下来。长年累月吃这饭食，腻歪！

娘看出我的不快，神秘地一笑说：

"不中意吧？要是有了那种下饭菜，保你吃个痛快！"

"啥菜？"我顿时来了兴趣，问道，同时喉间流过一股涎水，仿佛已看到了一桌摆在面前的美味佳肴似的。

"腌菜薹！"

"腌菜薹？是不是酸菜？"我问。娘从土豆汤里挑起一叶乌黑的酸菜："你以为就是这呀？傻子！那东西——美味着呢！它是用高脚籽的嫩薹腌的，再跟腊肉炒过，又酸又香，可解馋啦！"

经娘这么一说，我眼前仿佛出现了一碗黄灿灿香喷喷的腌菜，跟肉炒过，散发着浓厚的香味，令人垂涎欲滴。——腌菜薹味道尚且不论，能有机会尝尝肉的滋味，那可实在太好了！平时要是不来客，哪有与肉结交的缘分？我费劲地吞了一口唾液：“哪儿去找菜薹？”

娘黠然一笑：“你真傻啊！你们打猪草时，路过的那一畦畦直耸耸嫩秧秧青菜薹似的东西，不是怎的？”啊，我想起来了，田野里，确实有一畦畦这样的作物，秸儿很细很直，春天开一地黄花，分外惹眼，我有所预感，觉得娘要叫我做啥“不体面”的事了。果然，娘开腔了：

“今晚你姊子们要去‘借’菜薹，你去啵？我告诉过她们来叫你的！”

“那不是偷吗？这怎么行？”我浑身一颤抖，“这样的事，我不干！不去！”

“成不了大器的，就是死心眼儿！你出去看看，外面哪个娃娃像你？老实巴交的，肚里没点花花肠子，咋行？别人都吃上瘾啦，你们还做梦都不知是啥滋味，为让你们尝尝鲜，我才……可你——唉！”娘叹了口气，欲言又止。

“哥，去吧！我们要吃腌菜薹！”弟妹噘起嘴央求道。看着他们那急巴巴的馋相，以及娘希冀的目光，我无奈而茫然地低下头。

本来，到野地里去，这是我最渴望的了。迎着和煦的风，走在大片的庄稼地里，聆听田塍地垄上脆生生的马豌豆的哨子声，采几把酸溜溜的酸木拐塞进嘴里，再追逐着打闹嬉戏一番，多惬意啊！那晚虽也是在野外，但我一点儿也高兴不起来，心里所有的只是紧张和恐惧。四下里黑咕隆咚的，天上几许寒星眨着眼睛，似召唤着人们去冒险，又似在阻拦，揣摩不定。我们缄默着上路了。怕被看地人发现，姊子们告诫不准说话，要说什么用手势代替，这就更增添了恐怖气氛。五六个人幽灵般行走在小径上，只听脚步声沙沙。

到了茅屋地，婶子们在高脚籽地旁蹲下来，听了一会儿动静，然后"哧溜"钻了进去，倏地没了踪影，但清脆的坼裂声却清晰可闻，她们在掰高脚籽嫩薹了。

我一直不敢进地，惴惴地盯着十多米远处土丘上的一间茅屋。这儿之所以叫茅屋地，就是因为看地人在这儿搭了间茅屋，供休息用，因而得名。此时茅屋以一种欲飞欲搏的姿势踞于夜空里，定格成一种永恒的风景却制造着无限的恐惧凶险。四周有不知名的小虫在叫唤，高脚籽散发出一种淡淡的清香，这并不能驱散我心头的恐惧。我蹲在地塍上望着远方。地平线处绵亘着黛青的山群，从那儿传来山外世界充满诱惑的喧嚣。山外的世界一定很大很美丽吧？生活在那儿多幸福！我干吗要来这儿偷偷摸摸地担惊受怕呢？不偷、不吃就真的过不去吗？

这时，一个婶子小声招呼我："还愣着干啥？快进来呀！我们都快采够了，你还空着手，回去不让你娘骂死才怪呢！"我只好压住狂跳的心，猫腰钻进去，手抖抖地掰起来。啪——啪——啪！挺细微的响声，我听起来却裂帛般刺耳。

我捺着性子"借"下去。待婶子们掰得满满一背篓时，我飞也似的逃出地，把所得的放进背篓，仅有小半篓。尽管如此，我还是跟着上路了。路上躲而且停的两三回，终于没与看地人正面遭逢，平安地回到家里。弟妹乐颠颠地帮娘把菜择过，又细细切碎，拌上辣椒面腌了，急切切盼着。可我心里却沉甸甸的。

几天后的一个上午，我放学回家，刚进屋便闻到了一股肉香，原来娘在炒腌菜薹。娘特意盛了一碗白米饭给我，外加一大块腊肉炒菜薹："尝尝吧！你'苦'的嘛，理应多吃点！"我夹了点儿放进嘴里，一嚼，脆生生的，酸中透出一股浓厚的醇香，最上等的下饭菜！弟妹也高兴得什么似的，咔吧咔吧大嚼特嚼，饭桌上显出从未有过的欢乐。我似乎也被同化了，连日来沉重的心情似乎轻松了一些。

"怎么样？这下该服了吧？人老实就净吃亏！你看看人家外面那些人，多能！只要有本事，地里好东西可多的是：菜薹、豌豆尖、青苞米棒儿……数不完。"娘眼里闪着一种兴奋而陌生的光彩，使我有种火烙着的感觉。顿了顿，她又说："你幺叔刚才来串门子时说，现在玉米长得高了，过段时间他带你去打猪草，顺便到玉米地里摘小金瓜——那东西也美味得很，嫩生生的，煮熟蘸酱吃，一咬一个香……"

天哪，还有完没完？顿时腌菜薹也失去了原有的馨香，我嘟哝道："要是被人抓住了咋办？要打折腿的呀！""傻子，人家光捉你？人来了，你就跟着别人逃呗！"我知道，娘的话是不能违背的。我端着碗站到屋外。天空如同一块蓝水晶，分外明净，院里的古杨树梢挂着白云，轻盈地缓缓飘着。白云哟，你慢点儿飘吧，你可知道我此时的心情？我好羡慕你！

几个月后，玉米背苞了，瓜蔓上也结瓜了，村里的小伙伴们行动得更活跃了。娘心慌了，一天傍晚，"逼"着我和幺叔上路了。夕阳流苏似的把西天染得一片红，晚风拂过大片的庄稼地，发出飒飒的啸响。这风，凉爽的风哟，拂过我稚嫩的胸海，荡起几多惆怅的涟漪。

幺叔带着我直往高高的玉米林里钻，最后在一块地里停了下来，这里猪草可真多呀，蓬勃勃长得疯呢！这是一种叶片酷似大象耳朵的植物，柔弱的蔓藤攀在玉米秸上，一扯便是一大把。我正忙不迭地扯着，幺叔递过来一样东西："拿！"这是一个刚从瓜蔓上摘下来的嫩瓜。"这……"我的手抖了几抖，终于摇了摇头。"咋？不敢要？胆小鬼！"幺叔骂着把瓜塞进我的背篓，又用草捂着。"怕啥？学着我的样子摘呗！"幺叔叭叭地又摘下几个瓜。

那瓜，嫩秋秋的，稍稍用力一划，一股透明的汁液汩汩渗出，泪水一般。"幺叔……"我忽地觉得幺叔陌生起来，这个比我大丁点的男孩是人们公认的大能人，他这就是"能"？忽地，幺叔推了我一把："趴下！别出声！"

这时传来一阵沓沓的脚步声，一股熏人的旱烟味儿扑鼻而来。我浑身汗毛都直竖起来，心"咚咚"狂跳不已。只见一个人捎着锄头走了过来，一瘸一拐，裤带上别着把砍刀，最显眼的是他那无任何手指只是一坨秃肉的右手！勾担手！妈呀，撞上他，等于撞上恶鬼呀！这是邻村一个最凶的看地人，原来我们已闯到邻村的地里来了。我一动不动地潜伏着，汗正热烘烘涌出。

谁知，勾担手竟没发现我们，走过去了。不知怎的，我竟产生一种深深的失落感。此时血红的夕晖辉映着这片玉米地，形成一片无形的血海，宽刃般的玉米叶片在轻佻地摇来摆去，血海便荡开圈圈微波，仿佛一个个鄙夷的笑。顿时我眼前浮现出娘眼里那陌生而可怕的光彩，那大片高脚籽遭劫的惨像，嫩瓜那伤心的泪水……我再也藏不住了，脚在慢慢地挪移，蹬到一株玉米上。

"你疯啦？勾担手还没走远！"幺叔低沉而恼怒地喝道。但我的脚更有力了，"叭！"玉米倒了，犹如平静的湖里扔进了巨石，静谧被砸碎了！啊，那溅起的浪花哟，一直溅进我的心底……

看着面前的一堆碎篾，我抹起了眼泪。这是我心爱的背篓哇，前天娘特意从集市上花了一块半给我买来的，但我却眼睁睁看着它瞬间粉身碎骨。平素仅仅打猪草，勾担手也要恐吓一番，更何况现在他从我们背篓里搜出了瓜！他那毁灭过千百个篓筐的砍刀这次自然不会开恩！

背篓，心爱的背篓没了，这就是说，我仍要背着以前那个又大又烂的背篓打猪草？我的心一阵抽疼。看看幺叔，也沮丧到极点。你是咋搞的？好像自个跟自个过不去！带上你，算我倒霉，我以前从未翻过船！幺叔两眼冒火。我避开他的视线，看着野地。

夕阳落山了，暮霭浮了起来，晚风中，送来马豌豆欢快嘹亮的哨子声，清脆悦耳……

"你说啥？背篓被砍了？一块半的货啊！亏本！"娘心疼不已，最后又颦着眉喟叹一声，幽幽地说："也罢，不是干那的料，就别干吧。好好做人！"

第二年，高脚籽长势更好，开出了一地金黄的花，爱煞人。可我始终没去碰它们，有时背着那大烂背篓在野地里挖油菜，浴着和煦的晚风，听着野地里和畅的天籁，心里无比舒坦。

中学时代作品，载于《儿童文学》1993年第3期

读书忆旧

一

小时候，我非常爱看"闲书"。遗憾的是，那时我家经济拮据，没有多余的钱给我买课外书。

有一段时间我迷上了《西游记》，当一次妈妈进城赶街时，我央求她给我买本《西游记》回来。那一整天我都处在浓浓的期盼之中，无数次想象妈妈把书交给我时的幸福场景。

但当妈妈回来后，她却无奈地告诉我，当买完家里必需的生活用品后，她手里的钱已不够给我买书了。仿佛一盆凉水浇灭了我所有的热望，那一刻我是多么的失望呵，蜷缩在房子角落里默默地把忧伤咀嚼。

幸亏我家那时有一台收音机，这或多或少地弥补了我没书看的遗憾。而在众多的节目中，我最爱听的是中央人民广播电台的《小喇叭》节目。记得有一段时间播放的正是孙敬修老爷爷讲的《西游记》。孙爷爷绘声绘色的讲述，使我往往一到收音机前就挪不动步。可是《小喇叭》节目我也不能天天收听，因为我得下地帮妈妈干农活。有一天经过我的软硬厮磨，妈妈终于答应我把收音机带到地里去。

　　为了省电，妈妈让我把收音机放在地头，等节目开始时再打开听。那时我和妈妈都没有手表，掌握不住时间，我心急若渴，到地里没多久便几次去开收音机，可惜都还没到《小喇叭》广播时间。我这样做无疑会耽误干活，遭到了妈妈的指责，我再不敢轻易往地头跑了，耐着性子干了好大一会儿活，再去打开收音机时，《小喇叭》节目刚刚结束。我懊恼得一屁股坐在地上，眼泪都快流出来了。

　　妈妈见我伤心的样子，便好言相劝："别哭，明早让你在家里边煮饭边听收音机。"

　　第二天一大早，妈妈就下地干活了，我把米饭煮在火炉上，便到屋后的池塘边洗菜去了。惦记着《小喇叭》节目，我便把收音机带上了。正在洗菜的当儿，《小喇叭》节目开始播放了。

　　待我如痴如醉地听完孙爷爷讲的故事后，才想起饭锅还在火炉上，心里大叫一声"不好"，急匆匆冲进家去一看，可不是，饭早煮煳了，颜色黄得像熏烟纸，散发出一股刺鼻的气味，不能吃了。我意识到坏事了，那年月粮食紧缺，白白浪费了那么多米，妈妈能轻易饶过我吗？

　　妈妈回来，果然用扫帚揍了我一顿。打完后，我强忍住一声不哭，但我发现妈妈却哭了，泪水像虫子一般蜿蜒在她的脸上，我顿时"哇"的一声大哭起来……

　　从这件事上，妈妈发现我确实痴迷《西游记》，后来便从生活费里挤出一些钱，给我买了一本《西游记》。从此，我把这本砖头般厚的书放在枕头边，在书散发出的淡淡的油墨香里，一遍遍地阅读它。

二

后来，家里的收音机被爸爸带走了，我的精神寄托也失去了，只好把目光又瞄在了书上。

每当进了城，我就站在那些书摊前，手指含在嘴里，贪馋地盯着那一本本花花绿绿的连环画。书摊老头便很和气地走过来，笑眯眯地伸出两个指头："小兄弟，想看书？看一本两分钱！"可是，我连两分钱都没有哇！

机会终于来了。那年大年三十恰好是星期天，家里还差些年货，而妈妈又抽不开身，便叫我去城里买，并额外给我八角钱买早饭吃。我到城里买完妈妈交代买的东西后，便到书店里用那八角钱买了两本连环画。闻着那浓郁的油墨香，我心花怒放，在回家的路上边走边看，看到精彩处便干脆停下来。

家里距县城有 10 公里路，我背着的东西太沉重，后来实在饿得走不动了，便在路边一个土坎上坐了下来。日头很毒，我刚坐下不久，便迷迷糊糊地睡了过去。即使在睡着之前，我也没忘记把连环画好好地揣在怀里。

蒙眬中觉得耳朵被揪得生疼，睁眼一看，我顿时吓了一大跳，只见爸爸怒气冲冲地站在我面前：你好兴致！家里等着东西用，你却在这儿梦周公！还不快上车！

原来妈妈见我进城很久还不回家，便叫刚从单位赶回家过年的爸爸骑着自行车来路上寻找我。回到家里，听完爸爸的"告状"后，妈妈说："娃，你平时不是那种不知紧慢的人哪。告诉我，你是不是没在城里买东西吃，饿得走不动了才……"爸爸马上没好气地说："说别人我信，他呀，这个馋鬼，到城里不先买好东西填饱肚子才怪！"

我狡黠地一笑，未置可否，心里却在说：爸爸，你绝对想不到，我就是个见了书不吃饭的主儿！

三

上中学后，每到学校放假，家里都会安排我去放牛。这是为了方便我边放牧边看书。爸妈叮嘱我要看跟功课有关的书，但我更喜欢看"闲书"。

记得有一次放牛时，我看到一个山谷里的草比较茂盛，便把牛赶进山谷去吃草，我则埋头看起张天翼的小说《包氏父子》。由于看得太入迷，连牛啥时走出了山谷都不知道。

当我终于从书中回到现实，发现牛不见了时，简直吓得魂飞魄散。那时我老家一带种地都还靠牛，牛差不多顶大半个家当，它在庄户人心里有着至高无上的地位。现在我把家里最金贵的东西弄丢了，我回去如何向爸妈交代呀？我发疯般地在山里乱窜，一个劲地寻找我家的牛。

我把附近的山头都找遍了，但依然不见我家牛的影子，眼看太阳都快落山了，我只好失魂落魄地一步步向家里挨去。那时泊在山顶的红彤彤的夕阳，在我看来就好似一只哭得红肿的眼睛。

让我大出意外的是，回到家里，爸妈并没有过多地指责我，爸爸对我说："我都知道了，你看书把牛'看'丢了。好在有人发现了牛的踪迹，它是趁你不注意，跑到别人家的地里偷吃庄稼，被庄稼主人赶走了。我们现在就去把牛'赎'回来吧。"

我和爸爸连夜赶到十余里外的一个小山村，找到了把我家

牛赶走的那户人家。一进院子，我就看见我家的牛被拴在院里的一棵苹果树上。牛见到我，冲我"哞——"地叫唤了一声，我就像见到久别重逢的老朋友那般激动，抱住牛头，把脸埋在它毛茸茸的大脑袋上。

把我家的牛赶走的是一个中年男人，起初态度很生硬，说我放牛太大意，让我家的牛偷吃了他家的不少庄稼，要赔偿损失，等等。但当听爸爸说我是因为看书太入迷才让牛走失的后，他眯起眼睛细细地打量了我一会儿，说："既然你读书这么用功，我也就不跟你计较了。你们把牛牵走吧。"

走在回家的路上，我沉浸在牛失而复得的喜悦里，又深切地感到，家乡人对"读书人"其实是挺看重的。

有人曾经说过，苦难是人生最珍贵的财富。儿时和学生时代想方设法找书看、看起书来就废寝忘食的经历，在我的心里打下了深深的烙印，使我始终充满了对书籍的热爱和渴望，将阅读的习惯一直保持至今……

载于2017年7月16日《云南日报》副刊

断想三则

近些年来，我先后参与了多起抗震救灾报道，留在记忆深处的一些人和事，每每回想起来，仍有深刻的感悟、感动和鼓舞。下面记录的，是从这些记忆中采撷的三朵浪花。

经历惊心动魄的一幕，使我懂得敬畏、感恩

那一次，我是如此之近地感受到了死亡的威胁。

当时我去一个州市报道省里召开的一次会议。上午会议结束后，因离吃午饭还有一段时间，我便在房间里赶写稿件。

突然，我感到大地在颤抖，房间在摇晃，我正疑惑自己是不是身体不舒服出现这种感觉时，只听别的房间里有人大叫"地震了！"接着走道里响起一阵凌乱急促的脚步声，大家都争先恐后地往应急通道跑。我急忙放下写了一半的稿件，跟随大家急匆匆逃到宾馆前面的空地上。

虽然大地颤抖了一会儿后就恢复了平静，但与会人员受了惊吓，再也不敢回房间，一直待在宾馆前的空地上，连午饭都是从餐厅舀出来蹲在外面吃。我也如此，舀了一碗饭蹲在空地上莫辨滋味地咽下去。

半个小时过去了，一个小时过去了，一个半小时过去了……大地很平静，而我心里却越来越焦灼。别人可以因为害怕地震不回房间，而我却不行，因为我的稿件还未写完，报社还等着发稿哪！经过一番激烈的思想斗争，最终，我决定回房间去继续写稿。

回到位于宾馆十六楼的房间，我打开电脑继续写稿，当然心里非常忐忑，耳朵竖得老尖地听着周围的动静。一个小时过去了，一切都很平静，正当我在心里嘲笑那些站在外面不敢回房间的人是"胆小鬼"时，大地猛地剧烈摇晃起来，房屋犹如一艘在惊涛骇浪中颠簸的小船，似乎随时都有倾覆的危险。窗户玻璃"嘎嘎"作响，挂在墙上的一幅油画"咣"地摔到了地上。

房间摇晃得如此厉害，要逃出去根本不可能。我此前从未经历过如此惊心动魄的场面，愣了一瞬间，想到以前学过的地震应急知识，急忙蹲到了书桌旁边。大地依然在颤抖，听着左摇右晃的房间里充斥着的各种恐怖声响，我心里先涌上来的是强烈的后悔之情，用"悔得肠子都青了"来形容一点都不为过。我后悔自己不该那么莽撞，轻易返回房间来写稿；继而涌上心头的是深深的绝望之情，我此刻深切地感受到，在重大的自然灾害面前，人的生命有时其实像蚂蚁、野草那么脆弱、渺小。我在心里暗暗祈祷地震赶快停下来，但我知道此时此刻只能听天由命。说实话，我当时都做好了在地震中遇难的心理准备。有了这种念头后，我的心里反而平静了下来……

不知过了多长时间，房间慢慢地停止了晃动。"我还活着！"我从书桌下钻出来，心里有一种劫后余生的庆幸感。原本干净整洁的房间已变得一片狼藉，墙上绽开臂膀粗的裂缝，仿佛一条大蟒蛇在痛苦地扭动。我急忙从应急通道逃到宾馆前的空地上。

原来这个城市发生了6.5级地震。我们尚未结束的会议宣布提前结束，与会人员闹嚷嚷地挤在宾馆门口，准备赶回各自单位去，每个人脸上都写满早日逃离这"死亡之地"的急切与渴盼。我得到的指令是尽快赶赴一个受灾严重的乡镇参与抗震救灾报道。要是在以前，我也许会找出种种理由"赖"着不去，但我这次却毫不犹豫地领了任务，把会议稿件发回单位后，便向震中进发，此后经历的艰辛可谓一言难尽。

此后10多天的时间里，我冒着余震、泥石流等危险，像个"拼命三郎"一样，一直辗转奔波在灾区各个安置点，废寝忘食地采访、写稿，发表的稿件有力地传递了抗震救灾正能量。

经历这惊心动魄的一幕后，我觉得自己的心态明显发生了变化，在懂得敬畏生命和感恩生活的同时，更多了一份面对苦难的从容和淡定。也许，我们难以把握生命的长度，但我们却可以通过磨砺、丰富自己来增加生命的厚度，从而使人生更加出彩。

一顿饭吃三次，只为"挖"新闻

那年，一个较偏远的州市发生了地震灾害，我赶赴灾区参与抗震救灾报道。为了解伤员救治情况，一大早我便赶到位于震中的一个镇卫生院采访，到了午餐时间，医院工作人员来叫我吃饭，我毫不客气地答应了。因为连日来高密度、快节奏的采访，使我已经适应了这种走到哪吃到哪的生活。

　　走进餐厅，只见桌上摆着煮豆荚、炖排骨等几个菜。说实话，能在灾区吃上这样的饭菜，我已颇感意外。刚吃几口，席间另外几个人的谈话引起了我的注意。原来他们是卫生监督局的工作人员，来这里检测饮用水的指标是否达标，此刻正在商量接下来的行程问题。

　　吃饭还在争分夺秒地商量工作，这是多么好的一个素材啊！把他们商量的事情和言谈举止写出来，再适当地加一些背景资料，不就是一篇很好的特写吗？我脑中灵光一闪，急忙掏出纸笔，对他们现场采访起来。就这样，他们边吃边谈，而我因为埋头记录，中止了吃饭。

　　采访得差不多了，我刚要端起饭碗，却发现他们走到外面用仪器检测起自来水，我急忙跟了出去。等检测结果出来，我把该需要了解的情况都摸清楚后，返回餐厅发现饭菜已被收起来了。当得知我还没吃好时，厨师有些歉意地说："我还以为你吃好了呢，就把饭菜和碗筷收起来了。——不过，马上就要另开一桌了，你再跟他们吃吧。"

　　不一会儿，餐厅里又摆好了一桌饭菜。我刚端起饭碗，只见一辆救护车从门口驶过，人群中一阵骚动，有人大声喊："快扶下来进行包扎！"这肯定又是一条新闻线索！我急忙拿起采访本冲了出去。原来是一个医疗救援队在去灾区巡诊时，在一个村口遇到一位伤员拦车。伤者叫李陈尧，当时正在村里用摩托车帮村民搬运救灾物资，不慎摩托车倒下来砸伤了腿。医疗救援队把李陈尧送到了镇卫生院。我出来时，只见医务人员正在给李陈尧清洗、包扎伤口，然后把他扶到医疗帐篷里做进一步的观察治疗。我立即对李陈尧进行了现场采访。

　　半个小时后，当我走进餐厅后，发现刚才同桌就餐的人已走了，饭菜又被收起来了。厨师这次说的是："请你多理解。这几天来吃饭的人太多，不可能等你一个人吃完了再来收饭菜。我很奇怪，你就不能好好地把饭吃完了再去工作吗？"

听着厨师半是抱怨半是不解的问话，我只能在心里苦笑一下。说实话，在这种遍地皆新闻的灾区采访，考验一个记者的功力，一看有没有一双发现新闻的慧眼，二看能否快速反应，及时抓住稍纵即逝的机会进行采访，因为大家的工作节奏都非常快，就像在打仗一样，稍有耽误，被采访对象就会离去，从而也就与好新闻擦肩而过。但这些，我一时半会又难以对厨师解释明白。

第三次端起饭碗，刚扒了几口，突然有人在拍我的肩膀，回头一看，原来是医院院长："我们有一辆救护车要进震中，你不是想去看堰塞湖吗，可以搭顺风车！"我一直想去堰塞湖采访，但因为交通管制的原因始终没能成行，此刻怎能放弃良机？胃一阵痉挛，提醒我快下午两点了还空着肚子呢，于是我抓了一个馒头便大步往外走，身后传来厨师的叹息声："这干的啥工作，连顿囫囵饭都吃不上！"

细想起来，正是凭着这种新闻敏感，我及时抓住每个稍纵即逝的机会进行采访，"挖"到了大量有独特价值的新闻线索，写出了一些观点独到、笔触鲜活的新闻作品，其中有两篇通讯值得一提。一篇通过两个生动感人的故事，表达了灾区群众对党和政府浓烈深厚的感恩之情以及对美好生活的深切期盼。稿件见报次日，省里提出要在灾区深入开展感恩教育活动，教育灾区群众"感恩党、感恩祖国、感恩人民、感恩军队"，充分激发受灾群众的主体意识，让他们以积极主动的精神开展重建。另一篇通过3个失去亲人的家庭故事，既反映了

灾区群众失去亲人的悲伤和无奈，也展示了他们对美好明天的向往和追求，同时还触及到了灾区考上大学的学生学费没有着落的现实问题。稿件见报几天后，省里一所高校宣布对受灾家庭新生学费予以减免和补助。

六旬老太的坚强，令人肃然起敬

在灾区采访，我最喜欢的方式还是深入震中，钻帐篷、入民居，与受灾群众面对面唠嗑，掌握生动、鲜活的第一手材料，因为只有对他们的喜怒哀乐感同身受，才能写出散发着泥土芬芳的稿件。

在一个受灾群众安置点，65岁的卯翠兰老人，让我见识了一位农村老太太特有的坚强。老太太家的房子、土地全被在地震中垮下来的山埋了，但老太太的开场白让我大吃一惊："我对今后的生活一点也不担心！"

卯翠兰说，她和老伴平时种着十亩地，地上栽了花椒树、种了番茄，还养着五六头猪、几十只鸡，每天早出晚归，忙得连轴转，每年的收入有几万元。"搬到安置点后，政府及时给我们发了大米、棉被、衣服，每天一日三餐地供应，说实话，这些年来，我还从来没像现在这么安逸过呢。"旁边的人接过卯翠兰的话头说，"可不是嘛，你家以前盘着地，还养着牲口，多忙呀。这么多年，该攒下些钱了吧？"有人撇撇嘴说："嗨，再苦得些钱，这次还不是埋土里了。我家就一无所有了。"

卯翠兰突地显出得意的神情："我家还真不是这样！这几年，我把挣的钱都存在银行里，存折随时带在身上。有了存折上的钱，再加上政府的补助，只要人勤快，我相信今后的房子会比以前更大，生活会比以前更好！"

说实话，在灾区采访，我见到了太多受灾群众迷茫的眼神、悲伤的啜泣，问及他们对今后的打算，得到的回答要么是还没有考虑，要么就是希望党和政府给予更多的救济和帮助，但像卯翠兰老人这样乐观自信、自立自强，懂得重建家园更多的还是要靠自己勤劳的双手的，还真是不多见。

俗话说，船的力量在帆上，人的力量在心上。无数事实证明，心的坚强才是真正的坚强。从这位年过花甲的农村老太太身上，我真正领悟到了什么叫坚强，什么叫乐观自信地面对生活的苦难。我相信，有着这么强大的内心世界，生活的任何磨难都不能让这位老太太低头。而她的这份从容淡定、乐观自信，对我也是一种鼓舞和激励。

载于《云南传媒·影响力》2015年第4期

父亲的医药费

我的父亲体弱多病，先后多次生病住院，从医药费的支付和报销上，不难看出时代的变迁和进步。

20多年前，父亲刚满50岁时便生了一场大病。他的病根在腰上，记得父亲当时非常痛苦，腰佝偻得像一只大虾，走路时得拄着一根竹棍，一步一步往前挪。家里人一合计，急忙把父亲送进了县医院。医生一检查，说父亲的病太重，建议转大医院治疗。我们赶紧把父亲送进了省城的大医院，医院检查后说得做手术，但先要交一笔医药费。一听那数目，我们傻眼了。

当时我家很困难，我刚考上大学，弟妹们都还念着书，家里为供我们念书欠下了一屁股两肋巴的债，哪去弄这么多钱来给父亲治病？但父亲的病体犹如一堵行将坍塌的墙壁，容不得丝毫拖延。我和母亲回家费尽九牛二虎之力，终于筹到五千元钱。

五千元钱，那时在我们眼里简直是个天文数字。为了把这笔钱安全地从家里带到省城，我和母亲想了个办法，先在一个脏兮兮的蛇皮袋里装上一些米，然后再把用报纸严严实实裹起来的钱埋进米里，然后我们装作漫不经心的样子提着蛇皮袋上了车。说是漫不经心，其实我和母亲的神经高度紧张，心一直提到嗓子眼，眼睛老是不由自主地往蛇皮袋上瞟，我攥着蛇皮袋的那只手的手心里全是汗。

还好，这个法子挺管用，肮脏破旧的蛇皮袋没引起任何人的注意，我们把钱安全"护送"到医院，交上了父亲的医药费。

那次父亲住了两个多月的院，前前后后共花了两万多元钱，我家债台高筑。为了还债，母亲甚至将家里的过年猪都卖了。从此，我对"看不起病"有了深切直观的感受，医院在我眼里仿佛是一只张着血盆大口的吸金怪兽，只要一听到住院的事便会不由自主地头皮发麻。

真是怕什么偏来什么，10多年前，父亲又病倒了。他老说头晕，走路感觉喘不上气，走几步就得蹲下去歇一歇。我带他到省城的大医院一检查，医院说父亲病得不轻，要输血，一开口就要先交八千元钱。那时我刚参加工作没几年，没多少积蓄，花了好大力气才凑足这笔钱。可这还没完，几天后医院便通知我交进去的钱快花光了，叫我赶紧去续费，我急忙凑了两千元钱交进去。因为经济拮据、每次交的钱都不多的缘故，此后在父亲住院治疗的过程中，每隔几天，医院便要催促我去交一次费。每次交过费后，我都在心里念叨"有什么千万别有病"。

好在那时国家已经推行基本医疗保险制度建设，普通人看病也可以报销了。父亲出院后，我兴冲冲地拿着一叠票据回乡里去报销，但被告知要有家乡医院的转院证明才能报销。可因为当时父亲病重，我们全家人没经过家乡医院转院就直接把父亲送进了省城大医院。为了补办这个转院证明，又是好一番折腾。最终，父亲这次两万多元的医药费，国家给报销了八千多元。

当父亲终于领到那报销的厚厚一叠钱时，他往手指上啐了口唾沫，一五一十地点起钱来。把钱点完后，他长长地吁了口气，脸上又深又密的皱纹舒展开来，一脸陶醉地说："不管报多报少，总算是减轻了负担。再说，这报销的并不算少呢……"

我深深地点了点头。那一刻，我觉得长期以来像大山一样压在我们肩上的医疗负担减轻了，心里一阵轻松。

去年，父亲又病重了。因为知道可以通过医保报销一部分费用，这次我心里很坦然，先按部就班地安排父亲到县医院治疗，过了几天看成效不大，县医院便建议转院治疗，父亲又住进了省城的大医院。我以为交费时医院还会像以前一样"狮子大开口"，哪知仅通知我交三千元钱，刚开始时我还以为自己听错了哩。

此后几天，我一直留心着手机的动静，生怕错过了医院叫我续费的电话。但一直到父亲出院，我也没有接到这个臆想中的电话。

为父亲办理出院手续时，遇到的一幕更是让我感慨。我想父亲这次住院的花费肯定不是个小数目，因而特意从银行多取了一些钱带在身上，但当医生告诉我，父亲这段时间的住院费用，连我交进去的三千元都还没花完时，我简直怀疑自己的耳朵出了毛病，但手里捏着的医院退还给我的少量零钱，又明白无误地告诉我，这一切都是真的！

原来，随着科技的发展，省内异地就医住院费用可直接结算，也就是说，父亲的医药费在省城的大医院可以当场直接报销了，再也不用回到家乡去折腾了。而随着报销比例的提高，父亲这次将近万元的医药费，自费部分还不到三千元。

得知这一切后，我们全家人都很开心，特别是大病初愈的父亲，虽然身体还很虚弱，但显出激动的表情，说："作为一个七十多岁的老人，我这辈子经历了很多风雨，我感到我们的国家在不断地发展进步，我们的生活越来越好。就拿看病这件事来说吧，多年来我三番五次地住院，但明显感到，住院的手续越来越简便、个人承担的费用越来越少，'看得起病'对我们老百姓来说，再不是一句空话……"

其实，这又何尝不是我们一家人的心声呢？煦暖的阳光下，医院，这个我记忆深处的"吸金怪兽"，变得温馨可爱起来……

载于2017年5月28日《云南日报》副刊

困顿岁月里的一缕柔情

一

一弯昏黄的月牙儿，泊在西天边，陷在那一堆污泥般的黑云中挣扎不起；面前的杉树林在夜风中发出飒飒的声响，咏叹一般。山脚下的田野里，漫起稠稠的灰白色浓雾，不远处的几簇人家，灯火明明灭灭地闪烁着。

我坐在山坡上的冷地上，茫然地托腮凝望着脚下那片大海般深不可测的田野，每当冷风袭来，我浑身一瑟缩，喃喃地问自己：我到底要在这里待到什么时候？……尔后仿佛从噩梦中坠入现实一般，脑袋被某个意念岩石般重重撞击一下，一股悲痛袭上心头，扯了扯嘴角，做出欲哭的样子。然而却没有泪。

这里是学校最僻静的角落，听不到人声喧哗。我不知道自己在这里待了多长时间，也不知道还要在这里待多长时间，就那么久久地泥塑木雕一般地呆坐着。

傍晚从家里出发时，牢记着母亲的殷殷嘱托，情绪被红红的夕阳烤热，信心在我心里潮水般漫流开来。然而离县城越近，我心中的暴风雪越大，穿过大街到学校那段短短的路，我竟挨了半小时！进了学校大门，已是薄暮时分，里面的气氛更让我悲从心来。

　　学校已收假了，垂柳依依，凉风袭人。教学大楼灯火通明，校园里不时地听到一阵阵欢歌笑语，这犹如在我受伤的心灵上撒了一把盐。我躲躲闪闪地来到语文老师家门口，咬破了嘴唇，手才颤抖着在门上拍了两三下，然后又惶惶地逃开了，躲在不远处的柳丛中。

　　起初没人开门，后来语文老师半开了门，我压制住狂跳的心走过去，但刚到门口又像被人从后面拽了一把似的停住了。正进退两难时，语文老师开腔了："进来吧。怎么敲了门又要跑开呢？你是来报名参加补习的吧？"

　　语文老师嗓音低沉、面色阴郁，带着明显的感伤。很显然，我这个得意门生的落榜，对他的打击是不小的。我一走进那以前无数次来过的温暖小屋，犹如回到了自己的家里一般，眼里又盈满了热泪。语文老师端出一碟煮花生让我吃，告诉我来补习先得去找此刻正在教学大楼里办公的教务主任报个名。

　　正当我们相对无言、尴尬而坐时，师母推开卧室门走了出来。她安慰我胜败乃兵家常事，来补习也不是什么丢脸的事。看着她那秀丽的面容，一张美丽的少女面影在我眼前一闪，我浑身的血液开始沸腾起来，从班主任家告辞出来便来到了教务主任的办公室门口。

　　教务主任正埋头看文件，我不敢贸然闯进去，三转两转便来到了校园边缘的这片杉树林旁。

二

　　三年，整整三年过去了，原先只有我膝盖高的杉树林，现在婆婆娑娑长得有两人多高，而我却仍一事无成。

说起来，这是我第二次满心伤痛地来到这片杉树林旁。

我从小喜欢文学，读书后写了大量文学作品，进城来读高一那年，曾从平时写的作品中挑满意的编为一个十余万字的作品集，给外省一家出版社寄去了，梦想着出书。没想到三个月后收到的却是退稿。

希望破灭了，在一个夜色漆黑的夜晚，我捧着那包沉甸甸的退稿，来到这片杉树林旁埋头痛哭了一场。后来又经过几多失败，我终于发表了一些作品，处女作还在全国的一次征文活动中获了奖。我发表在东北一家刊物的小说，还被学校复印了分发到各班阅读讨论。

文学创作独树一帜，学习成绩也名列前茅，在班上我就像明星一般耀眼。班上一位漂亮的城里女孩霖，对那些门当户对、穷追猛打的公子哥儿不理不睬，却偏偏对我这个农家子弟表现出浓厚的兴趣，千方百计地接近我。

然而，我却被命运无情地捉弄了——我高考落榜了。我这才发现，跟落榜的痛苦相比，我以前在文学上取得的那点成绩和荣誉是多么的微不足道！

好在父母开通，表示砸锅卖铁也要供我复读。听说这几天县一中的高考补习班正在招生报名，他们便叫我进城来报名。

蓦地，母亲仿佛站在我面前，举起开口瓦裂的手替我抚平被夜风吹乱的头发，深情地把希望嘱托。母亲！我声泪俱下地在心里喊了一声，决定鼓足勇气去找教务主任报名。

我蹑手蹑脚地来到教务主任办公室门口，轻轻地敲了敲门，强压住狂跳的心，走了进去，对着那颗埋在文件中的花白脑袋，慌心慌口地叫了一声：

"主任……"

教务主任抬起头漠然地看着我。当我说明来意后，他摘下老花镜，拖腔曳气地问："你叫什么名字呀？文科班的，还是理科班的呀？"

我报上自己的名字和班次后，还想说点什么，但喉头仿佛被鱼刺哽住了，什么也说不出来。

教务主任真那么健忘？记得上学期，外省一家杂志社给我寄来了用稿通知，但要学校教务处核实一下，看是否是我本人创作的。我拿了稿子原稿给教务主任看，还博得他的一通夸奖呢。

一瞬间，我深深地体会到了落配的凤凰不如鸡的滋味。我的心头酸溜溜的，但还是竭力维持住脸上那卑谦的比哭还难看的笑容。

教务主任记下了我的姓名、考分，然后告诉我等候消息，便埋下头不再理我。我知趣地退出他的办公室。

三

我来补习了。

老师们对我还算热情，但我心中有种深深的失落和伤感。特别让我难以忍受的是宿舍里的那个闹腾劲儿。我原本生性孤僻，再加之落榜的打击，使我更落落寡欢了。

同宿舍的，有的是补了三四年仍考不中的，对高考早已失去了信心，来了不过是抱着混混日子的念头而已。他们抽烟喝酒，偷鸡摸狗，无恶不作。每晚上宿舍里烟雾腾腾，火焰猎猎，那是他们在煮夜宵。在这样的环境里，我感到与他们格格不入，他们也明显地看我不顺眼。

有一晚，我在教室里学习到深夜一点多钟，回宿舍时发现门被反锁上了。喊破喉咙，才有一个人骂骂咧咧地勉强起来开了门。我谴责为什么要锁门，当即有一个人在被窝里咬着牙骂，你以为这就过分啦？好戏在后头！

第二天晚上，我推门进去，冷不防头上一闷棍打下来，打得我晕晕乎乎一趔趄，又撞翻了前面的一盆水，半个身子都被水溅湿了。我大骂这么恶作剧的家伙是畜牲，从旁边床上伸出两根粗壮的胳膊来勒住我的脖子，铁锤般的拳头没头没脑地打将下来。

好容易我才挣脱了，那人仍在气咻咻地骂，告诉你，遇到老子，你是秀才遇到兵，有理说不清！你以为你发了几篇破文章就了不起？哼，分不够，不见哪所大学破格录取你，你还不是照样来跟老子们混在一起！实话告诉你，你面前的路有两条：要么跟老子们同流合污，要么卷铺盖滚蛋！

这样的宿舍我实在待不下去，恰好城里有个远房亲戚，我便把想到亲戚家去住的想法告诉了母亲。母亲作难地皱起了眉头，牙疼般咝咝抽着冷气说："你知道人家是什么身份？民政局长！我们这种家庭，人家哪看得上眼，趁早死了这条心吧！——呃，你别哭嘛，让我想想办法嘛！"

很长一段时间毫无音信，我绝望了。谁知一个下雨天，母亲竟来帮我搬行李了。不知母亲想了什么办法，亲戚竟同意我到他家去住了。亲戚家紧邻着我们学校，穿过一条大街便是。我被安置在一间堆放杂物的屋子里，因前面有一幢高楼遮住了光线，一跨进那屋子便犹如黄昏提前到了人间。

尽管如此，我还是非常满意。

四

亲戚是一个胖胖的中年人，样子似乎还和气。他的家眷在农村，只有他孤身一人在城里。

安置好我后，母亲要回家去了，亲戚也不挽留。天空灰蒙蒙的，淫雨霏霏。母亲上了马车，用围巾围住脖子，然后撑开雨伞遮雨，又抖抖缰绳，吆喝起马来。

滞重枯涩的车轮嘎吱声越响越远，马车渐渐融进了远方的苍茫雨雾里，我仍站在大街上凝望着母亲的背影。雨水顺着我的头发滴答滴答流下来。虽然如愿以偿住进了亲戚家，但我一点也激动不起来，亲戚那时时冷着的脸子和居高临下的态度，使我望而生畏。

这天晚上下晚自习后，我向亲戚家走去。刚出校门，我便不由一愣：只见远处那排楼房的屋檐下，站着两位少女，正朝我张望着。躲雨的？不对呀，雨早停了。那又是为什么？

突地，我的心激烈地狂跳起来，脚似乎也不听使唤了，像走在棉花上一般。

那个身材苗条、穿着色彩艳丽的红毛衣的少女，不正是霖吗？她正仰着白嫩丰满的脸蛋望着我呢！她身旁穿着蓝毛衣的，是她最要好的朋友慧。她今年也落榜了。

难道她们来补习了？我顿时激动起来。

但是不对呀，霖漂亮迷人，但成绩却很差，听说她以前连高考都不想参加，现在怎么会平白无故地跑来补习呢？……这么一想，犹如一盆冷水兜头浇下来，我浑身的血液凝固了。

我走过她们面前时，特意仔细盯了她们一眼。对，就是霖和慧！霖脸色绯红，笑眯眯地看着我，似乎在期待着什么。

刹那间，千言万语涌向喉间。尽管高中三年，我很少跟班上的女生讲话，但此刻我的喉咙痒痒的，话全涌到了舌根上。我的嘴动了动，但跟以前每次所经历的情况一样，在紧要关头，我又泄气了，垂下头无声地走了过去。

我听到身后传来一声叹息。

天空不再晦暗，夜色变得美丽迷人，似乎被镀上了一层玫瑰色。我的心温馨充实，仿佛浴在秋阳丽日中一般，幸福得快要眩晕了。

我边走边想，我真糊涂，怎么连霖哪天来补习的也不知道呢？这也难怪，自从来补习后，我心如死灰，加之坐在最前排，一下课便拎着课本走了，怎么会知道呢？今晚没跟她打招呼也没关系，反正她人已经来了，今后有的是机会！

只是，霖为什么要来补习呢？我暗自思忖，她的学习成绩并不好，犯不着拼死拼活地来挤高考独木桥——对，她一定是为了我才来补习的！这么一想，我对霖心里充满深深的感激之情……

五

晚饭后，我有到郊外去边散步边读书的习惯。

这天傍晚，在城郊的小河畔，我发现了霖。她坐在河对岸的草地上，穿着淡黄色的毛衣，平伸着两条修长的腿，红着脸，低着头看放在面前的一本书。

我的心慌得快要跳出胸膛，双腿又变得不听使唤起来，走路像在拧麻花，流利地背着的课文也变得结巴起来。我刚想慌慌地走过去，却不知哪来的勇气，在霖的对面坐了下来。落日像个大红灯笼，泊在山坡上，把小河里的水映得红蒙蒙金灿灿的，一个金盘子在不远处的河面上闪耀着，跳荡着。河面的反光投射到霖身上，使她美若天仙。

"霖……"我颤抖着嗓音轻轻地叫。

霖立即抬起头，眼里闪耀着异样的光彩。我也大胆地注视着她。

霖问我近期有什么作品发表，我说我现在全身心地投入学习，没有时间工工整整地抄稿，几乎不再往外投稿。她说她愿意帮我抄稿。"作品发表了，更能增添你学习的信心！"她笑靥粲然地说。

时间过得飞快，眨眼工夫，太阳便落了去了。晚风起了，天地间黯淡了不少。这时一位老羊倌赶着羊走了过来，远远地唱起了山歌：

> 郎会小妹河埂上，
> 小妹羞红了脸。
> 小妹你抬起头，
> 大胆地跟着哥哥走。
> 山洼里，石头后
> 哥哥抓起小妹的手
> ……

霖羞得哧哧地笑着起身跑开了。我凝望着她苗条秀丽的背影，心里美滋滋的。

六

半个多月后，我却捅了个娄子。

亲戚是民政局长，经常有各种人来找他办事。有一晚来了母女俩，母亲六十多岁，闺女怀里还抱着个婴孩。据那老婆婆讲，她家的房子被火烧了，女婿又死于疾病，家里实在困难，来寻求救济。但亲戚以她们没有村里的证明为由拒绝了。

厮磨了好长时间，仍没有结果，她们让步了，说她们家离县城太远，当晚赶不回去，只求在大院里蹲一宿。

这下亲戚该答应了吧？我想。谁知亲戚却生硬地说："这我管不着，你们该问搞保卫的去。"

外面寒风呼啸，我于心不忍，把她们叫进了我的屋子。

亲戚深夜串门回来后，先狠狠地训斥了那母女俩一顿，又白了我一眼，把门甩得山响地回卧室去了。

那母女俩自尊心真强，无论我怎样挽留，她们都坚决要走，我只好送她们出大院去。

寒风呜呜刮着，钝刀子般割人，天上落起了碎米雪。大街上冷清清地没有一个人影，只有路灯光在凄清地摇曳着。我把那母女俩带到一个旅店里，把身上所有的钱掏出来让她们住了店。

回来时，我发现民政局大院的大门锁上了，叫了半天也没人来开门。真没想到，我让别人住上了店，自己却弄得无"家"可归。我站在门口，觉得寒气从脚上钻上来，我的身体正逐渐僵硬成一尊石像。

正当我暗自悲伤时，霖和慧谈笑着走了过来。原来她们去朋友家串门刚回来。霖问我为什么孤零零地站在大门外，我红着眼圈把情况讲了。

"你呀，真呆！难道就在这儿站一夜不成？也不会想想办法！"霖嗔了我一句，又对慧说，"你先走吧。"

慧看了看我，又看了看霖，狡黠地眨了眨眼睛，笑笑说："好吧。你们谈。"

霖叫我到她家去住，我犹豫了片刻，答应了。

天上无星无月，夜色漆黑一团。北风仍在远处狼嗥一般呼啸着。我的心里暖烘烘的，无边的暗夜里，我的眼前仿佛燃起了一盏通明的天灯，把四周照得雪亮。

七

因为紧张，起初我和霖都没有说话。我无意间触到了她那绵软温热的小手，她不但没躲闪，身子反而更紧地靠过来，我却火烙般地闪开了。我看了眼前方，有些惴惴地问："我去你家，你爸妈会欢迎吗？"

"放心吧，我做的事，我爸妈从不阻拦。"霖笑了一下，说，"我的选择，我爸妈历来很尊重。"说完，她抿着嘴意味深长地笑了一下，满面通红地低下头，长长的睫毛眨巴了几下。

霖的羞态，使她显得更美丽迷人了。我想把她的小手紧紧地攥在手里，却又没有勇气。

"……以前……你好……冷……，无论我……怎么……暗示，你……都像……块……石头，现在……你……终于……，我永远……跟……你……好。我相信……你会有……出息……的。凭你的稿费……我们也……不愁……生活……"

霖边说边把温热绵软的身子向我靠拢过来，我甚至能嗅到她身体散发出的一种淡淡的乳味芳香。我身上出现了一种奇怪的现象，周身的血液仿佛两条泾渭分明的河流，一条沸腾一条冰冷，它们在激烈地搏斗、厮杀。我想把霖揽进怀里，但她的话语又像寒流一般逐渐冻结我的这种欲望。特别是当她说凭稿费我们也不愁生活时，我浑身战栗了一下，转身就往后逃。

仓皇中，我脚下踩起的泥水溅湿了霖的衣服。

不知狂奔了多久，我才停下了脚步。我浑身热汗淋漓，呼哧呼哧直喘粗气。我老有种做梦的感觉，凝神谛听，空中似有雨的残滴飘落的哀音，那么感伤，犹如细微的啜泣声。我仿佛看见了一双哀怨的眼睛正泪光盈盈地看着我。我的心疼得像刀子在剜。

我不知道自己为什么又在关键时刻蔫了。但霖的话，无疑对我的情绪产生了巨大影响。靠稿费生活，这对我是多么大的嘲讽！作为一名无名作者，虽然我每天能鼓捣出一万多字，但投出去要么石沉大海，要么被原封不动地退回来，往往一两个月也收不到一笔稿费。

我难以想象，要是我考不上大学，我一个农村娃，怎么能跟一个城里娇小姐结合在一起？我对鲁迅先生"人只有活着，爱才有所附丽"的名言深信不疑。这就是我一次次在关键时刻疏远霖的真正原因。

原谅我，霖！我在心里悲怆地大喊一声。不是我不爱，而是我不能！

八

自从那晚以后，我特别关注霖的动静。我时时凝神谛听着教室后面的动静，但我一连几天都没听到那熟悉、柔嫩的嗓音。我心里好落寞。

这天放学后，我没有立即就走，故意磨蹭着最后走出教室。我想把那晚的事向霖解释几句。

我步履如飞地追上了慧，却见她孤身一人。原来霖没来呀，怪不得这几天我压根儿听不见她的声音。她怎么啦？病了，还是仍在生我的气？……

我嗓音颤颤地问慧："霖呢？"

"她不会来了！"慧冷冷地说。走了几步，她又回过头来扔下一句，"你也真'冷'啊！"

我仿佛挨了一闷棍，只觉得一股巨大的酸楚潮水般淹没了我，泪水犹如决堤的河水簌簌而下……

几天后的一个傍晚，我终于遇到了霖。在城郊，我正边看书边散步，只见她和一个男孩儿迎面走来。他们也是到郊外来散步的。霖仰着白嫩丰满的脸蛋，黑白分明的眼睛定定地看着我。

我最担心的事情终于发生了！开头的几秒钟，我反而显出异乎寻常的平静，一如既往地埋下头看书。其实我的眼前一片模糊，什么也没看进去。

凭感觉，霖一直在盯着我。她神情的专注，使得她身旁的男孩儿诧异地看着她。

我和霖擦肩而过。

走出十多步后，我似乎回过神来了，心被重重的一箭射穿了，趔趔趄趄喝醉酒般往前走。泪疙瘩在地上砸起一阵轻尘。我将要永远失去霖了！……世界在我的眼前扭曲了，模糊了……

半夜时分，我从梦中哭醒过来。我仍沉浸在剜心般的剧痛中。泪光模糊中，我似乎看见了身影小鹿般轻盈的霖，发出银铃般的笑声，从霭霭香雾中含情脉脉地向我走来。她，仍是那个站在我背后说"好冷"的她；她，仍是那个在我失意时主动向我伸出援手的她……一幕幕，一桩桩，电影镜头般浮现在我眼前。蓦地，一双巨手把她从我身边抢走了，任我怎么呼喊也无济于事……

以前，我曾隐隐听说，一位干部子弟正在追求霖，但我颇不以为然。现在我才发现自己是多么的"迂"！

我从小身体瘦弱，干不好农活，在乡间遭受不少白眼。到城里来念书后，是霖使我体尝到了爱的温暖和幸福。好多次，当我遭人白眼时，一想到霖对我的种种"好"，就感动得潸然泪下。

从今以后，我将失去这份爱。一想到这，我的心又像油煎一般难受……

九

霖帮我抄的稿件被退回来了。

班主任把一个厚厚的牛皮纸信封摔给我后，又把我叫出了教室。

"你是不是很爱舞文弄墨？我丑话说在先，别睡在棺材里抓痒——死活不知哟！"班主任似乎意识到口气过重，顿了顿，拍了拍我的肩膀说，"先放一放，等考上大学再写也不迟呀。你想想，要是你考不上大学，你纵有天大的本事，回农村去务农，几年下来，你还有什么兴头写小说？"

班主任的话，说到了我的心坎里。而这也正是我所顾虑的。他的经历，也为这段话作了最好的注脚。他念大学时，跟班上一位女同学恋爱。参加工作后，迫于父母的压力，他跟原先在农村"法定"的未婚妻结了婚。婚后一直过着惨淡的生活，动辄酗酒，又哭又闹。

考上大学的他尚且如此，我要是考不上大学，后果可想而知！

我久久地捧着那叠厚厚的稿件，端详着。泪水打湿了霖那娟秀的字体，洇出一朵朵苍白的淡蓝小花。突地，我划了根火柴，点燃了稿纸。熊熊的火光，照耀着我酡红的容颜，痴呆的目光。

那火，犹如在焚烧着我的心。

火渐渐熄灭了，风把纸烬吹得遍地都是，然后又碎为粉末。

我把霖留给我的唯一一份念想也毁了！我像泄了气的皮球，一屁股瘫坐在地上。浑身冰凉。

十

高考之前全省照例搞了一次统测，我考了全班第一。

母亲听说后欢喜得不得了，千叮咛万嘱咐我一定要注意安全，谨防那等妒忌之徒的暗算。但可怜的母亲哪里料到，我没遭人"暗算"，她却被堂叔打成重伤住院。

堂叔以前跟我家关系不错，自从有一次做事过分被母亲谴责之后，一直怀恨在心，这天寻了个借口，把母亲打成重伤。这让我看到了人反目时的无情，心里万分悲愤。

母亲住院期间，我正处于紧张的高考复习冲刺阶段，又要复习功课又要去医院照料母亲，忙得陀螺般转。这天我到医院去，母亲却告诉我，已经有一个女孩儿侍候她吃过饭了。母亲还说，那女孩儿叫她告诉我，今后我不用经常往医院跑了，照料母亲的事就交给她。

"那姑娘好漂亮啊！"母亲让伤痛折磨得几近变形的脸上，难得地浮出了笑意。她说，"娃呀，交了女朋友咋还瞒着我？——咦，你肯定惹她不高兴了，要不她咋不愿意见你？要是那样，我可不依哟！"

这女孩儿会是谁呢？我思索起来。霖？不可能啊，她不是已有男朋友了吗，怎么还会对我这么好？更何况她怎么会知道我母亲住院的事？

但不是她，又会是谁呢？

终于真相大白。那天，我在县文化馆里的假山旁看书，只觉眼前人影一闪，抬头一看，果然见霖坐在不远处的凉亭里。

我鼓足勇气走过去，问："……我母亲是你照顾的吗？"

"……"霖的眼圈红红的，形容有些憔悴，无声地点点头。

"霖！"我就像看见一件失而复得的珍宝那般激动，千言万语涌向喉头，想向霖一诉衷肠，但一想到即将到来的高考以及难以预料的未来，我的嘴唇翕动了几下，终于作声不得。

"……"霖眸子里的光彩渐渐熄灭了，她丢给我一个小纸条，啜泣着跑开了。

忘记我吧！尽管我至今仍那么深地爱着你。

我出生在一个条件优越的家庭里，父母视我如掌上明珠，但我总觉得那么空虚、迷惘。这时，你带着一股山野的清新、粗犷之气出现在我面前。从你身上，我看到人应该有理想、有抱负，我渐渐喜欢上了你。

我抛弃了女孩儿的羞耻心，一次次地暗示你，但你总是无动于衷。我好伤心。后来，我终于发现你对我明显地流露出了好感，我好高兴。但我很快发现，尽管同学们都认为我跟你"好"上了，但你总对我若即若离。我困惑、彷徨，最后，我想你也许是嫌我配不上你吧。是的，你那么有才华，只有才女才配得上你。放心，我不会缠住你不放……

我现在暂时在一家书店上班。那天，我发现你急匆匆从书店门口跑过，直奔医院而去。一打听，原来你的母亲住院了。为不耽误你的学习，我便暗地里去照顾你的母亲。放心，这是我心甘情愿的，不会向你索取什么。

高考迫在眉睫，祝你金榜题名！

我呆住了，纸条从手中无声地滑落……

十一

七月底的一个傍晚，父亲用自行车驮着我去县城看高考分数。

我此时的心情是复杂而微妙的。高考期间，我全神贯注地在考场里鏖战三天。考完后，我像患了一场大病，嗓音嘶哑，浑身虚脱，疲惫不堪。那回家焦急地等待"发榜"的滋味更是难以言述。

尽管我觉得考得还不错，但"一朝被蛇咬，十年怕井绳"，我实在怕命运再跟我开一次玩笑。

公路上纷纷有人进城去看分数，自行车铃铛丁零零制造出一片扰嚷。父亲见我忐忑不安、心神不宁的样子，回过头来微笑着安慰我：我听那些看过分数的说，你的分相当高呢，五百多分!

听了父亲的话，起初我心头一喜，但继而又怀疑起来：这是真的吗？这么高的分数，我做梦都不敢想呢！

到县城时，已是薄暮时分。父亲在校门外等我，叫我到班主任家去看分数。

我刚麻着头皮推开班主任家的门，班主任便欢快地招呼我："快进来！你是全县文科状元！"

一瞬间，我如堕云里雾里，班主任的话音变得遥远而缥缈，但那发自内心的喜悦、激动却是实实在在的，泪水潸然而下。当着班主任的面，我难为情地别过头去，拭去了泪水。

接下去，班主任问我是否报考了本省唯一的一所全国重点大学，我告诉他填在第一志愿上。他拍拍我的肩，说，祝贺你。能考上这样一所大学，不容易呀！

刚走出校门，爸爸便迎过来，着急地问："多少分？"

"512，全校第一！"

父亲全身颤抖了一下，脸瞬间涌上了血色，只会一个劲地说："这下好了，这下好了……"他接过我的高考成绩通知单，端详了一会儿，就见他用骨节粗大的巴掌不停地来回擦眼睛。

我假装没看见，别过头去，任一腔神圣的感情在胸中沸腾、澎湃。

十二

县城在我眼里变得分外迷人，灰白的薄阴的天空，显出独特的魅力。那喧嚣，那人流，那楼群，在我眼里从未这样美好过，亲切过。

出城的路上，我又遇到了霖。她和男朋友正手牵着手谈笑着踱过来。看到我，她粉红的脸庞渐渐变得苍白，目光也有些迷离、呆滞，嘴唇动了几下，欲言又止。

我按住一颗刺痛的心，低下头。我竭力不看她，但跟他们擦肩而过后，我又忍不住回头久久地向她凝望。

我分明看见，她也回过头来，但即刻又转了回去，挣脱了男朋友的手，在路边落寞地走。

父亲似乎焕发了青春的异彩，浑身有使不完的劲，把自行车蹬得飞快。耳畔风声呼呼，我们很快出了城。

城市的喧嚣，昔日恋人的背影，渐渐地远了，淡了，像一桩被抛却了的心事。替之而来的，是强劲的山风，深山的林涛和一种淡淡的惆怅和感伤。

我们上了一个陡坡，从坡上看，已能看见田野里灯火闪烁的村落，田野里飘着淡淡的雾岚。我不由想起了落榜后去学校里联系补习的那个夜晚，以及我后来经历的一系列坎坷。我知道，我的中学生活，正像一朵淡淡的云，一缕缓缓的风，将要离我而去。是霖的真情赋予了我平淡困苦的中学生活光和热，增添了色彩，从而让它值得久久地回味、咀嚼。

祝福你，霖！

我噙着热泪在心里说道。

要下坡了，父亲减慢了车速，叫我身子贴紧他的背，这样便于他骑车。我迟迟没有这样做，他伸手过来摸，手上滴上了湿漉漉的东西，不由得惊奇地说：

"刚才你都没哭，现在咋倒成了泪人儿？……"

大学时代作品

难忘23年前看高考分数

1993 年 7 月 31 日下午，我满腹心事地在家中的小院里走来走去，不住地长吁短叹。母亲见我像热锅上的蚂蚁，说："既然这么难受，你就索性进城去看看嘛，反正迟早是要面对这一关的！"

"……"我欲言又止，望着天空喟叹一声。

突然，父亲罕见地推着自行车出现在家门口，以不容置疑的口气对我说："走，跟我进城去看你的高考分数！"

父亲在乡供销社当售货员，平时工作兢兢业业，下午很少会请假回家。尽管我心里很忐忑，但也只好坐到自行车后座上，跟父亲一起往县城赶。

我那时的心情是复杂而微妙的。高考过后，我天天都在焦急的等待和无尽的猜测中度过。近几天，听说高考分数下来了，陆续有人到城里去看分数，我也想去看，但又担心无法承受再次失败的打击，因而一直处于犹豫和彷徨之中。

途中，父亲见我心神不宁的样子，回过头来，难得地微笑着说："我听那些看过分数的说，你的考分相当高呢，500 多分！"

父亲的话，我有些将信将疑。高考后班里进行了一次估分，我评估的结果并不理想。当然，这也许是受了去年高考落榜的影响，再不敢把分数往高里估。

去年高考后估分时我倒是挺自信的，估了个高分，哪知发榜后犹如五雷轰顶，我的分数连专科线都没上。原本对我寄予厚望的父母伤透了心，特别是母亲，变得更加沉默寡言。在落榜后那个多雨的夏季，我失魂落魄地把自己关在小屋里，默默地听着沙沙的雨声，看着阴郁的天空中一朵朵饱含雨水的云朵缓缓地向前飘移，心里无比的凄凉、迷惘：路在何方？

后来，在父母的支持下，我复读去了。痛定思痛，复读的这一年我苦下功夫，成绩有了很大提升。高考后在家里等待"发榜"的日子也是一种煎熬。我感觉自己考得不错，但因为有前车之鉴，又不敢太乐观，心里很忐忑。"一朝被蛇咬，十年怕井绳"，我实在害怕那种心情由极喜跌入极悲的过山车般的感觉。

越接近县城，我的心就越发慌乱起来。我发现，父亲攥车龙头的手也在微微发抖，自行车好几次都差点歪倒在地。我知道，父亲此刻心里也一定很紧张。因为我们都对今年的高考寄予了很高的期望。

父母的文化程度都不高，一心想把我供成大学生。那时大学里还没开始扩招，高考犹如"千军万马挤独木桥"，录取的比例很低，我们县一中每届毕业班都有六七十人，但真正能拿到大学"通行证"的可谓凤毛麟角，所以，这又是一场严酷的淘汰赛。

在这场淘汰赛中，我能过关吗？一路上我都在心里喃喃自问。

到了县一中门口，父亲把车停了下来。他叫我进去看分数，他在外面等着我。

学校里冷清清的，操场边的几棵柳树在风中抖动着枝条，提早枯萎的黄叶无声地落到地上。我低着头心跳如鼓地来到班主任家，见门虚掩着，便颤抖着手推开一条缝，班主任正坐在沙发上看书，我还未来得及开腔，他先欢快地说：

"快进来！好样的，512分，全县最高分！"

仿佛一道电流击中全身，我兴奋得满面通红，幸福得快眩晕了，眼里瞬间涌满热泪。接下去，我似乎置身云雾中，一切都显得那样的缥缈，只能简单地回答班主任的问话，而难以主动地说出一句囫囵话。

我依稀记得，班主任似乎问我是否填报了本省唯一的一所全国重点大学，我告诉他填报在第一志愿上。他拍拍我的肩说："这么高的分，被这所大学录取是手拿把掐的事！回家去等录取通知书吧！"

刚从班主任家出来，父亲迎上来，急煎煎热切切地问："多少分？"

"512，全县最高分！"

"好了好了，我家终于出大学生了！这下好了……"父亲全身颤抖了一下，满是皱纹的脸瞬间变得酡红。他细细地端详着我的高考成绩通知单，忽然抬起骨节粗大的手掌遮住了眼睛，不一会儿，只见两条亮晶晶的泪水蚯蚓般在他脸上的纹路里蠕动着、蠕动着。我原本极度亢奋的心情一下子变得五味杂陈，瞬间也泪眼模糊……

回家的路上，尽管天还是那片天，地还是那片地，但我觉得天地无端地壮阔了不少，眼前的一切都变得分外美丽迷人。父亲不再骑车，他叫我推着车，我们父子俩徒步走回去。一路

192

上，他已在谋划如何筹集我的学费，毕业后如何找份好工作。

进了村口，映入眼帘的是青青的稻田。稻穗在晚风中摇曳，发出沙沙的响声，仿佛在鼓掌欢迎我们的凯旋。这时，几个在田埂上割草的孩童，忽然立起身来，一起扯开嗓子朝我喊道："大学生！大学生！大学生！"

我被这突如其来的一幕吓了一跳，当明白他们是在叫我时，又觉得心里很受用。父亲眉开眼笑地说："可不，算起来，你不光是我们家、也是我们村的第一个大学生呢！"说完，他长长地舒了一口气。

迎面走来了老族长。这是一位须发皆白的老人，一年四季都穿着长衫，颇有些仙风道骨。他捻着胡须对我们说："你们父子好兴致，走着回村，家里人早备下酒肉等着你们哩！——不过这于礼节倒是对的，飞儿考上了大学，这就像古时的书生中了举人，回村是得讲究礼节。咱村以前曾出过一个知府，每次回村都要下马或下轿，走着回家……"

对这样的故事，老族长肚皮里装了不少，我和父亲相视一笑，邀请老族长到家里去吃饭，老族长摆摆手说："今天就不去了，改天我再登门祝贺！"

一进家门，只见家里聚了不少亲友。原来我考得全县最高分的消息，早被村里看分数早的人传得沸沸扬扬。这也难怪，我回村时有孩童叫我"大学生"呢。

母亲眉眼里盈着喜气，做了一桌丰盛的酒菜为我"庆功"。亲友们仍源源不断地涌来，有的为我拿来了被子，有的为我拿来了瓷碗、水瓶，说我将来去上学时用得着。"离报到还早着哪！"我说。"呃，时间快着哩，是该准备这些生活用品啦！"亲友们都一个劲地说。

　　"这就叫打断骨头连着筋，亲友间有什么事就是应该互相帮衬。"此时已经病入膏肓的爷爷也挣扎着起了床，坐在堂屋里，皱纹密布、瘦削蜡黄的脸上艰难地漾开笑意，"孙呵，我和你奶奶吃了一辈子睁眼瞎的苦头，一心想让家里供出个读书人来，可惜你爸也只有小学文化。这下好了，咱家终于出大学生了！孙儿给我们长脸了！"

　　爷爷缓缓地说着，眼里已是泪光闪烁。我心里既兴奋又悲怆，悄悄地把头扭向别处。遗憾的是，我上大学不久，爷爷就去世了。为了不耽误我的学业，父母没把爷爷去世的消息告诉我，寒假里我回到家乡，见到的只是爷爷的一座坟冢。当然，此是后话。

　　当时让我开心的是，受了我高考"中榜"喜讯的鼓舞，多年来因沉重艰辛的生活关系闹得很僵的父母破天荒地显得特别融洽，说话时都是笑脸相对。那一刻，我家的那个农家小院，笑语盈盈，盛满了欢乐和幸福……

载于2016年7月30日《云南日报》副刊

高考梦

多少次，深夜里，我都被一个与高考有关的梦惊醒过来。

我是个睡眠极好的人，头沾枕头一般五分钟之内就能睡过去。一般人晚上不敢喝茶，特别是浓茶，怕影响睡眠。而我则不同，晚上浓茶照喝、好觉照睡，且很少做梦。但这个与高考有关的梦，却会隔三岔五地在深夜来叩访我。

梦中，我要么是得知自己高考落榜的消息，要么就是在考场里面对考题束手无策，焦虑、彷徨……挣脱梦魇后，黑暗里、寂寥中，我的胸口怦怦直跳，额上沁满汗珠，四肢疲软无力，仿佛刚经历过一场极限运动。

梦醒后，我的第一个念头就是：后来我不是考上一所重点大学了吗！庆幸之余，我又有些惶惑：为什么这个"高考梦"总是一而再再而三地来扰乱我平静的心房？难道那次高考落榜的阴影，一直难以从我的内心深处剔去？

我出生在一个半工半农的家庭，父亲在乡供销社当售货员，母亲在家务农。其实，母亲原先也是吃国家粮的，困难时期，外公一家响应国家号召下放农村，由城镇居民变为农民。后来，国家落实政策，外公外婆都恢复了城镇户口，他们极力鼓励我的母亲去找有关部门恢复自己的城镇户口。但不知是农

家出身的父亲对脚下的这片土地实在爱得深沉，还是别的什么原因，反正父亲死活不同意母亲"农转非"。看着儿时的伙伴都落实政策回了城，有了一份体面的工作，而自己却仍然只能千辛万苦地从土里刨食，母亲的感受犹如一只风筝刚飞上天空又无情地栽到地面上来，心情极度郁闷，跟我父亲的关系也变得非常紧张。

由于父亲在外工作，家里劳力欠缺，我念小学时，每晚放学后，都要帮着母亲到地里干农活，往往要到月上柳梢时才荷锄而归。有时，为了排遣心中的烦闷，母亲便会不由自主地跟我讲起她的往事，往往讲到"农转非"这一篇章时，她便会泪如雨下泣不成声。"娃，妈妈这辈子也只能这样了，你一定要好好读书，争取有个好前程！"每次哭诉过后，母亲都会这样鼓励我。

当时，对一个农村娃来说，改变命运的途径无非是参军或者考学。对参军我从未想过，唯一的途径只能是考学了。母亲的泪水，更加坚定了我的这种信念。

我那时学习很刻苦，成绩在班上名列前茅，按这种势头发展下去，通过考学"跳出农门"应该并非难事。但念初中时，我疯狂地爱上了写作，课余时间几乎全被用来写作诗歌、散文、小说等各类文学作品。这种疯狂的写作状态一直持续到高中阶段。没有足够的稿纸写作，我就用考卷等废纸的背面来写，真正是"两耳不闻窗外事，一心只为文学梦"。由于长时间握笔写作，我的右手中指磨出了一粒黄豆大的老茧。

功夫不负有心人，我的作品开始在各种报刊上频频亮相。在我们那所小县城的中学里，我是多年来唯一一个在北京、上海、天津、长沙、济南等地的国家级、省部级报刊发表过作品的学生，大伙赠了我一顶那时还算耀眼的桂冠："作家"。

　　废寝忘食的写作，在把我打造成小县城里一颗冉冉升起的文学"新星"的同时，也使我的功课大受影响，尽管我的成绩看起来还不错，但其实基础打得并不牢。可惜我当时并没意识到这个隐忧，因为"一白遮百丑"，我在文学上取得的成绩使大家对我学习成绩的好坏看得并不是很重。班主任曾私下里跟我交谈过，他准备帮我去大学里争取一个文科保送生的名额。

　　"基础不牢、地动山摇。"进了高考考场，我才意识到问题的严重性：好多考题似曾相识但我就是难以找到最佳的解答路径，心里的那份焦灼、徨惑、愧悔简直难以形容。结果可想而知，我落榜了。满怀热望的"救命稻草"也没出现——班主任并没有为我争取到大学文科保送生的名额。我落落寡欢地回到了家乡。我这才发现，跟落榜的打击相比，以前在文学上获得的那点成就感简直不值一提。

　　那时大学里还没开始扩招，高考犹如"千军万马挤独木桥"，一旦"挤"过去，毕业后将会拥有一份稳定、体面的工作，对农村娃来说，命运将真正地发生改变。可在这场严酷的"淘汰赛"中，我失败了。

　　对我这个"得意门生"的落榜，班主任也很伤感，向我发出了回校复读的召唤。在父母的支持下，我收拾行囊重新回到了学校。痛定思痛，我做出了一个决定："封笔"一年，复读期间不再进行任何文学创作。说真的，那种置似乎无处无时不至的写作灵感于不顾的滋味其实很难受，好在我挺了过来。

　　"万丈高楼平地起"，为夯实基础，我做了一件"笨事"：每天都背《新华字典》和英语词典。一年后，我的那两本字典变得边角翻卷、面目全非。再次踏进高考考场时，原先那些面目可憎的试题变得和善可亲起来，特别是那些英语阅读题，因为我掌握的词汇量大，解答起来不再费事。

在家里等待"发榜"的日子也是一种煎熬。我感觉自己考得不错，但因为有前车之鉴，又不敢太乐观，心里很忐忑。直到有一天中午，父亲突然从单位回来，面有喜色地说要用自行车驮着我去学校里看高考分数："我听说你这次考得不错。"

到底考得如何？一路上，我满脑子想的都是这个问题，心里做出了种种设想和猜测。但到学校里得知的结果，还是我万万没有想到的：我竟是全县的文科高考状元！

也许是不自信还是别的什么缘故，父亲并没有跟我一起去看分数，焦急地在校门口等着我。当我把结果告诉他时，他长舒了一口气，突然抬起手遮住了眼睛，不一会儿，阳光下只见两条亮晶晶的泪水蚯蚓般在他布满皱纹的脸上蠕动着，我瞬间也泪眼模糊……

回到家里把喜讯跟母亲一说，母亲欢天喜地做了一桌丰盛的酒菜为我"庆功"。席间，因"农转非"问题关系闹得很僵的父母破天荒地显得特别融洽，我心里更是乐开了花。

大学期间，我继续从事文学创作，被省作协吸收为会员。大学毕业后，我又走了一条以前从未想过的道路——参军，成了一名军官。转业后在城里安了家，成了不折不扣的"城里人"。这些年来，尽管"跳出农门"的梦想早已实现，但一想起当年高考的艰辛，心里总会泛起丝丝酸楚。

让我欣慰的是，随着时代的进步，社会为人们提供了多种实现人生价值的途径，高考和外出务工、经商等一样，只是其中的一条而已。比如，我的一位酷爱书法的高中同学，高考落榜后来省城发展，现在开着一个书画店，每月收入近万元，有了房、买了车、成了家，生活得很滋润。而多年来因"农转非"不成一直对父亲心存芥蒂的母亲，现在因有了养老保险、参加了"新农合"，享受到了父亲那样"公家人"的待遇，心里的怨气消失了，和父亲的关系也变得融洽、和睦起来，这让我很开心。

时下，"中国梦"让全体中华儿女看到了幸福光明的前景。每个中国人，都是"梦之队"的一员，都有自己的梦想和追求。为了铭记昨日经历的种种不易、焕发出为幸福明天奋斗的激情，我情愿被那个与高考有关的梦"纠缠"着……

载于2013年8月14日《春城晚报》副刊，发表时有删节

逝去的伙伴

一

老早就听说外婆伤重住院了，但我因学习关系，一直抽不开身去探望他。直到大学开学前的一天，我才来到她家里。

外婆刚出院不久，一副大病过后的憔悴相，一边吩咐外公准备饭食，一边仔细地抚平沙发上叠好的被子的褶皱。我考到省城去念大学，那被子是她特意为我准备的，此外还为我准备了暖瓶、饭盒什么的。

外公一通忙活后，水缸里那条养了好长时间的鱼成了糖醋鱼被端上桌来，后院里果树结的桃子、石榴也红绿可爱地摆在了我面前。看着这些，我不安地搓着手，深深地感受到外婆那沉甸甸的爱。越是这样，我就越想弄明白"凶手"是谁，但外婆总是说，不忙不忙，吃了饭再说。

吃过饭后，天不知不觉黑了。小镇很少见地停了电，气氛显得有些压抑沉重。红红的烛光涂抹在外婆浮肿的饱经沧桑的脸上，使她的表情显得格外的感伤、凄凉。

"谁打的？唉，孩子，说来怕你还不相信，不是付辛那小砍头的是谁！——那砍头的，小时候多可爱的一个人儿啊，从外面混了一遭回来后，人成了丑八怪，心也变得歹毒起来！镇上的人都躲着他走，可外婆家就在他家旁边，躲不了哇！……"

我的嘴成了一个黑洞，好半晌我怀疑自己的耳朵出了毛病。这不是开国际玩笑吗！我儿时的好伙伴付辛，那个曾经常光顾外婆家，小脸甜甜地笑成一朵花的男孩，怎么竟成了"凶手"呢？

紧傍着外婆家的那幢让灯光照得雪亮，充斥着烹调声狂笑声猜拳行令声的三层小洋楼，便是付辛家的餐馆。

他家原先住在小镇街尽头，孤零零一间破茅屋。那茅屋现在还在，但早废弃了，茅草沤成黑泥，长满青苔，迎风招摇着几支牵牛花，显出与整个小镇气氛极不协调的荒凉、破败。

外婆家处在小镇的中心位置，开着一片饭馆。去年付辛家买了块地盘，傍着她家盖起了小洋楼，也开了餐馆。起先外婆家生意兴隆，而付辛家却门可罗雀，他一家人便来外婆家门前拽顾客，边往地上吐唾沫边编排外婆家的不是。有一天外婆实在忍无可忍，出去质问了几句，哑口无言恼羞成怒的付辛竟打断了外婆两根肋骨，使她倒在地上差点昏厥！

夜里我躺在床上辗转反侧，感慨万千。冷丁发现叠作枕头的是外婆的一件黑棉袄，灯下展开看了，千补百衲却干净整洁，据外婆说这棉袄她已穿了几十年了。它忠实地记载着这些年来外婆所经历的风风雨雨。枕着它，我似乎闻到了一股田野的气息，清新淡雅，有股淡淡的忧伤味儿。

我蓦地悟出了外婆痛心的缘故，饭馆"倒闭"了，这个家再不像以前那样红火了。这境况，是很容易勾起老人风中残烛日暮途穷的慨叹的。

付辛，你罪过不小哇！

二

外婆家在一个繁华的小镇上，我小时候因家里穷，外婆家日子勉强好过些，我便在她家住下来了，在镇上念了小学。这儿有山有水有车有桥有吃有穿，更重要的是外婆家有很多藏书，它们像磁石般牢牢吸住了我的心。暖烘烘的秋阳下，揣着本连环画来到稻田边，往田埂上没膝的茅草中一躺，有滋有味地看起来，那受活劲直到现在都让我向往不已！

跟我看书的必还有一个人，那就是付辛，我的同学。一张椭圆形的小脸油黑黑的，穿一件破大的草绿色衣服，一条猩红的牛头短裤，一双赤脚黑污污的，眼神忧郁，总以一种小兽般惴惴的目光打量世界。但只要一跟我在一起，看到书，他脸上便笑微微的，露出两颗可爱的小虎牙。

我们像两条鱼游弋在艺术的海洋里，体味人间的一应酸甜苦辣。往往要到一个高门大嗓的女人站在田头，怒冲冲骂，付辛小砍头的你还不快给老娘滚回来干活计，他才如受惊的兔子般怯怯地向家里蹭去。

他不像我那般自由，他得去打猪草砍柴火做饭，用稚嫩的双肩分担生活的重担。

但一到傍晚，他总是又偷着溜出来跟我一起玩耍。我们在竹林里捉过迷藏，玩过跌瓶盖的游戏，还在沙滩上捡过贝壳。他时时把手指含在嘴里吮着，眼睛一眨不眨地盯着我说："你外婆开馆子，你吃的该多好啊！"我听见他咽口水的声音。

我知道他馋，有几次便强拖了他到外婆家去，好客的外婆总端出小炒肉、花生米什么的招待他，他一边说着不要不要，手却不由自主地伸了过去。他也不愿白吃饭，帮外婆择菜、剥葱什么的，往往被葱熏得涕泪交流，把脸抹成大花脸。

他走后，外婆总是同情地说，这孩子也怪可怜的，爹让汽车轧死了，娘又像母老虎一样凶，机灵灵的孩子被唬得像耗子一样胆小。

我从此更同情他了。

三

一天傍晚，付辛神秘兮兮地带我到他家那破茅屋前，得意地对我说："我也有样好东西回谢你了！"

他带着我从窗户里爬进去，从破碗橱拿出三四根油条来。那油条是用猪油炸的，表面凝固了一层银白，而且半生不熟的。但在那个年代能吃上这东西确实不容易。

他递给我两根，他嚼着一根，嚼到一半又恋恋不舍地放回去了，说留着给他妈妈吃，她下地回来肯定饿坏了。他伸出红红的小舌头把手指咂得吱吱响。我强行放回去一根，又把手里的折了半根给他，他怎么也不接，佯装生气的样子说："这是我请你的！你要是不吃了，我今后再不跟你玩了！"

正争执着，他突然说声不好，小手顶着我的屁股把我推出窗去。他妈妈刚从地里回来，锄头很响地扔在屋前，我红着脸从她面前走过去。

放心不下，我又返回来，躲在不远处的白杨树后偷听动静。屋里马上响起打骂声和付辛撕心裂肺的哭喊声。我再也听不下去了，闷闷不乐地低着头走开了。

我一连几天不好意思见付辛，他却像没事人一般又来邀我出去玩了。他家养着两头羊，一老一小，他爱得不行。我们赶

着羊到坡地上放，尽兴地玩了一天。在回来的路上，过火车轨道的时候，我见道旁有很多高大挺拔的桉树，青绿色的叶片在风中微微而动，散发出一股奇特的味道，便想采几片桉树叶夹在书里当书签，他阻拦开了："桉树叶很臭的，没意思。火车快来了。"

真的，从远处传来了火车的轰鸣声。那时候我很任性，径直走过去摘，然而桉树滑溜溜的，怎么也爬不上去。他叹了口气，往掌心啐了口唾沫，抱住树干双脚一蹬爬了上去。

见人不走，小羊便站在轨道中间，馋巴巴地回过头来，大概以为我们在寻找好东西给它吃吧，老羊咩咩地唤它也无济于事。

这时一列火车轰鸣着飞驰而来，小羊被吓坏了，半步都挪不动。老羊冲过来把小羊顶了出去，但它却叫都来不及叫一声，便在车轮下化为一摊肉酱！

付辛从树上跌下来，脸色蜡黄，额淌冷汗，痴呆呆地坐在铁轨上，泥塑木雕一般。我喊了好半天，他才梦醒般看了我一眼，眼泪扑簌簌而下，呜呜哭着说我妈会打死我哩会打死我哩！

我心里急得要命，却安慰他不要紧，我向外婆要足够的钱赔他。其实我知道这可能性微乎其微，外婆虽开着饭馆，但她家的日子也好不到哪去，再说她正攒钱盖房子哩！

"不、不，千万使不得！"付辛一个劲地摇头，"我妈妈的脾气——你不知道！她要是知道了羊是因你而碾死的，会向你外婆敲一大笔竹杠的！就说我不小心……呜呜呜……"

连惊带吓，我病了，夜里做噩梦，发高烧。第二早，外婆特意煮了两个糖水鸡蛋来给我，但想着可怜的付辛，我怎么也吃不下去。

他现在怎么样了呢？

四

午后，付辛来了。他头发凌乱，眼圈浮肿，脸上满是拧掐过后的青紫印痕。

他在我床前站了好一会儿，低低地说："羊碾死了，我妈妈……不许我念书了……"说完便蹲下去抽泣开了。

我掀开被子猛地坐起来，说："这怎么行呢！我叫外婆赔你家羊钱，你就能上学了。外婆！外婆！"我向厨房里喊道。

付辛急忙用他的小手捂住我的嘴，说："不管用的！我妈早就不想让我念书了，这不过是个借口罢了。她总是骂我们兄弟姊妹拖累了她，让她过着人不人鬼不鬼的日子。你外婆正攒钱盖房子，你看这茅屋开饭馆多不雅观呢！"

我鼻子酸溜溜的，端起糖水鸡蛋塞他手里去。在我执着的目光下，他只好慢慢吃了起来。我看见，大颗大颗的泪珠，顺着他脏乎乎的脸滚进了碗里……

吃完后，他用舌头舔了舔嘴角，吭哧了半天，才试探地说："我读不成书了，你能把你的小人书，借几本书给我看看吗？"

我把全部的连环画塞给他，他怕他妈妈发现，仅揣了几本回去。

一连几天，我都没见到付辛。我到他家去找，但他家的门总是关着的。我躲在老白杨下，像往常约定的那样学布谷鸟叫，但什么反应也没有。我怅然地倚在树干上，哀愁地想，他怎么了？难道病了吗？……

几天后，付辛的二姐，一个十二三岁的小姑娘，把我叫出来，冷着脸子递给我几本书，正是付辛借去的。我没接书，问："他人呢？"

"早走了！跟我二叔到城里做生意去了！"她毫无表情地说完便走了。

还来的书里，少了一本《欢乐女神》。我在一本小人书里发现了一张字迹歪歪扭扭的纸条，原来他躲在后门外看《欢乐女神》，他妈妈开门出来，吓得他把书扔进了草丛里，待来找时便怎么也找不到了。他写了一大堆叫我原谅之类的话。

唉，请求原谅的应当是我呀！我心如刀绞泪如泉涌。

后来，家里的日子好过一些了，再加之妈妈非常想念我，便把我接了回去。离开小镇那天，我透过车窗盯着路边那间低矮的茅屋，盼能有个男孩站在门口向我挥手，但我失望了！

白杨树在风中咿咿沙沙，有一片显出病态的苍黄的嫩叶竟飘到我手上，刹那间我仿佛看到了一双忧郁的眼睛……

五

后来的日子里，我时时想起付辛，猜测他在干什么，日子过得怎样，并深深地祝福他交上好运。现在终于知道他的确切消息了，却使我痛心万分。

据说，付辛跟他二叔到城里做生意，因为心眼太实，几年下来不但没赚到钱，反而蚀了本。他二叔断定他"朽木不可雕也"，再不要他做生意了。

为了谋生，他到城里去打工，干的是挖电缆沟的活计。深深的地沟里泥泞不堪，要把里面的土一锹一锹地扬出来，劳动量甭提多大，年少体弱的他硬是挺了下来。但到了年终结账时，包工头却携款逃跑了。

身无分文的他后来又到一家豆腐厂去做工，干的是烧锅炉的活。一天他正在锅炉前烧火，突然锅炉喷出蒸汽，将他掀倒在地。在医院治疗了半个多月后，一天他用镜子一照，自己也被镜子的人吓坏了：眼皮外翻，眉毛脱落，下巴与脖子粘连，鼻子只有半个！而与此同时，豆腐厂厂长却不让他继续住院治疗了，强行把他送上了回家的火车。

历尽艰辛千里迢迢回到家中的付辛从此像换了个人似的，以前温文尔雅的他不见了，替之以一个十足的魔鬼。伤好后，他在镇上结识了一帮狐朋狗友，专门为非作歹，赚了不少黑心钱，从派出所几出几进。

他在外婆家旁边盖起了饭馆，故意把她家的排水沟堵死了。一天夜里下大雨，水灌进外婆家里，听着外公外婆在膝头深的水里手忙脚乱地折腾，付辛和他的铁哥们在洋楼里群魔乱舞了一夜！他见外婆家生意兴隆，故意寻岔子把外婆打伤，使其饭馆倒闭……

我咽不下这口气，决定去找他理论理论。

外婆一听说我要去找付辛"讨说法"，马上"唉哟"开了：不行不行。娃，这小砍头的现在心毒辣得很呢，你跟他弄不好会打起来的！你哪是他的对手啊！外婆已告到法院去了，镇上的人都说他家不对，放心吧，他家迟早要受惩罚的！

我一想，外婆的话也有道理，在她慈爱的目光下，我打消了原先的念头。

午后，我背着行李去车站时，忍不住朝付辛家那幢小洋楼

瞥了一眼。自从他家卖死牛烂马肉的丑行被工商所查处后，他家的生意便清淡了起来，此刻偌大的餐厅空无一人。

门口，一个相貌狰狞的青年双手抱在胸前，烦躁地走来走去。听到脚步声，抬起头充满敌意地横了我一眼。天哪，那是什么样的目光啊！冷得像冰，凶得像刀。

这时一只哈巴狗跑到他脚边，想取宠，被他一脚踢出老远："滚！"哈巴狗倒在地上，半天挣扎不起，嘴里可怜地呜呜着。

他甩了下长发，颓然陷在门口的藤椅里，目光死死地盯住对面那家门庭若市的餐馆，拳头攥紧了又松开，松开了又攥紧……

我的心像被狠狠抽了一鞭子，眼泪莫名其妙地涌出来了。

我虽然一眼认出他就是付辛，但他确确实实不是付辛了。

他哪里还有半点我记忆深处的付辛的影子？

我童年时代的好伙伴付辛，你在哪里？……

　　　　　　　　　　　　　　　　　大学时代作品

重温文青梦

一天晚上在书房里看书，无意之中看到书柜中摆放着的一大沓稿纸和一大沓信件，随手翻阅起来，心里生发出无限的感慨。

这将近半米高的稿纸，全是我从中学到大学时代创作的作品，而那些信件，全是报刊社寄我的，有用稿通知，也有退稿信。

20世纪90年代初，当我还是一名初中生的时候，疯狂地爱上了文学，课余时间不停地读啊写啊。那时电脑还没普及，写作全是用笔，因家里条件比较困难，没有充足的稿纸，我就把信封、试卷等也充分利用起来，我现在看到的稿件，有不少就是写在信封上的。

那时写作狂热到什么程度呢？我记得一天晚上家里电灯坏了，外面在下着大雨，我就搬了一个小凳子，就着走廊上微弱的灯光一直写到深夜。这种对写作的狂热一直保持到大学时代。我大学念的是中文系，这为我的创作提供了更大的便利，我平时除了泡在图书馆里看书，就是躲在教室的一个角落里奋笔疾书。粗略估算，从中学到大学时代，我写出的小说、散文、随笔等作品大概有百万字之多。

一页页翻看那些用蝇头小字写就的作品，我不仅为自己当年创作的狂热而感慨。著名作家路遥说过："只有初恋般的热情和宗教般的意志，人才有可能成就某种事业。"说实话，我那一阶段的创作态度，确实是具备了初恋般的热情和宗教般的意志的。

一般人写了作品，就想着发表，我也不例外。念高中时，我曾把十多篇短篇小说用作文本抄了，寄到外省的一家出版社。一个从未发表过作品的中学生竟异想天开地想出作品集，结果可想而知，捧着那叠跋涉了千山万水信封已变得破破烂烂的退稿，我躲到学校后山的一片小树林里大哭了一场。

记不得经过了多少次失败，在高二时，我终于在吉林省的一家刊物发表了自己的小说处女作，这篇作品后来又在全国的中学生作文大赛中获了奖。以此为发端，我后来又在一些国家级、省级报刊发表了不少文学作品，有的作品还得到了在全国知名度都较高的编辑家、评论家的点评，大三时便被省作协吸收为会员。但我的文学之路注定是坎坷的，总是写得多发得少，几乎每周都要收到厚厚的退稿。

现在想起来，其实那时的文学氛围挺好的，稿件投出去，基本上都会收到编辑的回复，哪怕是退稿，编辑也会对稿件提出一些不予采用的理由，而不像现在，要是稿件不被采用，基本上就是石沉大海。

饶有兴致地翻看那些来自报刊社的信件，我发现编辑们对我的文学才能也是褒贬不一的，绝大多数给予肯定，夸奖我文笔好、文章有灵气，坚持创作一定会取得成绩，而有的也毫不留情地指出了我的不足，其中一位编辑说我的小说还未入门道，小说是不适合我写的。现在已经很难想起，当时埋头狂热创作的我，面对这封措辞严厉的信件，心里是何感受。

我最感动的是一位《春城晚报》的副刊编辑，几乎每月都发表一篇以上我的作品。作品发表后，又准时寄来样报，现在，那些给我寄样报的信封我还珍藏着，看着上面那笔力苍劲的字体，我心里仍是那么的温暖和感动。

有的编辑在信中指出我的阅读不足，叫我多读少写。现在看来，这个建议是多么的正确，因为我深深赞同"写作是阅读的儿子"这个观点，可惜我当时没有对这个建议深加体悟，以至于写得多、读得少、思得浅，因缺乏思想性等原因，写多发少是必然的结局。

心里五味杂陈地仔细翻看这些昔日的稿件、来信，不知不觉已是深夜。说实话，我对自己过去对文学的狂热一点也不感到后悔。尽管写得多发得少，但通过这些作品的创作，进一步磨炼了我的意志，锤炼了我的文字功夫，使我在日后的工作中受益匪浅。边看边思，我也悟出了一个道理，人一定要对自己有信心，要有认准道就一直走下去的坚强意志和正确吸取别人合理建议的胸怀，而这些，将对走好今后的人生之路大有裨益。

载于2015年7月15日《春城晚报》副刊

永远的口哨

　　校园里有方月牙形的池子，池里有方小巧玲珑的假山。假山上修篁丛丛，绿草葳蕤，景色极是宜人。

　　晚饭后，我最喜欢腋下夹本书到池子边来，或绕池看书，或伫立池边，听竹韵清喧，赏暮云缓流，心里极是受活。

　　不知从什么时候开始，池里放养了无数小鱼。鱼儿时时浮到水面上来，黑压压的一片，鱼眼睛黑若棋子，小嘴一齐喋唼有声。自从池里有了鱼，在池边驻足的人也就多了起来，而且大多是带孩子的年轻父母。

　　这天傍晚，我又来到了池边。天气薄阴，暮色昏暗。这时，一位年轻的妈妈带着孩子来到池边。孩子目不转睛地盯着水面上的小鱼，为看真切些，他略略弯下了腰。妈妈急忙呵斥住他："小心，你会掉水里去的！"并忙从假山上折下一根纤纤细竹，教他用竹枝搅水玩。

　　不一会儿，一位虎背熊腰的老外也带着孩子来到池边。那是一个很瘦弱的小男孩儿，也被池里的鱼深深吸引住了，扎煞着两手跃跃欲试，老外便把他抱去平躺在水池台子上，将他的双手摁入水中。小男孩儿在跟一尾小鱼嬉戏，小鱼摇头摆尾向前游去，他匍匐着向前爬去，小肚皮接触水泥台面发出刷刷的响声。

老外双手抱在胸前，带着一种欣赏的表情看着这一幕。

中国孩子受了感染，也要趴在台面上把手伸进水里去，他的妈妈急忙阻止："会弄脏你的衣服！会让你受凉的！"

竹枝从他手中无声地滑落，他失神、怅然地看着水面。

天空扯过几道闪电，竟渐渐沥沥地下起了雨，风也渐渐大了起来。中国小孩儿露出恐惧的表情。他的妈妈急忙抱起他冲进了路边的凉亭。

天空响起了炸雷，中国小孩儿在妈妈的怀里瑟缩，一双大眼睛忧郁、恐惧地看着外面的世界。

下雨时，外国小孩儿看着他的爸爸。他的爸爸缓缓地向他做了个走的手势。小男孩儿从水池台子上跳下来，跨上他的小单车，在闪电雷鸣风声雨声中蹬着车缓缓前去。他的爸爸则跟在后面，嘴里吹着悠扬嘹亮的口哨。

我在池边站了很久，那哨声一直绵绵不绝地萦绕在我耳畔……

作于大学时代在校园里的一场见闻

遭 "偷" 记

　　人活世间，也许没跟盗贼打过"交道"的人凤毛麟角。从小到大，我就被盗贼多次偷盗过，每每回忆起来，心里都是满满的愤慨和无奈。

　　我初次感受到盗贼的可恨，是在我念高中的时候。那时我家在村里开着一个小卖部，专门卖日用品。每逢周末，我从学校回到家里，父母都会安排我守在小卖部里，有人买东西时就卖卖东西，没人时就温习功课。

　　一天晚上八点多钟，我们一家人正在吃晚饭，门口突然响起一阵摩托车的轰鸣声，只见两个年轻人站在门口，说要买东西。

　　"买啥？"我有些不情愿地问道。对吃饭时来买东西的顾客，我一般不太待见，有时要是只买几毛钱的东西，我往往会以没有来打发。

　　"买烟。"年轻人的回答让我心动了，后面的回答更是让我高看他们一眼："买好烟。三条！"

　　买好烟，而且要三条？不薄的利润使我们全家人都兴奋起来，父母示意我赶快去卖，我急忙放下饭碗，走进小卖部。

　　这是两个衣着新潮的年轻人，其中一个留着长发、戴着墨镜。他们说出了要买的烟的品牌后，又要求我先把烟给他们看一下，然后再付钱。我当时也没多想，就按他们说的做了。

接下去的一幕，简直让我目瞪口呆：只见两个人抱起烟，以迅雷不及掩耳之势跨上摩托车飞驰而去。

等我反应过来，俩人早已在漆黑的夜色里奔出好远，只有摩托车的轰鸣声像雷声一般从我心头隆隆滚过。

白白损失了三条好烟，相当于我家一个月的生意都白做了！父母非常心疼，但也没有过多地责备我，只是叫我今后要多留心，一手交钱一手交货，没收到钱之前决不能把货给顾客。

这是我平生第一次接触盗贼，看他们穿得人模狗样，但行事却是如此的卑鄙龌龊，心里对他们深恶痛绝，巴不得此生再也不要跟他们有任何接触。

但是，对社会人来说，盗贼就像人见人厌的苍蝇，你不想跟他们接触，他们却会死死地纠缠着你。后来，我又遭了盗贼的多次黑手，气愤之余，我也曾捉弄过他们。

记得念大学时，有一次寒假结束后我从老家返校，公交车上非常拥挤，简直是人贴着人。我的上衣兜里揣着几元零钱，我觉得好像有人用报纸轻轻地刮了我的衣兜一下，当时我也没当回事。下车以后我才发现，我衣兜里的钱已不翼而飞！

这次损失的钱虽然不多，但联想起以前那次被盗的经历，我对这些盗贼实在是既鄙视又愤恨，一番思索之后，我决定捉弄一下他们。几天后，我在一个信封里装上几张裁小的报纸，然后把信封装在上衣衣兜里，又上了这趟公交车。

盗贼果然上钩，把信封偷走了。

一想到盗贼满腔喜悦地打开信封，看到的却是一叠废报

纸，难免要沮丧一阵子时，我心里乐开了花。"可恶的家伙，也让你们尝尝这种滋味！"

后来，我又被偷过多次。接触的次数多了，我发现，这个群体似乎以年轻人居多，我在深感气愤的同时，心里又对他们多了些惋惜。

那次，我在一个大型商场购完物后，回家时发现天正淅淅沥沥地下着雨。因为是在城中心的步行街，尽管天下着雨，但街上的行人还是不少。在我身后，就有一对情侣，手挽着手分外亲热。

当时我肩上背着一个挎包，我忽地觉得挎包似乎在往下坠，扭头一看，只见一只手遭火烙似的往回缩。当时我没反应过来是怎么回事，把挎包往身边拢了拢，继续往前走。

过了一会儿，我觉得挎包又在往下坠，回过头又见到那只正往回缩的手。我猛地明白了，我又被盗贼盯上了！

令我万万没想到的是，这个把手伸向我挎包的人，竟是那对情侣中的男孩儿！

"你干什么？"我断然一声大喝。那男孩儿低着头转身挽着女孩儿走了。

我真是佩服他们，面对偷窃行为被当众揭穿，他们竟还能挽起手旁若无人地走开，这需要何等的心理素质！也不知道他们真的是情侣，还是仅仅以此作为行窃的掩护？

面对我的呵斥，这个盗贼尚有几分胆怯之态，自始至终低着头，不敢直视我的眼睛。而我另一次遇到的一个盗贼，则要嚣张得多，让人几多愤慨！

那是一个夏日的早晨，踏着满地的阳光，我步行去上班。因为发现挎包容易遭贼惦记，我此时已将挎包换成了手提包。

也是一时疏忽，那天我没将手提包的拉链拉起来，走到快到单位的一个小巷子时，我突然觉得手提包的分量无端地加重起来，仿佛塞进去了一块石头，诧异地回头一看，只见一个留着板寸的大男孩儿弯着腰，正拿着一个长镊子往我手提包里夹钱包。

我几乎是下意识地大喝一声："你干什么？"

大男孩儿直起腰，这下我看清了，他十八九岁，衣着光鲜，看上去很是阳光帅气。要不是他刚才的卑劣行径，谁会想到他是个窃贼呢。

他眼睛紧盯着我，故作轻松地说："我又没拿走你任何东西！"

我看了看他藏在身后的长镊子，上面确实没有任何东西，又看了看我的手提包，手机、钱包都还在里面，应该没被偷走任何东西。

我说："要不是我发现得早，东西早被你偷走了！"

"可事实是，我没拿走你任何东西！"他再一次辩解道。

"你还好意思犟嘴！你信不信我立即打110？"我拿出手机，作出要拨号码的架势。

大男孩儿盯着我，冷冷地说："你最好打120！"

这时，他的同伙、一个年纪和他相仿的小年轻骑着停在不远处的电动车过来了，俩人目光凌厉地盯着我。

那话语、那架势——分明是赤裸裸的威胁呀！我陡地想起媒体上报道的有些盗贼偷东西不成就动刀子捅人的新闻，脊背嗖嗖直冒冷气，心里顿时打起鼓来，拿着手机的手不由自主地垂下了。

趁我犹豫的当儿，俩人骑上电动车，一溜烟地逃了。

看着他们的背影，我心里像吞了只苍蝇般难受。我不明白，凭他们那出众的形象和气质，为什么就甘心干这种遭人唾骂的营生呢？还有上次那个挽着女孩儿出来行窃的家伙，跟他们也是一丘之貉！

我心里打了一个大大的问号：这些年轻人到底怎么啦？怎么那么热衷于不劳而获，即使搭上自己的名誉也在所不惜？

佛教认为，偷盗者必将受到贫穷的果报。退一步说，即使这些盗贼不相信因果报应之说，但他们是否想过：他们的下作行为，将使自己和家人蒙羞，遭到整个社会的唾弃！

我就这样边想边往前走，心里真诚地希望，天下所有的盗贼都能痛改前非，成为自食其力的人……

2017年5月

风雨过后见彩虹

一

红火厉日的太阳照着，院里没有一丝儿风。我坐在门口的荫凉里，双膝并拢，书搁在膝头上，边看边用铅笔在上面批注。

阳光好辣哦，金晃晃刺得人张不开眼，暴露在阳光里的一双脚像踏在火盆上。邻居家那对大鹅，伸长脖颈张大扁嘴，瞪大黑豆子眼，"欧儿、欧儿"地叫着，一拐一拐踱过来，要啄我呢！

这两个畜生，欺生呢。只要一有生人进院，就忙不迭地追过去啄。我刚从学校回来那天，冷不防它们斜刺里冲过来，雄鹅啄住我的腿，我提起腿在空中乱甩，那家伙翅膀扑腾着怎么也甩不掉，叮得好牢。雌鹅则挺着胸脯张开翅膀在旁边助威，得意非凡。小孩子往往被它们这种恶作剧弄得哇哇大哭。

我可不怕。有时我故意搔首弄姿向它们挑衅，腿像拨浪鼓的两根小槌一样在它们脑袋前甩来晃去。它们没机会下嘴，只好伤心地啼叫着灰溜溜走开。可我现在没有这份闲情逸致，这倒也并不完全是我在看书的缘故。从设在偏房里的猪圈中传来钉耙触地的当当声，以及人出重力时嘴里不自觉发出的声音。不一会儿，传来嗵嗵的脚步声，地皮也直颤活呢。

我埋下头来，目光紧盯书本。

讨厌！该死的鹅又把嘴伸过来了，要不要踢它一脚？……一粪箕黑黢黢散发着臭味的圈肥逼了过来，一双粗壮的、满是粪泥的腿也映入了我的眼帘。鹅的脑袋差点撞到粪箕上去，急忙低下头去，黑豆眼狡黠地眨巴几下，意识到来者不善，修长的脖颈蛇一般扭动一番，嘴在地上啄了几下，无可奈何地扭着肥硕的屁股慌慌地逃了。

看着那踩得地面乱颤的大脚板，我心里隐隐有着怜悯、愧疚的感觉，但这感觉瞬间便烟消云散了——粪箕在我笔挺的西服上不轻不重地抹了那么一下，留下了一道黑印，怎么也擦不掉。

刚平息的怒火又格腾腾蹿起，我恨恨地剜了挑肥者一眼，但他把头扭向另一边，只管走自己的路。

他这是有意还是无意的？我知道他心里对我有气。

出圈肥的是我弟弟，我刚跟他吵了一场。我跟弟弟拌嘴、打架，是平常而又平常的事，即使我上了大学也如此。弟弟长得跟我一般高大，身体比我还健壮结实，我们动起手来还真是棋逢对手将遇良才，谁也别想多占便宜，可我越来越感觉到，我已经不是他的对手了。他那铜碗般大小的拳头伸到我面前来，我竟无还手之力，拨弄一下，纹丝儿不动。我虽然嘴上还硬着，可心里早虚了，这时弟弟便得意、骄傲地笑了。

我念高中时，有一次我跟他打得不可开交，他的牛劲上来了，攥住我的胳膊狠劲儿往前一搡，我风车般旋转了一下，摔倒在地，嘴唇让地面蹭破了，肿得老高，流了不少血；门牙也被磕得东摇西晃，揪心地疼。我也顾不得什么斯文了，跳脚打掌泪流满面地骂：

"我没有你这个弟弟，我从此跟你一刀两断！你也不要叫我哥哥！"

"哼，"弟弟鄙夷地冷笑着，"你也不躲着去照照镜子，自己是啥角色？翅膀还没硬哩，就说狂话啦！离了你我照样过日子！"

谁摊上这样的弟弟，谁倒霉。其实每次我跟他吵架，也并不是为了什么大不了的事。我从小身体瘦弱，长大了也像风中麻秆，手无缚鸡之力，农村的十八般活计一样都玩不转，不过在学习上却舍得花功夫；弟弟呢，长得武高武大，两膀子力好像使不尽，走起路来呼呼生风，农活样样精通，但一看见课本就犯头疼，作业做不上三分钟便发出响亮的鼾声。

这下问题就来了。每逢星期天或节假日，妈妈支派我跟弟弟一同下地干活，我沉溺在书海中忘乎所以，他等不及便抓起我的胳膊往外拽，于是不可避免要爆发"战争"；红火厉日下黄汗黑流地干活，没几下我便只有坐在地头喘粗气的份儿，他要么来赶我下地干活，要么躺成一个大字在地上睡觉。这总有些不雅吧，两厢一争吵，一场天昏地暗的战斗又开始了。唉，我跟他经常打架的事，甚至连村里人都知道了，常在背后取笑我。

我上大学了，这次放寒假回来，我发现做农活，他不再像以前那样对我"盯"得紧了。但我们之间还是断不了争吵。

刚才为出圈肥的事，我又跟他闹翻了脸。我西装革履，他没让我进猪圈，只让我在门口拦着那窝猪，别让它们乱跑。我埋头看书，猪啥时溜进了人家的菜园也不知道，直到菜园主人骂骂咧咧地找上门来，我才如梦方醒。我恨死了那头带头溜出去的母猪，一顿好打。母猪满院子慌慌地逃，鬼叫连天。这时弟弟怒冲冲地过来，劈手夺过我手里的竹棍，一折两段，横眉竖目地瞪着我：

"你咋拿它出气？首先是你的不对！你要是看好了，它会偷跑出去？"

"我打的是猪，又不是你！你来管什么闲事！"

"我偏要管！你以为自己了不起，家里要是不养猪养鸡卖钱，你空着手念书去？！"

他这么抢白我，我哪受得了。我气晕了头，一个耳光抽将过去，他头一偏，躲开了，骨节粗大的手揪住我的领口，憋得我面皮紫胀呼吸困难。邻居们围拢来，劝解开了。他们都偏袒我，数落弟弟。妈妈也闻讯赶来了，把弟弟狠骂了一通，末了又恨铁不成钢地瞪了我一眼："大梁不正二梁歪，你要是行得端做得正，他敢这么辱没你？"

二

自从那天以后，我和弟弟好长时间互不讲话。眨眼间到了大年三十，我们全家都忙得团团转。撕青松毛、洗菜、浇菜园、扫院子、贴对联，忙得晕头转向。天快黑的时候，妈妈又叫我和弟弟去折柏枝。我们这一带有个风俗，逢年过节，一般在春节或元宵节时，要从河里捡来绝圆的鹅卵石，搁在炉膛里烧得通红，然后放在柏枝上，用铁瓢端了，边洒水边门前门后地熏，让那微涩清香的氤氲荡涤屋里的浊气，以祈求来年吉祥如意。

我们默默来到村中池塘旁的那片菜地边。菜地里有几株柏树，稀疏的枝条在晚风中发出一派清响。我正在思忖自己是否上树时，弟弟往手心里啐了几口唾沫，脚往地边矮墙上一蹬，双手攀住树干，猫腰哧溜溜爬了上去。柏树很细，下面的枝条已被人折了去，弟弟爬得很高，树摇晃着，他身子紧伏在树干上，我看着都有点目眩。好久没有声响。暮色越来越浓，灰暗的天空有扯成薄丝的阴云水一般流淌，一池碧水也显得昏暗模糊。村中不时有爆竹声传出，火光跳跃。

一枝、两枝……柏枝源源不断地扔下来了。有时是爆炒豆子一般噼噼啪啪响，有时又要隔很长时间才有弱音发出。弟弟似乎折得很辛苦，身子绷成一个有力的雕塑。傍晚时分，天突然变了，风干硬干硬的冷得出奇，弟弟手指该僵麻了吧？更何况柏枝是那样的绵软柔韧，难以折断……

突然，只听"嘎巴"一声响，一个身影流星般往下坠，我被吓蒙了，血液瞬间停止了流动。看来是弟弟脚踩的树枝断了。这可如何是好！

弟弟一直坠到矮墙头才站稳了。他伛偻了腰，脸痛苦得扭曲了。他跌伤了没有？伤的怎么样？……我想过去搀扶他，问候他，但我的腿刚迈出小半步便没动弹了。我忘不了他对我的"辱没"！

弟弟缓滞地下了矮墙头，双手捂着肚子，嘴里嘶嘶地抽着冷气，一瘸一拐、艰艰难难地向家里蹒跚而去。

回到家，妈妈见弟弟的脸色不对，掀开他的衣服一看，马上惊叫失声。我偷眼一瞥，不由也惊呆了，他的肚皮被树枝刮破了，伤痕像拖拉机履带一样凹凸不平，汩汩地渗着血珠。他疼得脸失了色，腰都直不起来了。

"唉，大过年的，伤这么重！"妈妈手忙脚乱地从厨房里找出云南白药来，敷在弟弟的伤痕上。

全家人吃过年夜饭后，坐到了电视机前。精彩的节目，使弟弟痛苦的脸色渐渐变得开朗了，后来竟有了笑容。爸爸却满脸不悦地在一旁冷眼瞅着弟弟，不时地干咳一声。弟弟也许看得太投入，对爸爸的"暗示"竟一点也没察觉到。爸爸的脸色越来越难看了，终于，他怒悻悻道：

"对电视，你真上心哪！你在学习上拿出一半看电视的劲来，我半句话都没有！人笨，偏还不下功夫，看看电视，录取通知书就会从半空中掉你手里来？……"

爸爸对弟弟的学习管得极严，特别是自我考上大学后，受尽世人恭维的爸爸对弟弟的学习抓得更紧了，平时一律不准看电视，看来连大年三十也不"例外"。

弟弟天生了副犟脾气，当下回击道："我笨，我承认！但我黄汗黑流地在地里干活时，你咋不劝我别干活了，回家去看书？"

爸爸也是个犟得出奇的人，平时他指责别人，不管正确与否，别人要是洗耳恭听，那么他唠叨一番也就没事了；要是遭到顶撞，他一定会大发雷霆。当下哪容得弟弟如此顶撞，顿时气得面皮紫胀，把他正咕隆隆抽着的水烟桶猛地往地上一掼，气冲冲到墙角去抓鞭杆了。烟桶里的黄汤黑水汩汩流了一地，烟熏味呛得人直打喷嚏。爸爸烟瘾极大，这烟桶他平时视若珍宝，今晚竟舍得如此狠劲地往地上掼，可见他是真生气了。

果然，他抓了鞭杆过来，作势就要往弟弟身上抽。妈妈急忙上去夺下鞭杆："你这人真埋汰！今天是什么日子，让他看看电视又何妨？大过年的你非要把家里搅得乌烟瘴气的才心

224

甘！靠今晚一晚又能学多少东西？叫花子也有三天年过呢！”

“闭嘴！”爸爸猛地推开妈妈，“你少来替他辩护！都怪你平时宠着他，他眼里越发没人啦！你个笨牛，考试从未考过前三名，亏你还有脸跟我犟嘴！”

妈妈柔声劝慰弟弟道：“娃，一寸光阴一寸金，寸金难买寸光阴。光阴可浪费不起啊！你初中马上就要毕业了，不努力咋行？你哥考上大学那阵子，出外都有小孩子喊‘大学生！大学生！’这还是你回来亲口说的。只要你努力，考上学校了，也会有人追着叫你呢……”

爸爸严厉得近乎粗鲁的骂，没能骂出弟弟的一滴眼泪，妈妈的劝慰却使他热泪滚滚而下。他浑身抽搐，伤心地啜泣着。

爸爸瞪弟弟一眼，又骂开了：“你哭？还不到你哭的时候呢！等我知道你这次的考试成绩，要是考砸了，有你好看的！”

弟弟仍在浑身抽搐地啜泣着，一股怜悯之情从我心里油然而生。想想弟弟也真不容易，比我小好几岁的人，因家里劳力欠缺，几乎把家里一应重活都包揽下了。可就因为学习差，爸爸似乎对他总没好声气。

我想劝慰他几句，但不知怎的，几次到嘴边的话又咽了回去。我来到屋外，瞅着夜空发呆，弟弟的啜泣声使我的鼻子也酸酸的。

三

此后，不知是赌气，还是咋的，弟弟在学习上显得用功多了，一有时间就泡在书堆里，这下可苦了我，他原先做的一应杂事，大部分落到了我肩上。有一晚，我跟爸爸铡马草，不慎把他的手指给铡伤了，好在伤得不太重。一想到村中有人铡马草把手指齐斩斩铡断的事，我真是不寒而栗。

这时弟弟从书房里出来，他攥草，我握铡，我心有余悸，铡刀下得极慢。妈妈叫弟弟小心，他微微一笑："放心，攥草也要讲个技巧。草把子向内攥紧，手移得快，即使闭上眼睛也不会出事。"

在这方面，我对弟弟确实很佩服，他总给人一种安全感、信赖感。不久，这种感觉更得到了证实。

春节过后，我跟弟弟上山打柴，回来的路上遇到了麻烦。

那种缠绕在崇山峻岭间的羊肠小道啊，蜿蜒曲折，看着就让你揪心。有时土里嵌着石板，大半截突露出地面，马车在上面颠颠簸簸，吱吱溜溜，直打滑。

这还不算，最骇人的要数那几乎成直角的陡坡，两边都是深涧沟壑，幽深恐怖，人在坡上打下一望便骨酥手软。马也最怕这种坡，驻在坡头昂首嘶鸣，迟迟不肯下去。这是对车把式最严峻的考验。

那天偏偏天公不作美。中午还红火烈日的，傍晚时分却狂风大作，雷声隆隆，乌云滚滚，飞沙走石。只听得见风从山脊上掠过的呜呜啸响，满山满谷的树木都齐声应和，成为杀杀杀的震耳欲聋的鼓点，天地间陡然变得那样阴森恐怖。不一会儿竟下起了蚕豆大的冰雹来，密密匝匝铺天盖地而下，打得老树落叶，山花凋零。我头上、身上像无数把小刀在扎，耳廓也钻心地疼。真恨不得倒下去遍地打滚，以躲避这漫天降落的小刀子。马也被打疼了，打疯了，狂嘶乱鸣，拖着车没命地在山道上疯驰。

"……把马拴在大树上，找个地方避避再走吧？"

我满以为弟弟会听我的，谁知——

"不行，"弟弟看了看天空，很坚决地说，"冰雹一过，又要下大雨了，山洪封住了路就麻烦啦！"

他把一个蓑衣扔给我，毅然决然地爬上车去。

"你疯啦？快下来！马不知高低乱跑，万一……岂不连你也遭殃？现在顾不上马车啦！"

"亏你说得出！不要马，不要车，就图人安全？披上蓑衣抵挡一下吧！我在车上才好控制马！"

马车像一道绿色的闪电，飞一般朝前冲去。我把蓑衣顶在头上，疼痛马上就减弱了。但我看着那疯驰而去的马车，心不禁又提到嗓子眼。算起来，这匹马买来已五六年了，可我到现在都还不会驾车，每次外出都是弟弟当车把式。唉，要是我也像别的哥哥一样能干，或许现在能助弟弟一臂之力，可我真的不会呀！

我破天荒感到自己是那样的无能，怯懦。我也许就是那种"高分低能儿"。高考，我以全县最高分考入一所重点大学，可我学了几年物理，到现在还连电线都不大会接！弟弟没学过电学，那天却抱着一大堆旧电线，修修补补愣是把家中断了几个月的电给接起来了。诸如此类的例子简直不胜枚举。我越是感到弟弟身上有那么多的可贵品质，便越是为他现在的安危担忧。

弟弟的预言果然被证实了。冰雹过后，大雨又倾盆而下。鞭杆子雨横扫一切，抽得人连气都喘不过来了。耳鼓里充斥着自然界庞大的交响乐。

我滑滑跌跌连滚带爬地赶上弟弟时，已是在这山与那山的交界处。路被山洪淹没了，湍急的洪水像万千匹狂怒的野马，长鬃飘飘，蹄声嗒嗒，蜂拥着朝前狂窜。家里的马被吓破了胆，打着响鼻，前腿撑地，屁股后撅，怎么也不肯朝前迈一步。雨还在下，这山洪一时半刻不会停的。弟弟紧张地思索了一会儿，把衣裤扒下来，扔到车上，双手揪住马嚼口，在齐胸深的水中迈开了大步。

"爬到车上去！用鞭杆狠狠抽！狠狠抽！"

他越用劲往前拽马，马越是后退，把他拽得趔趔趄趄的，几次跌倒。

"还愣着干啥！快抽哇！"弟弟回过头来，命令道。

唰、唰，……马鞭呼啸着抽在马背上，一抽一道痕。马还在倒退。我咬紧牙关，双手抱着鞭杆，抽得更厉害了。唰！唰！……马猛一使劲，车身剧烈颠晃一下，车轮轧在了洪水里。车轮在咔咔作响，像在铁钉上碾行一般艰难。

我仍在没命地抽着。有那么一下，抽偏了，抽在弟弟健壮而又稚嫩的肩膀上。他浑身痉挛地颤抖了一下。我脸红了，心甘情愿地等着弟弟一场连珠炮似的责骂。然而他什么也没说，揪着马嚼口缓慢、沉稳地向前走去……

好容易出了山，来到公路上。雨停了，太阳泊在地平线上，像一个大红灯笼。扑面而来的风清新和畅，甜丝丝、凉浸浸的。一道美丽的彩虹挂在天空。云雀在高空啁啾，鸽子在路边觅食。经过暴雨洗劫苦难的人，才分外觉得这月白风清的世界的珍贵可爱。

这时，我才觉得自己是那样的疲倦，身子像负着千斤巨石，连步都难以迈开。湿衣服贴在身上，被浑身蒸腾的热气烘烤着，像有无数蝎子在爬，难受极了。马也累坏了，双腿打着战，眼睛湿漉漉的。一瞬时我觉得它是世界上最好的马儿，后悔以前没给它更多的照料。我的喉头仿佛被一块烙铁堵住了，心里涌上一种奇怪的感觉，有愧疚、悔恨，更多的是热爱。我觉得世界、弟弟、马儿一下子都变得那么可爱！

弟弟穿上裤子，我正要拧干他上衣的水，他说声"慢"，接过衣服去，在口袋里一阵摸索，抠出一封信来。信封是牛皮纸做的，抽出信瓤来一看，还不算太潮。

这是一封成绩通知单。我略略一扫，每门功课都是一个及格分多一点，成绩确实很平常。再看老师的期末总评，说弟弟在校表现不错，学习也刻苦努力，但就是成绩不理想，也许是方法不当，今后要注意改进，等等。

"我收到信后，没敢拿给爸妈看，怕……"弟弟脸一红，瞟了我一眼，"哥，你看到了，会告诉爸妈吗？——不过，告诉我也不怕，反正……"

我良久无言。

"哥哥，也许我天生不是读书的命，无论花多大的功夫，成绩老是不理想。你当初是怎么学习的？"弟弟眼巴巴盼着我的回答。

以前，弟弟也曾向我问过这个问题，但我都用"努力呗"打发了事，可我现在觉得问题不那么简单了。在这个世界上，不是任何事都能通过努力就能成功的。

我字斟句酌地说："弟弟，读书并不是一个人一生唯一的出路。世界上那些做出突出贡献的人，并不见得都接受过良好的学校教育。当然，你现在正处在读书长知识的阶段，还是应该把书读好。如果实在提不上成绩去，那也是没办法的事。其实，据我观察，你的生活能力挺强的，将来如果没考上学校，

去学一门实用技术也会大有用处的。这道理我会慢慢说给爸爸妈妈听的。——当然，你成绩不好，我这当哥哥的也有责任，今后我每晚抽半个小时辅导你的功课。"

"哥哥，你真好！你的话，全说到我心坎里去啦！"弟弟感激地、娇憨地冲我一笑。凭我的感觉，弟弟这话是发自内心的，不含丝毫虚假成分。一股豪迈之情油然而生，我从弟弟手里接过马缰，"让我来当车把式吧！弟弟，今后咱们互相学习，在实用技术这方面你可要多教我哟！"

弟弟顺从地递过来马缰来，并撒娇般的将宽厚的脊背靠在我背上。"驾！"我气贯丹田地大喝一声。

晚风激荡，马儿飞奔，我感觉到我们离天边的彩虹越来越近了，越来越近了……

大学时代作品

第五辑

静 观 山 水

云南的雨

一

对雨，我怀有一种深深的情愫。每次看到下雨，顿觉天地间明亮、丰满了不少，心里都会升腾起一种愉悦之情。

在我看来，云南的雨，似乎也像云南人一样，有着干脆质朴、爽快利落的特点，往往来如闪电去如风。也许刚才还晴空万里，突地平空旋起一阵风，天边堆起乌云，空中扯过几道闪电，滚过几个炸雷，不一会儿便噼里啪啦地落下了雨点。但这雨往往又不会黏黏糊糊地下个没完没了，一场雨酣畅淋漓地下完后，往往又是雨过天晴，阳光灿烂。

云南的雨，还有着十里不同天的特点。云南十八怪，有一怪便是：东边下雨西边晒。一个周末的傍晚，我从外面回家，突然风云大变，刚坐上公交车，雨点便落了下来，密密麻麻地缀满了车窗玻璃，不一会儿，玻璃上便有条条溪流在流淌。公交车在雨幕中穿行，只见道路变成了河流，雨脚在地上溅起一个个深深浅浅的水泡，仿佛地上瞬间生出了无数朵蘑菇。

这雨下得好大呀，从车窗玻璃罅缝里溏进来的雨，都足以打湿人的衣服。然而让人大跌眼镜的是，当车子穿过大半个城市，来到我位于城西的家附近时，我却发现这儿几乎没下雨，只有零星的雨点洒湿了路面。见此情景，车里不由"哇"声一片。

云南的雨，还容易"一雨成冬"。有时只要下一场雨，便马上气温骤降，冷风冷雨似乎直"冷"到了人的心窝里。即使在盛夏酷暑，只要下一场雨，天气也立即会变得凉爽起来。而要是秋天呢，将会是"一场秋雨一场凉"，往往要赶紧穿上过冬的衣服。

大凡喜欢仰望天空之人，有时还会在雨天发现一些独特的天象。有一天下午，空中彤云密布，大雨滂沱，我向窗外望去，倏地发现从铺展在空中的云层中竟有一帘巨大的瀑布状的物体直泻下来，连接天地，形似旗幡，充满了毛茸茸的质感，差不多将大半个城市都"罩"了起来。这奇异的景象，让人心旌摇荡，产生无尽的遐想。我后来才明白，这种现象叫雨幡，指雨滴在下落过程中不断蒸发、消失而在云底形成的丝缕条纹状悬垂物。

那天下午大雨过后，空中还出现了火烧云，金光腾燃，红彤彤的赤色云霞幻化出飞龙、凤凰、大象、雄狮、蝙蝠等形状，烈烈扬扬，次第在天空展开狂欢，让人叹为观止。

二

我很喜欢宋代词人蒋捷的《虞美人·听雨》。

少年听雨歌楼上，红烛昏罗帐。壮年听雨客舟中，江阔云低，断雁叫西风。

而今听雨僧庐下，鬓已星星也。悲欢离合总无情，一任阶前点滴到天明。

在这首词中，蒋捷以"听雨"为媒介，通过时空的转换，入木三分地刻画出少年、壮年和老年的特殊感受，表达了人生的悲欢离合。

雨天，我喜欢静静地坐在窗前，观空中饱含雨水的云朵缓缓飘移，赏雨帘在天地间垂落，听淅淅沥沥的雨声如珠落玉盘般悦耳。每当此时，往事就会带着雨点的清新和芬芳，无声地浮现在眼前……

儿时，每到雨天，我最喜欢到山林里去捡菌子。天还未亮透，我就会戴上斗笠、提上提篓，像入海的鱼儿一般"哧溜"钻进山林。雨后的山林苍翠欲滴，空气格外清新甜润，夹杂着草木的清香。乳白色的云雾在山巅缭绕，有的则呈丝缕状在山腰处缓缓飘移，犹如在山林的颈项间系上了一条洁白的纱巾。

山林里生长着青头菌、鸡油菌、牛肝菌、干巴菌、扫帚菌等各种野生菌，等待着有缘人去发现它们。我这时往往两只眼睛瞪得像探照灯一般地逡巡着山林的每个角落，生怕有什么遗漏。每当在树下、草丛里发现了菌子，我的心都会激动得怦怦直跳，急忙蹲下来，小心翼翼地把菌子拾进提篓里。

其实，捡菌子，也是需要经验的。一般来说，以前生长过菌子的地方，以后照样还会生长，因而捡菌时那些以前曾经有过收获的地方是一定要光顾的。再比如，青头菌一般都是成双成对地出现，要是发现了一朵青头菌，那么在它附近一定还会有另一朵，这时就要扩大搜索范围。对这种青绿色的菌子，我情有独钟，因为它无毒，刚捡到就可以掰一块丢进嘴里，让那甜丝丝的滋味直透心底。

　　儿时捡菌的快乐让我刻骨铭心，以至于我现在要是在雨季回了老家，仍会起个大早，挽上一只竹篮，上山捡菌去。现在，人们充分发掘了野生菌的价值，村里的好多人家都把上山捡菌作为致富的门道之一，因而上山捡菌者众多。承载着热望的山林是喧闹的，热腾腾的，充溢着欢声笑语。好在我此刻已不在乎捡到菌子的多寡，更在意的是放飞心灵，让清新的山野之气涤荡身心。

　　有时，我会坐在草地上，静静地观赏流云，倾听细雨飘落的沙沙声，任雨点甘露般洒遍全身。蒋捷当年听雨"听"出的是人生况味、家国之痛，而我此刻听雨，"听"出的是雨的闲适，雨的曼妙，雨的生机，雨的深情……

三

　　下雨，作为一种自然现象，有时难免存在过少或过多的现象。而这每一次"过"，对人类其实都是一种考验。

　　在庄户人眼里，下雨往往就意味着粮食丰收，这是和人的饭碗紧密相关的一件大事。因而当长时间不下雨，庄户人的脸上便要愁云密布。我从小生长在农村，这种情绪也深深地影响了我。因而当前几年云南遭遇连旱之痛时，我心里是异常痛楚、焦灼的。记得有一次行走在莽莽苍苍的红土高原上，烈日下满眼都是灼目的猩红，大风卷起一股巨大的红色灰柱，那灰柱海浪般边往前滚动边呈螺旋状直往高空里蹿，显得惊心动魄。那一刻，我觉得那灰柱也直卷进了我的心底。

　　我永远忘不了在一个湖边看到的一幕情景：以前碧波荡漾

的湖水干涸了，湖底绽开条条粗大的裂缝。有一条小船搁浅在湖底，一位老人坐在船头，手里拿着已经派不上用场的桨，眼神是那样的无奈、忧伤、迷茫。他是在怀念以前泛舟湖里的惬意人生吗？……我不得而知。

所幸在各级党委、政府的坚强领导下，广大军民抗大旱保民生夺丰收，取得了抗旱救灾的胜利。但那"旱"，在我心头留下了阴影，以至于只要长时间看不到下雨，我的心头又会有焦灼之感。

旱魔肆虐是灾害，降雨过多亦成灾。我的家乡，一个滇东北的小山村，曾在一个暴雨之夜成为一片泽国，群众赖以生存的家园顷刻被毁。党委政府特事特办、全力保障，在确保每一名受灾群众居有其所、衣食无忧的基础上，又组织群众在废墟上重建家园。现在，村民们都住上了新潮气派的联排别墅，宽敞整齐的水泥道路四通八达，村里绿树成荫，人工湖波光潋滟，好一番美丽乡村景象。我每次回乡，都听到村民们发自肺腑的对党和政府的感激之语。

诚然，人类在旱灾洪涝面前表现出的不屈不挠的抗争精神是值得褒扬和大书特书的，但面对世界频繁出现的极端天气，人类更应该学会尊重自然、顺应自然、保护自然，实现人与自然的和谐相处……

载于《云南人大》2017年第24期

月山下的帆影

一

　　五百里滇池，烟波浩渺。璀璨夺目的高原明珠滇池孕育了开放先驱、海上巨人郑和。

　　公元 1405—1433 年，郑和率队七下西洋，远航东南亚、印度洋、红海、阿拉伯海、东非等 30 余个国家和地区，通过海上丝绸之路推行经贸和文化交流。其航海规模之大、时间之早、人数之多、技术之先进都超过了哥伦布、麦哲伦等西方著名航海家。郑和 28 年的航海生涯，七下西洋的伟大创举，为我国及世界的航海事业做出了不可磨灭的贡献。至今，亚非各国人民仍铭记着他的名字，为他立碑塑像，著书立说，修建庙宇。

　　自打学生时代从课本中知道了郑和七下西洋的壮举，我心里就对他充满了敬仰之情，尤其是当得知他是从云南这片红土地上走出的海上巨人时，敬仰里面又多了几分自豪、亲近之感。

　　金秋时节，利用到郑和故里——晋宁出差的机会，我迫不及待地去探寻这位伟大航海家的足迹。

徜徉在晋宁县城，以郑和命名的广场、公园、道路、纪念馆等比比皆是，晋宁人民对郑和的敬仰、怀念之情扑面而来、无处不在，对郑和文化的弘扬如火如荼，这种感觉在郑和公园尤其强烈。

郑和公园位于晋宁县城昆阳镇月山之巅，占地面积 250亩。为纪念郑和，1981 年，晋宁县委、县政府将月山辟建为郑和公园。经过 30 多年的建设和发展，公园气势恢宏，松柏常青，花木繁茂，鸟语花香，幽静典雅。园内主要有郑和雕像、三宝楼、马哈只墓、郑和碑林、郑和纪念亭、郑和纪念馆等景点。其中，"马哈只墓碑"为全国重点文物保护单位，"郑和纪念馆"为云南省首批爱国主义教育基地。如今，郑和公园已成为一座名副其实的历史文化名人公园，被列为昆明新 16 景之一，名为"月山帆影"。国务院 1988 年命名郑和公园为滇池国家重点风景名胜区。

二

正午时分，从县城里穿过几条街道，我便来到了月山脚下。郑和公园现在已对游客免费开放，我从山脚跨过 55 级青石台阶，便来到公园大门口，只见高大的门楣上雕刻着千帆竞发、乘风破浪的图案，展示了郑和不畏艰难险阻、为国家民族建功立业的动人事迹，而门两旁的楹联"西洋探险大川利涉；南海开航壮志堪酬"，正是对他生平事迹的生动写照。

进了大门，眼前又是一级级台阶，在半山腰处的苍松翠柏中，高大英俊的郑和雕像面对浩瀚的滇池巍然而立。跨过 107级台阶，我来到了郑和雕像下。

衬托着作为背景的蓝天白云，5.55米高的郑和雕像屹立在3米高形似宝船船头的基座上，头戴乌纱帽，身着官服，肩披斗篷，左手握剑柄，右手持航海图，目视前方，神情坚毅。他的右脚向前跨出，象征着冲破禁锢，迈出对外开放第一步。雕像周围的平地上，摆成水波纹状的地砖，象征着郑和船队在波澜壮阔的海洋上劈波斩浪，勇往直前。

郑和雕像后面刻有一组《开放先驱——郑和》青色花岗石浮雕，分别为《郑和家世》《掳掠入京》《出使西洋》《科学航海》《睦邻友好》《平等贸易》《亲善往来》《名留史册》，生动地再现了郑和从一名在滇池畔嬉戏玩耍的少年成长为海上巨人的人生历程。

离开郑和雕像，再往上跨过96级台阶，便来到了山顶。秋天的太阳颇有热度，烤在身上热辣辣的，加之刚爬了200多级台阶，我早已是汗流浃背气喘吁吁了，这时正好缕缕清风拂来，一朵白云也恰到好处地遮住了太阳，我顿时觉得浑身舒坦。山上林木葱郁，鸟语花香，低头一看，自己竟踏在一个巨大的罗盘上，原来这里是罗盘广场。罗盘又叫指南针，最早用于陆地，后来才逐渐用于海上航行时确定方向和位置。郑和航海，罗盘自然是须臾不能离开之物。

罗盘广场旁边，建有一座"三宝楼"。宝楼分三层，面积900平方米，楼形恰似一艘巨型郑和下西洋宝船，第一层船头翘首向前，二三层琉璃瓦制顶，雕龙画凤，四周用汉白玉栏杆点缀，浮雕图案根据郑和下西洋带回的珍禽异兽精心设计而成。三楼悬挂"三宝楼"金字大匾。

据说此楼之所以命名为"三宝楼"，是取郑和的小名"三宝"，以示纪念之意。楼门头上方悬挂着近代著名学者梁启超

题写的"海上巨人"4个斗大金字。登楼远眺，只见晋宁县城尽收眼底，远处是潆潆滇池，在灿烂的阳光下水天一色，帆影点点，给人以驾驭宝船、驰骋大海的豪迈之感。

三

志不立，天下无可成之事。漫步在公园里，一个问题始终萦绕在我的心头：作为具有世界影响的航海家、外交家、和平使者，在郑和的成长历程中，云南这片红土高原到底赋予了他怎样的精神滋养和人格淬炼？

参观完几个景点后，我的心里渐渐有了答案。

长期以来，郑和的身世扑朔迷离。其出生地史料无详细记载，《明史·郑和传》只提及郑和是"云南人"。清朝经济特科状元袁嘉谷先生，在昆阳（今昆明市晋宁县）月山西坡发现了郑和父亲马哈只的墓，并考据了碑文，证实马哈只生子马文铭、马和。可以说，正是马哈只墓揭开了郑和的身世之谜。

公元 1371 年，郑和出生在晋宁县昆阳街道办事处和代村（原昆阳州宝山乡和代村）。1381 年，明军进入云南，击败了元梁王，统一了云南。战争期间，年仅 12 岁的马和被掳掠入京，转送北京燕王府做童仆，后随燕王在"靖难之役"中立下战功，被赐姓郑，提任为内官监太监。郑和的父亲马哈只，于明洪武壬戌年在战乱中去世，由郑和的长兄马文铭安葬在和代村后的月山上。

马哈只墓前立有"马哈只碑"。此碑是明永乐九年（1411年）郑和主立。马哈只墓地及《故马公墓志铭》碑刻是郑和故乡遗留至今的最珍贵的遗迹，也是研究郑和最珍贵的文献史料。

郑和从小在孕育了古滇文化的滇池边长大，空阔无边的滇池水面激发了他的航海梦，良好的人文环境造就了他的探索拼搏精神，锤炼了他放眼世界的开阔视野，对他海洋意识的觉醒和形成产生了深刻影响。在晋宁，至今还流传着不少他童年时代的动人故事，如喜读书习武、乘坐木盆学划船、借船戏水、动手造帆船、滇池游泳救同伴等。

这些童年往事，在郑和纪念亭有所体现。郑和纪念亭原建于20世纪60年代初，是郑和公园内最早的一座小型纪念性建筑。纪念郑和下西洋587周年时，在原有基础上重新修建。亭内立有《郑和行香碑》青石碑一块，碑文为"钦差总兵太监郑和，往西洋忽鲁谟斯等国公干，永乐十五年五月十六日于此行，望灵庇佑，镇抚蒲和日记立"。据载原碑立于福建省泉州市灵山圣墓，此碑为复制。

亭两边有两幅壁画，一幅名曰"郑和童年梦"，描绘的场景是：滇池边，一个眉清目秀的孩童手捧一艘小小的帆船，无限向往地凝视着远方，远方的河道上千帆竞发；一幅名曰"滇池的儿子"，此时年纪稍长的郑和带着四个孩子，意气风发地乘船驶向远方。亭旁的花圃里菊花怒放，一派金黄，似乎正把浓烈的缅怀之情诉说。

郑和，从承载着梦想的滇池起航，不畏艰险七下西洋，在汪洋大海中"云帆高张，昼夜星驰"，其壮举已经成为人类文明史上永不磨灭的文化印记，在历史的长河中熠熠生辉，深受世人推崇。这从郑和碑林中62块刻满历代名人对郑和七下西洋的赞美之词的碑刻中就可略见一斑。

"开拓航线四十条发展各国文化建世代高功；出使西洋

三十载勾通亚非扬民族雄风"。细品郑和公园中的这副楹联，让人心生感慨。作为世界文明交流的先行者，郑和以敢为人先的精神为国献身，开创了世界洲际航海的先河，充分体现了中华民族敬业奉献、忠心报国、科学探索、百折不挠、奋勇拼搏的民族精神，充分体现了中华民族热爱和平、睦邻友好的优良传统。穿梭在满山的苍松翠柏、修竹桉树中，参观着一个个再现着郑和航海壮举的景点，心头的感佩、敬仰、自豪之情在点点加剧。

斯人已逝，风范长存。可以告慰郑和这位伟大的开放先驱的是，距他首次航海600多年后的今天，包括云南人民在内的全体中华儿女正在实现中华民族伟大复兴中国梦的历史征程中阔步前进，其所秉持的崇尚和平、亲仁善邻的传统美德，也正在发扬光大。在公园繁茂的树林中，专门辟有一片国际友谊林。明净高远的秋空下，这片由国际友人种植的伊桐、含笑、楠木等名贵树木组成的树林，正摇曳生姿，茁壮成长……

载于2016年11月20日《云南日报》副刊

河畔观景

外婆家在滇东北一个叫马过河的小镇上。在我童年时代的记忆里，那是一个非常繁华的小镇，铁路、公路在此交汇，交通十分便利，每逢赶集天，小镇上人流如织，素有"小码头"之称。近年来，随着高速公路改道、铁路弃用，小镇似乎变得萧条沉寂了不少。但我从这萧条沉寂中，又发现了小镇另一种别具韵味的美。

小时候，我最喜欢去的地方就是外婆家。那儿群山环抱、风景秀丽，一条大河从镇中流过，河上雄峙着一座公路大桥和一座铁路大桥，小镇人家逐水而居。这天，我陪着外婆聊了会儿天，便信步来到镇上的大河边。

这是一条宽阔的大河，碧蓝的河水挟着枯枝败叶从上游流来，每当遇到礁石或堤坝的阻拦，原本看似平静的河水便变得狂躁起来，发出巨大的轰鸣声，卷起千堆雪。河岸上或挺立着一株株颇有些年头的大树，或簇拥着一丛丛修长的凤尾竹，或蔓延着一片片一人多深的芦苇，远远看去就像一幅颇具古意的山水画。

站在河边，只见横跨大河的铁路大桥和公路大桥遥相呼应，桥身仍是那样的雄壮伟岸，只是铁路大桥已经废弃，公路

大桥虽还在使用，但已不见我童年时记忆中桥上车水马龙的景象，多少给人一种落寞之感。

河边绿草如茵，草地上开满一种小红灯笼般的野花，散发出阵阵幽香。沐浴着和煦的阳光，我在柔软的草地上坐下来，静静地欣赏着眼前的美景。小镇周遭山峦叠嶂，山上林木葱郁。碧空如洗，洁白的云朵在空中缓缓飘移。坐了一会儿，我便发现，也许是气候温润、植被良好的缘故，这里简直是鸟儿的乐园，各种看得见看不见的鸟儿都在以自己独特的方式向世界展示自己的风采。

空中，有一大群麻雀一般大小的白身黑腹的鸟儿，云朵般忽上忽下地飞翔，欢快而细碎的啼鸣声雨点般从空中倾泻下来。河边的田野里，两只银灰色的鸽子正在悠闲地漫步，一边咕咕叫着一边扑闪着大眼睛。河里的浅水区，有几只白鹭，有的在来回走动觅食，每当找到一条小鱼泥鳅什么的就甩动着脖颈吞下去；有的把长长的脖颈缩进身子里，一动不动地呆立着，似乎进入了冥想状态。

河中，两只小巧的不知名的黑色水鸟带着孩子正在觅食，红红的脚掌不停地拨动清波，身后绽开三道波光粼粼的水痕。突然，只听"咚"的一声响，一条大鱼从水中跃起，水鸟一家受了惊吓，急忙尖叫着躲进河岸边的树丛里，其惊慌失措之态让人忍俊不禁。白鹭也受了惊吓，"呼啦"一声全都飞起来，在空中打了几个旋后，姿态优美地落在河边的大树上。

这是眼睛看得到的鸟影，那些藏在深山密林里不见影的鸟儿，则远远地把一声声啼鸣送进人的耳鼓里。我凝神谛听，这些鸟鸣声中，有的像在不停地打哈哈，"哈——哈"；有的像在吹哨子，声浪一波一波地向外传递；有的像嘴里衔着一枚石子不停地往天空扔，起起落落；有的像吃饱喝足了在哼唧。最让人揪心的是一种嗓音沙哑的鸟鸣声，像遇到了什么危险似的，声声凄切。但我听了好一阵，确信这鸟安然无恙，因为它一直在保持着同一个节奏啼鸣。

当然，在这些鸟鸣声中，我最喜欢的还是喜鹊的叫声。喜鹊素有报喜鸟的美名，每次见到它们，我都会很开心。只听一阵由远而近的"喳喳"声，两只喜鹊从远处的山林飞了过来，在我的头顶盘旋一圈，然后便落在河边大树的树冠上，跳上跳下地啼唤个不停，声音是那样的嘹亮、热烈，一时间把山林里所有的鸟鸣声都比了下去。

云卷云舒，花开花落。在我的眼里，繁盛抑或略显落寞的小镇，都是美的。繁盛时期的她，有一种雍容华贵的美，充满了世俗的烟火气；现在略显寂寥的她，则有一种清新脱俗的生态之美、恬淡之美。在我的心里，也许这后一种美更情韵悠长、摄人心魄……

载于2017年4月15日《云南日报》副刊

秋进赤恒底

群山如聚，江水奔腾。赤恒底村，这个风景优美、乡风和顺、充满浓郁民族文化风情的傈僳族村寨，地处怒江大峡谷福贡县中部高黎贡山山麓之中，毗邻怒江。金秋时节，我亲身感受到了这个村寨的独特魅力。

赤恒底村距福贡县城 12 公里，交通便利。从鹿马登乡沿着一条平坦光滑的道路大约前行 3 公里，赤恒底村就在前方揭开了她神秘的面纱。路旁不时地有一丛丛苍翠挺拔的竹林直插云霄，竹林中往往掩映着一栋栋民居。这些民居，有的已经建好，有的还在建设之中，工地上一派热火朝天的忙碌景象，鏖战正酣的脱贫攻坚战役，我在这里有了深切直观的感受。

按照规划，赤恒底村的定位是民族旅游特色村寨。站在村中，只见一栋栋具有傈僳族风格的特色民居错落有致，一条条水泥铺成的硬化道路连通各家各户，太阳能路灯整齐排列在道路两侧，村中建起了傈僳族农家乐、民族服饰加工厂，小型垃圾处理场、灯光球场、旅游公厕等设施也一应俱全。

此刻，环绕村子的高耸入云巍峨雄壮的大山云雾缭绕，高远圣洁的天空蓝得让人心醉，灿烂明媚的阳光瀑布般从空中倾泻下来，空中缓缓飘移的云朵洁白无瑕，繁盛的树林让人的眼晴时刻感受到绿色所带来的巨大愉悦和滋养。正所谓静水深流，宽阔而略显浑浊的怒江犹如一匹巨大的绸缎从远方缓缓地铺陈过来，绸缎上涌动着一些被风吹起的细小波纹。当这匹绸缎来到距赤恒底村不远的地方时，遇到了一些礁石的阻拦，顿时变得波涛汹涌奔腾跳跃起来，发出巨大的轰鸣声，站在村中耳鼓都感受得到它的冲击。

在怒江水的奔腾声中，我还感受到了另一种洪亮的声音、生命的律动——蝉声。赤恒底村依山而建，山上树林荫郁、野鸟翔空，阳光透过树叶斑斑驳驳地洒了一地。栖息在树上的众多蝉儿仿佛在比赛似的，亮开喉咙疯狂地嘶鸣，形成了一部大合唱。在这个峡谷深处的村寨里，看大山、赏激流、观流云、听鸟鸣、品蝉声，真有一种超然物外的感觉，心灵深处是那样的宁静、平和。

在树荫下静静地聆听大自然的天籁，过了好半晌，我站起身来，走进路旁一栋具有浓郁傈僳族特色的楼房。走上楼顶，只见一位身材高大的中年男人满脸笑容地迎上来。

让我意外的是，他手里拄着一根高与肩齐的竹棍，一只脚打着赤脚，每当行走时，上半身便朝前倾斜几乎全倚在移动的竹棍上。他就是房屋的主人此路恒，同时还拥有福贡县民族服饰加工专业合作社理事长、赤恒底村傈僳语多声部农民红歌合唱团团长等多个头衔。如果说赤恒底村的自然风光让我欣赏到了大自然的巧夺天工，那么此路恒的成长史、奋斗史，又让我领略到了一种自强不息的人生风景。

此路恒小时候因患小儿麻痹症导致左脚残疾，从此不得不借助竹棍行走。然而他身残志坚，始终在摸索着改变命运的门道。针对傈僳族群众长期保持着织布卖布习惯的实际，他做起

了织衣致富梦，花苦功学会了织艺，后来购买了缝纫设备，开始制作傈僳族服饰。凭着出色的技艺，他家织出的衣服供不应求，有了一定实力后，他在村里成立了民族服饰加工厂、民族服饰加工专业合作社，带动群众抱团致富。为提振乡村精气神，他结合村里傈僳族等少数民族群众能歌善舞的特点，组建了红歌合唱团，利用闲暇时间排练，教会群众用傈僳语演唱《爱我中华》《党啊，亲爱的妈妈》《山丹丹花开红艳艳》等爱国主义歌曲，唱红歌、颂党恩、礼赞新生活。

我完全想象得出，当村里的红歌合唱团用傈僳语唱响爱国主义歌曲时，那该是一个多么激情飞扬、令人血脉贲张的场景！

参观过此路恒家的民族服饰加工厂，我在村里漫步，又见到了两个令我印象深刻的场景。

我看到村里一户人家在建房屋时，不但大人全上阵，连家里两个五六岁的孩子都不甘示弱，帮着搬砖头、提砂浆，让太阳晒得红扑扑的小脸上汗水在闪闪发亮。我倏地悟到，这两个孩子脸上的汗水，不正是当地群众在脱贫奔小康道路上自强不息的精神写照吗？

在一个岔路口，一位姑娘站在风口扬稻谷。我小时候曾有过这种体验，要是让飞扬的稻芒从脖颈等地方钻进衣服内，身子将会像被针扎着一样难受。我赶紧把衣领竖起来，弯下身子想快速通过路口，姑娘却急忙停下手中的活计，笑吟吟地示意我先通过。一个善意的举动，让我感动莫名，我向她道谢，她满脸绯红地说，你们都是来帮助我们的人，我做的这点小事不值一提。旁边一位中年妇女接过话头说，可不是，我们农村人修桥铺路、盖房起楼、看病读书，都有公家人在帮我们操持。

干部来了一茬又一茬，实事办了一桩又一桩。

　　日头西斜，该踏上归程了。走在村里横跨怒江的吊桥上，面对浩浩荡荡澎湃而来的江水，我不由思绪飞扬。赤恒底村秀美旖旎的自然风光，衬托着村里人脸上那闪闪发亮的汗水、自信淳朴的笑容，使我难以忘怀……

　　　　　　　　　载于2016年9月25日《云南日报》副刊

第六辑

文事苦乐

在"行走"中写出好文章

"读万卷书，行万里路"，应该是文人一种比较理想的生活状态。在长期的阅读过程中，我发现好文章的产生，似乎跟作者的"行走"有很深的渊源。

最早让我注意到"行走"跟文章关系的，是著名作家孙犁。在晋察冀山地、冀中平原，孙犁实实在在地深入到群众生活之中，写出了多篇风格清新独特的文学佳作。比如《游击区生活一星期》《天灯》《张秋阁》《"帅府"巡礼》《渔民的生活》等，文字干净朴素，篇幅短小精悍，有的甚至就是直接采撷生活浪花的特写，散发着泥土的芬芳。

后来，在读到了余秋雨的《文化苦旅》后，更加深化了我的这种认识。我最早接触到的《文化苦旅》，是由东方出版中心出版的版本。这本封面淡黄色的20余万字的书，曾极度畅销，用余秋雨自己的话来说，"它不小心成了当时罕见的一个文化热点"。在此书的序言中，他便指出，任何一个真实的文明人都会在心理上过着多种年龄相重叠的生活。没有这种重叠，生命就会失去弹性，很容易风干和脆折。但是，不同的年龄经常会在心头打架，有时还会把自己弄得挺苦恼。例如连续几个月埋首于砖块般的典籍中之后，从小就习惯于在山路上奔跑的双脚便会默默地反抗，随之而来，满心满眼满耳都会突涌起向长天大地释放自己的渴念。

于是，余秋雨推开了书房的门，迈开了远行的步伐。他首先去了甘肃高原，开始踏访公元七世纪的唐朝。他边想边走，沐浴着唐朝的烟尘宋朝的风，走得又黑又瘦，疲惫地伏在边地旅舍的小桌子上涂涂抹抹，所写下的文字便成了《收获》杂志上的《文化苦旅》专栏文章。此后，他一直在走，在踏访了很多中华文明遗迹后，又开始了对世界文明的探访，历险数万公里，考察了包括埃及文明、巴比伦文明、克里特文明、希伯来文明、波斯文明、印度文明和阿拉伯文明等人类历史上几乎所有重大古文明的遗址，以及欧洲九十六座城市，源源不断地推出行走和思考的成果：《文化苦旅》《千年一叹》《行者无疆》……

对于"行走"，余秋雨曾在收入2017年出版的新版《文化苦旅》中的《我的山河》一文中有过精辟论述："我终于蓦然醒悟，发现一切文化的终极基准，人间是非的最后衡定，还是要看山河大地。说准确一点，要看山河大地所能给予的生存许诺。"在山河间跋涉的他，从此脚步再也不会蹈空凌云，文笔再也不会高谈阔论，思绪再也不会离开苍原苍生。

在"行走"中实现创作升华的，在著名作家贾平凹身上也表现得比较明显。作为一位写作了大量小说的作家，贾平凹在散文领域也身手不凡。散文理论家范培松在为20世纪90年代由百花文艺出版社出版的《贾平凹散文选集》所作的序言中认为，贾平凹早期的散文，如《丑石》等，虽然发表后在读者中产生了影响，但他那一时期的散文创作师"法"的痕迹较为明显，有着求功利的倾向，几乎每一篇都在明白无误地向读者揭

示一个真理，把生活简单化了。真正标志着他散文成熟的是
《商州初录》《商州又录》，而这是文学对他在商州大地上行
走的回馈。商州的山水，使他的笔调轻松下来，丑汉、退伍军
人、屠夫等纷纷走进他的散文中，被刻画得异常生动鲜活。

　　在 2011 年由作家出版社出版的《天气》一书中，我发现
贾平凹行走的范围已不再局限于商州。在收入书中的《定西笔
记》一文中，他认为中国有三块地方值得行走，一是山西的运
城和临汾一带，二是陕西的韩城、合阳、朝邑一带，三是甘肃
陇右。在走定西时，他和朋友驾车跟着路走，没有明确目的。
在《定西笔记》中，他写了很多路途中的见闻，如不愿让道
的牛车、说出"羊是山梁上的虱"的经典之语的村妇、蘸盐吃
捞面的老汉等，给我留下极深印象的是一篇描写杀驴取鞭的场
景散文，公驴初见人时的懵懂热情、见到母驴后的轻佻任性、
被杀后场面的血腥惨烈，让人过目不忘。这一系列散文看似选
材随心所欲，但实为匠心独具，不啻为一幅精彩的民俗风情画
卷。

　　说到底，在山河大地上"行走"，是为了接地气。有了地
气的润泽，作家的思想会变得深沉厚重起来，而文字却会轻灵
空盈起来，写出好文章自然是水到渠成的事。在作家的创作史
上，这样的事例不胜枚举。在这里，我以余秋雨的一段话来为
这篇文章收尾："'读万卷书，行万里路，两者关系如何？'
这是我碰到最多的提问。""我回答：'没有两者。路，就是
书。'"

2017 年 9 月

漫说编辑

　　但凡舞文弄墨之人，在寻求作品问世的过程中，便免不了要跟编辑打交道。掰指一算，从中学时代发表处女作到现在，我坚持业余文学创作已经快 30 个年头了，跟很多编辑接触过，其中的滋味可以说是五味杂陈。

　　因为从小便读了很多课外书，有了通过手中的笔表达和倾诉的欲望，中学时代我便开始了文学创作，课余时间几乎全部用在写作上。那时对写作的那种狂热，简直可以用"痴迷"这个词来形容，觉得灵感时时来撞击头脑，不把它们写出来就寝食难安。那时电脑还没普及，写作还得靠笔，因家里经济比较困难，没有充足的稿纸，我就把信封、考卷等利用起来，在空白处写。粗略估算，从中学到大学时代，我写出的作品大概有百万字之多。现在，那厚厚的一大摞写在各种五花八门的纸上的稿子，还静静地躺在我书房的书柜里。

　　我边写边投稿，经历了很多次失败后，终于发表了处女作。在我们家乡的那所中学里，做文学梦的学生肯定不在少数，但把作品变成了铅字、发表在报刊上的学生我大概是第一个，我发表作品的消息当时在学校里引起不小的轰动。看着自己发表的作品，我当时挺激动，记得当天学校里组织体检，我竟被检查出患有高血压，而过一段时间去体检，我的血压又恢复正常了。后来我恍然大悟，这是因为我当时看到作品发表了太兴奋的缘故。看着印在自己作品底端的责任编辑的名字，我对这位帮我发表作品的好心人感激之余，又充满了敬畏和好奇之情。那时在我心里，编辑是一项无比神圣的职业，对作者的心血之作有着生杀予夺的大权。

在我刚开始创作的 20 世纪 90 年代，投稿氛围还是挺好的，稿件投出去，大多数都会收到编辑的回复，哪怕是退稿，编辑也会对稿件提出一些不予采用的理由。那时我一直保持着边阅读边写作边投稿的习惯，稿件投出去后，我最喜欢收到的是来自报刊社的薄薄的信件，因为那十有八九是稿件采用通知，而要是信封厚厚的，不用拆我也能猜出，肯定是退稿。那时我的心理承受能力还比较弱，要是收到退稿，往往会沮丧几天。

现在，那些来自报刊社的信件，我还保留着，一次我饶有兴致地翻阅它们，发现编辑们对我的写作才能也是褒贬不一的，绝大多数给予肯定，夸奖我文学感觉好、文章有灵气，坚持创作一定会取得成绩，而有的也毫不留情地指出我的不足，甚至有一位编辑说我的小说还未入门道。现在已经很难想起，当时正做着文学梦的我，面对这封措辞严厉的信件，心里是何感受。

跟编辑们打交道多了，我觉得这个职业首先要求从业者要有一颗正直善良的心。俗话说，"锦上添花易，雪中送炭难"。编辑选用稿件时不能只盯着名家或熟人，对那些在文学的小道上艰难跋涉，犹如在暗夜中苦苦摸索的无名作者来说，尤其需要编辑给予一点灯塔般的光亮，照亮他们前行的道路。

有时也许就是编辑投出的星星之火，就能改变一位作者的命运。业余创作数十载，对那些曾给予我帮助的编辑们，我一直心怀感激。给我印象最深的是现已退休的一位《春城晚报》的副刊编辑，我念大学时他几乎每月都要帮我发表一篇以上的作品。作品发表后，又准时给我寄来样报。他并不知道，那每月准时而来的样报和稿费，对坚定我从文的决心和改善我困窘的生活，其实是有很大帮助的。现在，他那些给我寄样报的信封我还珍藏着，每次看着上面那笔力遒劲有力的字体，我心里涌起的仍是深深的温暖和感动。

著名作家蒋子龙曾写过一篇《编辑何以为"大"》的文章，文中说编辑要能慧眼识珠。我深以为然，因为我在这方面也有切身感受。

有感于党的十八大以来，党员领导干部作风发生的可喜变化，我曾精心构思创作了一篇传递正能量的故事作品。让我没想到的是，这篇作品连投了省内外的几家刊物，编辑都认为有积极的现实意义，但又都以"太主流"为由而不予采用。抱着试试看的心理，我把它投给了中国文联主办的一家国家级故事刊物，没想到编辑很快便回复说准备采用。后来，这篇作品被那家刊物放在每期仅刊登一至两篇作品的"精品故事"栏目隆重推出。在微信中谈及这篇作品的发表过程，我充满感激地对这位从未谋面的编辑说："全仗您慧眼识珠，发现了它的独特价值。"

载于《云南人大》2017年第17期

记者逸事

一

说起来，我同记者这个职业，是颇有些缘分的。

小时候，在我住的那间狭小逼仄的房间里，墙上糊满了报纸。我记得有《人民日报》《光明日报》等大报。那时因为缺乏课外读物，我时常盯着那些因时间久远纸质已经发黄、字迹漫漶不清的报纸反复琢磨，尽管琢磨来琢磨去也对意思不甚了了，但那种由报纸营造出来的神秘庄重的氛围却让我记忆深刻，使我对在报纸上写文章的人产生了强烈的好奇心。

读中学后，我终于明白，报纸上的那些文章，大都是由报社的记者采写的，从此当一名记者的愿望，在我的心里扎了根。我大学学的是中文专业，这离实现我的愿望又近了一步。遗憾的是，我大学毕业时，省里几家主要新闻单位都没进人，我最后去了部队发展，但当记者的梦想始终在心里潜滋暗长。

后来，当听说一家部队刊物需要采编人员时，我紧紧抓住这次机会，调进了这家刊物。

说实话，在这家部队刊物工作的那几年时光，是我此生最闲适最惬意的时光。那是份双月刊，平时编稿任务不重，编辑部也不要求每天坐班，我在编稿之余，要么从事自己喜欢的文学创作，要么下基层部队采访，出了不少成果。

可惜好景不长，这份刊物后来停办了，我便选择了转业。

得益于我平时勤奋笔耕，好几家单位看了我那厚厚一大摞作品剪贴本后，都向我伸出了橄榄枝，其中包括几家党政机关，但出于对新闻工作的热爱，我最终选择到一家党报去工作，成了一名专门负责报道领导活动的时政记者。

敲定工作后，我曾回了老家一趟，县里的朋友邀我到县城小聚，我把中学时代的老师也请上了。没想到席间老师听说我要去报社工作后，撇撇嘴，用种惋惜的语气说："哦，你要去当御用文人写'八股文'了。以你的水平，去写那类玩意儿，真有些屈才。我觉得写那类文章，只要有高中文化就游刃有余了。"

我不知道老师何以对报社的时政记者有如此大的偏见，一时又找不到合适的话来应答，只好沉默着，但心里却暗暗发誓，一定要把时政新闻搞出点名堂来。

二

正式工作后，我才发现，老师所言非虚。

时政记者主要负责报道领导活动，它有一套严格的规程，什么级别的领导写多少字、通常采用什么新闻体裁来表现、放在报纸的什么版面什么位置刊发，都有着严格规定。为了便于记者操作，报社曾专门搞了一本《时政报道手册》，做到时政记者人手一册。每名将要从事时政报道的记者，都被告诫首先要学好这本手册。而遵循手册写出来的稿子，基本上通篇

都是领导"强调""指出"之类的模式。而这些"强调""指出",都来源于领导讲话的所谓重点、要点,有些甚至就是大小标题。几天下来,我明白了老师所说的只要有高中文化就能胜任这项工作的原因。

也许是老师的话对我产生了刺激,也许是我平时热衷搞文学创作的原因,我实在不甘心自己写出的文章就是那么干瘪生硬的几条筋,让人味同嚼蜡。因而当在写一篇领导下乡调研的稿子时,我便一改"强调""指出"体,通篇采用白描手法,稿中有景物描写、人物对话和现场氛围的烘托,还有一些领导个性化的语言,显得生动鲜活。

我原以为这篇花了很大气力写的稿子,一定能博得领导的青睐,哪知领导晚上在宾馆房间审稿时,却是越看眉头拧得越紧、越看脸色越阴沉,当看完后气冲冲地把稿子往办公桌上一拍,说:"写的啥玩意儿,净是些细枝末节!"

领导扫了我一眼,又盯了一眼秘书等身边的工作人员。秘书等人吓得大气都不敢出。

领导沉吟片刻,霸气地把大手一挥,说:"通知报社,我今天的调研活动明天不报道了。我今晚亲自写稿!"

第二天吃早餐时,秘书把稿子交给了我,说:"领导特意交代,要你告诉报社,一个字都不能改。"

领导似乎还不放心,又招招手把我叫过去吩咐:"秘书把我的要求对你说了吧?告诉报社要不折不扣地执行。"顿了顿,他又说,"我写的这稿就比你写的有高度、有深度。报道我的活动,你要多揣摩多领悟我的话语风格。"

我匆匆浏览了一遍稿子,只见稿子又回归"指出""强调"体,而且皆是些放之四海而皆准的大话、套话。

这就是高度和深度的表现？早知如此，我又何必那么卖力！

我这下明白了，为什么好多时政记者跟随领导下乡时连笔记本都懒得带，反正到时候把领导的讲话稿拿来抄一通就万事大吉了。

秘书在旁边观察着我的神色，当领导离开后，他凑近我的耳朵悄悄地说："我觉得还是你写的那个稿子有看头。但既然领导有明确要求，你就按领导说的办吧。"

那一刻，我心头一热。

三

此后好长一段时间，我都刻意回避着参与那位领导的报道工作。不久，我又被派去报道另一位领导查看灾情的报道。

由于遭遇特大旱灾，一路上烈日当空，步行在田野里，只见土地龟裂，大风过处，灰尘满天，这位领导眉头紧锁，显得心事重重。站在一块近乎绝收的萝卜地里，他拔起一根干瘪瘦小的萝卜，擦擦土，放在嘴里咬了一口，神情痛楚地说："没有一点水分，像嚼干柴一样。——旱魔无情人有情，一定要把抗旱救灾工作做深做细做实，让农民兄弟渡过难关！"一席话，令在场的干部群众动容。

此情此景，使我很感动，我在笔记本上专心致志地记下领导的讲话和场景。但真正动笔写稿时，我犯难了。

我非常想把这篇稿子写生动，但我又怕重蹈覆辙，想来想去，我决定还是冒一次险，在稿子里加上一些生动鲜活的元素。

我猜想，一个能把带泥的萝卜塞进嘴里的领导，在观念和见解等方面也许会有独到之处。

在写稿子时，我便在领导啃带泥萝卜这一细节上做文章，直接把这一场景写进了导语里，在消息主体部分又写了几个生动的场景，然后才是领导对抗旱救灾工作的要求和部署。

当我忐忑不安地把稿子送给领导的秘书看时，秘书直夸稿子写得生动，他把稿子还回来时，我又惴惴地问他领导是否还要看稿，秘书说："领导把审稿权交给了我。"

第二天，报纸在头版重要位置发表了我的稿子，总编在评报会上对这篇稿子给予高度评价。更让我没想到的是，被报道的领导看到报纸后，专门委托秘书打电话到报社，表扬这是一篇改文风的佳作。

这一下，我成了报社的"名记"。据有人私下里向我透露，不少老记者暗地里都向我学习如何采写新闻。

四

当中央八项规定精神出台后，我这种力求把稿件写得"短、实、新"的文风更是大受欢迎。

记得在报道一个重要会议时，按照参会主要领导既要开好会、又要改会风的要求，会议开成了视频会，会场布置首先就新风扑面：不摆设花草，不悬挂布标。议程是先由各单位汇报工作，最后再由领导作总结讲话。

会议刚开始，领导就给发言者出了一道"难题"：随机点取发言者，要求脱开讲稿汇报工作，并且每人汇报不能超过5分钟。

　　这个要求一出，会场的气氛马上变得紧张起来。一位发言者照着稿子念且汇报超时，被领导毫不留情地"叫停"。

　　这样的会风，令人叫绝！我首先写了条会议消息，又围绕特殊的会风写了篇生动鲜活的侧记，把会场简朴的布置、随机点取发言者、发言者汇报超时被"叫停"、与会者的评价等内容都写了进去。

　　这篇较早报道干部转作风的稿子发表后，在社会上产生了反响。几天后，我意外地接到了老师的电话，他用一种欣赏的口吻说："你果然没让我失望。你写的稿子，有吸引人看下去的欲望。"

　　几年时政记者干下来，我越来越喜欢这个职业。尽管随着干部作风建设的不断加强，这个职业没有以前"风光"了，但我仍乐在其中。而且认为自己作为一名记者，能记录下这个时代发展进步的点点滴滴，其实一件非常幸运和有价值的事。

2017年7月

书卷乃养心第一妙物

一天，遇到一位收购废旧书报的熟人，我在他收购的一大堆废报纸中，赫然发现了一本我很看重的书。这是一本刚出版不久的谈人生修养的书，有一段时间，我集中精力阅读此书，晚上在家里读，白天又带到办公室利用闲暇时间读。看到它这么快就被别人当作"废书"淘汰掉，我既意外又心疼，问这位熟人："你买它花了多少钱？""几分钱。废旧书报都不值钱的。""我给你一块钱，把它转给我吧。"捧着这本书，我心想，这下我可以在家里和办公室各摆一本，随时想看都可以看。

多年来，我一直保持着一个习惯，舍不得淘汰自己购买和朋友赠送的书籍，随着藏书的增多，只有不停地购买书柜来承载它们，书房里拥挤得连下脚的地方都快没有了。我的这个习惯，跟小时候的经历有关。那时家里因为贫穷，根本不可能有多余的钱买课外书，哪怕在路上拾到一截废报纸，我都会有滋有味地咂摸半天。那时我最渴盼的，莫过于去外婆家。因为外婆家有一间书房，里面全是舅舅学生时代看过的书，文学的、哲学的、科学的，五花八门。

记得第一次进入外婆家的书房，看着那一排排整整齐齐地码在书架上的书，我就像一个从未见过大海的人冷不丁来到海边，立即被大海博大浩渺的气势震慑住了，旋即胸中腾起一股尽情领略大海风景的豪情。从此我整天泡在书房里，害得外婆连吃饭也得三番五次地来"请"我。"请"的次数多了，外婆便装出气恼的样子说："你个小书迷呀，整天泡在书里，它们能当饭吃呀？"话虽这么说，可外婆的眉眼里却盈着喜气。

平时上学的日子，我总是在掰着手指一天一天数中度过，因为一到学校放假，我就又能到外婆家去看书了。可惜好景不长，随着年龄的增长，假期里我再也不能到外婆家去了，因为我家劳力少，我得帮着家里干农活了。

没书看的日子是多么难熬啊！多少个群星灿烂的夜晚，从地里劳动回来，我托着腮巴坐在村头的白杨树下，听着山外世界传来的喧嚣，小心眼里便生出了翅膀，倏地飞到了外婆家所在的那个繁华小镇上，哧溜一声钻进书房……往往要到一月中天，清露飘洒，妈妈在家门口声声焦灼地催我回家时，我才从一种如梦似幻的境界中惊醒过来，失魂落魄地一步步挨回家去。那时我最大的心愿，便是将来能随心所欲地读书。

有句话叫作"知识改变命运"，其实我觉得把它改作"读书改变命运"未尝不可。正是得益于小小年纪便在外婆家阅读到了不少课外书籍，开阔了我的视野，培养起我求知的欲望，在学校里努力学习，成了村里第一个大学生。参加工作后，闲暇时我最爱逛的地方还是书店，在那种书籍散发出的淡淡的芬芳中，或席地而坐捧卷阅读，或精挑细选购买书籍，都是一种莫大的享受。

现在，随着条件的改善，书籍倒是不缺了，但儿时那种对书籍的痴迷和渴望似乎减弱了，特别是随着电脑、手机、网络

的普及，阅读越来越呈现碎片化的倾向。其实，对读书，古人为我们做出了很好的榜样。"悬梁刺股""凿壁偷光"等成语，描摹了古人读书的刻苦。史载，有人劝宋太宗读书不必太劳累，他说："开卷有益，朕不以为劳也。"后来，"开卷有益"便成了成语，意为只要打开书本读书，总会有益处。

清康熙朝重臣张英说"书卷乃养心第一妙物"，优秀的书籍，无不是作者心血和智慧的结晶，读书能使人明理增智，心怀敬畏，脾性温和，行事循矩。有人甚至研究发现，读书还可以祛病延年，因为它可以化解积郁、开阔胸怀。国外医学界有人挑选了 16 世纪以来的 400 名欧美伟人进行研究，发现读书人的寿命最长，平均寿命达 79 岁。其实，中国又何尝不是如此，季羡林、杨绛、周汝昌等文化名家，哪个不是高寿之人？

字里乾坤大，书中日月长。通过浏览网站、微信等进行浅阅读，也许对于掌握信息不无裨益，但要想真正通过阅读提升思想水平、智慧气质，恐怕还得沉进书籍的海洋里下苦功，特别是学习理论知识尤需如此。读书养品，书香雅家，当成为一种人生的自觉追求。

载于2016年9月3日《云南日报》副刊

也说写文章

　　我高考曾经落过一次榜，也许是落榜的痛苦在我的心里留下了浓重的阴影，一个与高考有关的梦不时地在深夜里困扰着我。在梦中，我要么是得知自己高考落榜的消息，要么就是在考场里面对考题一筹莫展……挣脱梦魇后，我往往胸口怦怦直跳，额头冷汗涔涔。

　　我非常讨厌这个梦魇，但总是摆脱不了，为浇胸中块垒，我把这段经历写成一篇散文，发表在报纸上。离奇的是，自从我把这段隐秘的心事付诸笔端之后，那个梦魇竟离我而去了，这不由引发了我对写文章的思考。

　　"言为心声。"一个人的喜怒哀乐等情感，往往要寻找一个宣泄的出口，而这个人如果能写一点文章的话，也许就会将这种情感付诸笔端。写文章，在古人的心目中，历来是一件神圣的事。曹丕在《典论·论文》中说："盖文章，经国之大业，不朽之盛事。"其实，写文章不仅在统治阶级、文人士大夫心目中占据着重要地位，即使在普通老百姓眼中，也是一件不可小觑的事。我的父亲只有小学文化，写文章并非他的长项，但每当工作和生活中需要写一些用得上的文字时，他总会郑重其事地端坐在书桌前，在稿纸上一笔一画地写下自己的所思所想。每当这时，我们全家人都会屏声息气，走路都蹑手蹑脚的，绝对不敢去打扰他。父亲对写文章那种庄重的态度，从小就在我心里打下了极深的烙印。

中国人对文章的重视，还自然而然地延伸到对字纸的敬惜上。据说，古人认为，只要是写有文字的纸，便不能随意践踏丢弃，即使是废纸也必须收集起来，送到专门焚烧字纸的"惜字亭"焚毁。著名作家余秋雨曾在《笔墨历史》中举过这样一个例子："哪一季节，如果发心要到远海打鱼，船主一定会步行几里地，找到一个读书人，用一篮鸡蛋、一捆鱼干，换得一叠字纸。他们相信，天下最重的，是这些黑森森的毛笔字。只有把一叠字纸压在船舱中间底部，才敢破浪远航。"

民国高僧印光大师曾言："字为至宝，远胜金珠，人由字智，否则愚痴。世若无字，一事莫成，人与禽兽，所异唯名。"这真是一语中的。在我看来，写文章至少有两个方面的作用：一是"逼迫"写作者多学多思，厘清、升华自己的思想，使之更加系统全面，促进个人的成长进步；二是传递思想和知识，益智他人。其实，在写文章的过程中，还有一种创造的欢乐。以我为例，中学和大学时代埋头创作了大量文学作品，但参加工作之后，也许是惰性使然，除了写跟工作有关的文字之外，很少再进行创作。自从写了那篇助我摆脱"高考梦魇"的散文之后，业余我又重新拾起了创作之笔，把工作和生活中的一些感悟、见解付诸笔端，觉得理论修养和艺术表达能力都有所提高，日子也过得特别充实。

载于2016年8月25日《春城晚报》副刊

与一本刊物的缘分

我是一名新闻工作者，业余还坚持文学创作，作品获过奖、出过书。提起我在写作路上与报刊的缘分，《故事会》不能不说。

二十多年前，当我还是一名中学生的时候，疯狂地爱上了文学，课余时间不停地读啊写啊。那时写作狂热到什么程度呢？我记得一天晚上家里的电灯坏了，外面下着滂沱大雨，我就搬了一个小凳子，就着走廊上微弱的灯光一直写到凌晨两三点钟。凭着这股痴迷劲儿，我写下了大量作品，一天突发奇想，挑出其中较为满意的十多篇短篇小说用作文本抄了，寄往外省一家出版社。

一个从未发表过作品的中学生竟异想天开地想出作品集，结果可想而知，几个月后，作品被退回来了。捧着那叠跋涉了千山万水信封已变得破破烂烂的退稿，我躲到学校后山的一片小树林里痛哭了一场。说实话，我当时心情沮丧又矛盾，我热爱文学，但又不知道自己是不是块写作的料，最终是否能在文学上搞出点名堂来。而我平时把大量时间花在创作上，难免对学习产生了一定的影响。那段时间里，我一直在为要不要继续写下去的问题纠结着。

正处于进退维谷之中时，我与《故事会》邂逅了。一天，我从一位同学手上得到了几本《故事会》，尽管因为看的人太多，那些杂志已被翻得边角卷曲，但我仍然如饥似渴地看起来。随着阅读的深入，我发现那一个个经过精心编辑的故事，是那样的温暖动人、饱含哲理，有着直击人心的力量。杂志的栏目很丰富，特别打动我的是"我的故事"这个栏目，那一个个通过"我"的口讲述出来的故事，非常接地气，在润物无声中达到了劝人向善的目的。

这样的故事，我也可以写呀，我心想。一番思索之后，我写下了一千多字的《戒偷》，讲述了这样一个故事：小时候我喜欢偷吃家里的零食，无论妈妈怎样打骂我都改不了这个毛病，但后来发生了一件也与"偷"有关的事，妈妈不但没有打骂我，反而给予鼓励、劝慰，从而使我改掉了这个坏毛病，表达了家长在教育孩子时要注意方式方法的主题。故事写好后，我几经修改，用稿纸工工整整地抄了，按照杂志上提供的地址，寄往《故事会》编辑部去了。

自从把稿件寄走后，我的日子就在无尽的思念和等待中度过。我非常盼望《故事会》能采用我这篇稿子，但在投稿中经历的太多失败又实在让我不敢怀太大的希望。大概两个多月后的一天，我突然收到了一封来自《故事会》编辑部的信。信很薄，我料想这下有戏了。因为有了一定的投稿经历，我知道来自报刊社的信件，要是很厚，十有八九是退稿，如果很薄的话，有可能是稿件采用通知。我屏住呼吸，颤抖着手拆开了信封。果然是一份采稿通知，编辑老师在信中还约我今后多给《故事会》写稿。

俗话说，"信心赛黄金"。受了鼓舞，我迸发出了极大的创作热情，故事稿件源源不断地寄往《故事会》编辑部，编辑老师也不厌其烦地来信指点我的创作得失。这种势头一直保持到我念大学之后。一天，我收到了编辑老师的来信，说将邀请我到上海去参加《故事会》举办的故事创作研讨班，差旅食宿费用全部由杂志社承担。

同学们知道这个消息后，都将信将疑：天下还有这等好事，是不是骗人的？

但凭我对《故事会》的了解，我知道这一定是真的！

通过参加在上海举办的故事创作研讨班，我不但开阔了眼界，而且还掌握了一些故事创作的理论知识。大学毕业后，我从事了新闻工作。因为平时工作较忙，便很少给《故事会》投稿了，但对她的关注却始终如一，经常从报摊上买来阅读，那一个个隽永的故事，仿佛一股股清泉无声地滋润着我的心田。

因为有给《故事会》写稿、阅读打下的扎实功底，我对写作，哪怕是新闻写作，也特别注重对故事的挖掘，因而别人经常夸奖我的作品读起来生动鲜活。每当这时，我都会在心里默默地感激着《故事会》……

2015年8月

为文需趁早

在读书过程中看到的三则名人故事，使我对"为文需趁早"这个道理有了深刻的认识。

作为中华人民共和国文学史上极负盛名的小说家和散文大家，孙犁是我十分喜爱和敬重的作家，其作品以纯美深邃的意境、朴实干净的文字给我留下了深刻印象。记得第一次读到孙犁的代表作《荷花淀》时，我心里既惊异又羡慕：文章竟可以写得如此清新隽永，像荷花一样超凡脱俗？出于对孙犁文章的喜爱，后来我便仔细阅读了《孙犁文集》。孙犁一生不但笔耕不辍，而且热心扶持文学新人，文坛上流传着不少他提携青年作者的佳话。侯军在《经济日报》副刊上发表的文章《大贤门下立雪迟》，就生动地记述了很多跟孙犁交往的故事，文中孙犁教导侯军的一段话对我心灵的触动是蛮大的。

因为同在天津日报工作，侯军同孙犁有了工作的交集并建立起了友谊。有一段时间，侯军文章写得少了，当他一次去探望孙犁时，孙犁便问："我最近怎么没见你写的东西呀？"原来侯军当时正准备从天津南下深圳，便很少再写文章。孙犁语重心长地说："一个人只要是和文字打交道，就算是个文人了。我常说一句话：文人当以文章立命。你还年轻，等你到了我这个岁数，就知道年轻时多留下一点文字性的东西，有多么重要了。"

　　"年轻时多留下一点文字性的东西，"侯军回忆，孙犁这令他终生难忘的教诲，一字字像刀刻斧凿一般印在了他心里。其实，这教诲也在我这个读者心里留下深刻印记，使我明白了"青春易逝，为文需趁早"的道理。后来读到季羡林晚年的一段往事，更坚定了我的这种看法。

　　季羡林不仅是一位博古通今的学问大家，还是一位出色的散文作家。他一生总共写了几百篇散文，《季羡林散文精选》等书我曾仔细阅读过。后来，我读到了季承的《父亲最后的散文》，文章讲述的是季羡林晚年想写几篇散文却因年龄、体力等原因而未能写成的往事。

　　季承回忆，一次他在季羡林的病房里发现了一张便签，上面有季羡林写下的一些潦草的字，仔细辨认，题目是"一年将尽夜　万里未归人"，下面写道："我已经忘记了，是在什么书中读到了这么两句诗的。"再之后便是空白了。很显然，这是一篇尚未完成的文稿。几天后，季承又在病房里发现了另外一张便签，标题仍同上次一样，但内容有所增加，只是文章仍未写完，而且笔迹已不是季羡林的，显然是由别人替他记录的。

　　季羡林在《病榻杂记》里曾经表示，他虽已经到了耄耋之年，但他是不能封笔的。可是年事已高，他的视力减退得厉害，写字时看不清笔画，手也不听使唤。无奈之下，他只有求助于别人，奇怪的是，在别人的帮助下，他竟然连一篇文章都没能完成。季承分析说，对于过去曾经得心应手的短篇散文，季羡林可能是舍不得或者是不习惯由别人执笔替他写。

　　"对于一个终生舞文弄墨的老人，这是多么大的打击，多么大的痛苦。"季承朴实的文字，道出了季羡林晚年再难握笔著文时内心无尽的苍凉、无奈和伤感。

　　正因为认识到青春易逝、人生易老，很多作家才从年轻时

就给自己树立了高远的文学目标，争分夺秒地进行创作，路遥是其中的一个典型代表。在写作他的皇皇巨著《平凡的世界》以前，他已连获两届全国优秀中篇小说奖，小说《人生》和改编的电影都产生了广泛影响。一辈子躺在这份功劳簿上吃吃喝喝也不失为一种人生活法，但他认为，劳动是作家义无反顾的唯一选择，他决定重新投入牛马般的劳动中去，而且目标是在四十岁前写一本自己感动规模最大的书。

为了这个目标，路遥付出了超乎常人想象的努力。据他在《早晨从中午开始》一文中透露，仅为准备作品的背景材料，他便找来了一九七五年到一九八五年十年间的《人民日报》《光明日报》以及一家省报、一家地区报和《参考消息》的全部合计本，花了几个月时间，没日没夜地一页一页翻看、记录，以致手指被纸张磨得露出了毛细血管，搁在纸上如同搁在刀刃上一般作痛。

结果众所周知，《平凡的世界》获得了成功，但路遥也付出了生命的代价。对这位英年早逝的作家，我不胜唏嘘，以前曾不止一次在心里发问：为一部作品以命相搏，是不是太过于悲壮？

随着年龄的增长、阅历的增加，特别是获知了孙犁"年轻时多留下一点文字性的东西"的教诲和季羡林直到生命终点尚有几篇文章没有完成的人生之憾后，我对路遥那句"只有初恋般的热情和宗教般的意志，人才有可能成就某种事业"的名言有了更深的感悟和理解，在心里向这位甘为文学献身的作家深深地致敬。

光阴似箭，人生易老，为文需趁早。其实，细细思量，人生别的事又何尝不是如此？

载于2017年1月1日《云南日报》副刊